MEISTER DER SCHICKSALS

DIE GÖTTER VON VEGAS
BUCH 6

SIENNA SNOW

MEISTER DES SCHICKSALS

VON SIENNA SNOW

Ins Deutsche übertragen von Michael Krug

1

Simon

»Wenn du ihr wehtust, hast du einen Krieg am Hals, von dem du dich nie wieder erholst.«

Ich zeigte keine Reaktion auf Tyler Mykos' Drohung, starrte ihm nur in die schwarzen Augen. Allerdings juckte es mich schwer danach, mich über den Tisch zu strecken und ihm ins Gesicht zu schlagen.

Der Arsch dachte tatsächlich, er hätte die Trümpfe in der Hand. Dabei war ich derjenige, von dem der Deal abhing.

Ein Deal im Wert von über einer Milliarde Dollar.

Ein Deal, der anstand, weil gierige Arschlöcher entschieden hatten, es wäre an der Zeit, eine vor über einem Jahrhundert in Griechenland geschlossene Vereinbarung zu erfüllen.

»Was genau denkst du denn, dass ich mit ihr machen werde?«, fragte ich.

Wir sprachen von meiner Verlobten, einer Frau, der ich noch nie begegnet war. Bisher hatte ich nur Fotos von ihr gesehen, und ich hatte nicht vor, sie zu heiraten. Pfeif auf das Geld.

Nur würde ich das diese Idioten nicht wissen lassen.

Als mir ein Kurier an diesem Morgen die Bitte um ein Treffen mit den Oberhäuptern des Mykos Schifffahrtsimperiums überbracht hatte, war mir auf Anhieb klargewesen, dass es ein interessanter Tag werden würde.

Meine künftigen verschwägerten Verwandten und ich waren keine typischen Geschäftsleute. Wir leiteten Organisationen – oder eigentlich eher Familien – mit einer generationenlangen Geschichte. Miteinander verbunden durch Abmachungen, Fehden, Ehen und dergleichen aus Zeiten, zu denen noch alle in Europa gelebt hatten – in unserem Fall insbesondere in Griechenland.

Die Verlagerung in die USA hatte einige der Ansichten der Alten Welt entkräftet, aber nicht alle. Vor allem nicht hin Hinblick auf den Betrieb unserer Unternehmen.

Wenn es eine Wahrheit über Familien wie unsere gab, dann die, dass wir verdammt traditionsverhaftet und patriarchalisch waren.

Und deshalb waren wir in dieser Lage gelandet. Wegen der ersten Frau, die seit über hundert Jahren in die Familie Mykos hineingeboren wurde.

Olympia Nyx Mykos. Meine Verlobte.

Mir gefiel mein Leben so, wie es war. Geschäftlich war

geschäftlich, persönlich war persönlich. Das vermischte man nicht.

Dann musste mein idiotischer Onkel unbedingt das große Maul aufreißen und alle Welt daran erinnern, dass die Familie Mykos endlich einen weiblichen Nachkommen gezeugt hatte und es meine Pflicht wäre, die Frau zu heiraten, um die jahrhundertelange Fehde zu beenden.

Und natürlich war die Fehde von der letzten Mykos-Frau ausgelöst worden. Sie hatte nämlich beschlossen, mit ihrem Leibwächter oder Chauffeur oder was auch immer durchzubrennen, statt meinen Urgroßvater zu heiraten.

Und nun saß ich in einer der exklusivsten Suiten eines Boutiquehotels in Manhattan und versuchte herauszufinden, was genau diese Penner von mir wollten.

»Du hast einen gewissen Ruf, Drakos.«

Als wäre Tyler Mykos ein unschuldiger Sonnenschein. Damals am College hatten wir des Öfteren ein, zwei Frauen miteinander geteilt.

Schwachkopf.

Tyler saß neben seinem Vater Phillip Mykos und seinen drei Brüdern Evan, Damon und Nico. Er gab sich als Phillips Stellvertreter aus, aber alle kannten die Wahrheit. Der älteste der Gebrüder Mykos verkörperte die Macht hinter dem Schifffahrts- und Syndikatsimperium des Clans. Nichts geschah ohne seine Zustimmung, und dieses Treffen entsprach ganz Tylers Art, Geschäfte zu führen.

Keine förmlichen Büros, nur Privatsuiten in noblen Hotels mit Fünf-Sterne-Service, während über Bedingungen verhandelt wurde.

Die dachten, sie könnten mich mit dieser kleinen Macht-demonstration einschüchtern. Da mussten sie schon früher aufstehen. Wer unter der Fuchtel eines Mistkerls von einem Großvater wie Giorgos »Gio« Astros Drakos aufgewachsen war, dem konnte selten etwas Angst einjagen.

»Klär mich doch über diesen Ruf auf, Mykos, ja?«

»Deine Vorliebe für pflegeleichte Frauen, die dir keinen Ärger machen.«

Oh ja, ich wusste alles über meine Braut. Niemand würde sie je als pflegeleicht bezeichnen. Man nannte sie das Mykos-Teufelsweib, weil sie bei Leuten, die ihr falsch kamen, eine Zunge so scharf wie Rasierklingen auspackte.

Obwohl einiges davon, was ich über sie gehört hatte, so abwegig klang, dass ich nicht überrascht wäre, wenn diese Penner es selbst in die Welt gesetzt hätten, um unerwünschte Menschen von ihr fernzuhalten.

»Soll das heißen, deine Schwester wird eine nervige Ehefrau sein?«

»Nicht alle Gerüchte über sie sind wahr.« Tylers Ton wurde frostig und verriet mir, dass ich einen Nerv getroffen hatte.

Das bedeutete, einige Gerüchte stimmten sehr wohl.

»Klär mich auf, Mykos.«

»Am Jahresende sollte sie besser noch im selben Zustand sein wie jetzt.«

Wollte er damit andeuten, dass seine Schwester noch Jungfrau war?

Gab es so etwas heutzutage im Alter von sechsund-zwanzig Jahren überhaupt noch? Vielleicht ließen diese

Typen sie so lückenlos bewachen. Aber wenn sie die Rebellin war, für die sie alle hielten, bezweifelte ich das stark.

So oder so, ich hatte nicht vor, es herauszufinden. Sonst würden diese Arschlöcher ein dauerhafter Bestandteil meines Lebens.

»Und welcher Zustand wäre das?«

Diesmal ergriff Phillip Mykos das Wort. »Glücklich. Wenn meine Kleine deinetwegen auch nur eine Träne vergießt, setze ich deine Welt in Brand.«

Wie er mir in die Augen sah, verriet mir, dass er jedes Wort ernst meinte.

Sieh an, sieh an, sieh an. Wenn das mal nicht interessant war.

Dass sich Phillip Mykos und seine vier Söhne um jemand anderes Glück scherten, hätte ich ihnen gar nicht zugetraut.

Andererseits hatte es über hundert Jahre gedauert, bis wieder weiblicher Nachwuchs aus der Linie Mykos hervorgegangen war. Von daher fand ich es nachvollziehbar, dass diese Frau ihre größte Schwäche verkörperte.

»Ich habe nicht die Absicht, deiner Tochter das Leben schwer zu machen. Hier geht's um eine rein geschäftliche Vereinbarung. Solange deine Tochter und ich uns verstehen, werden wir eine angenehme Zukunft miteinander haben.«

»Und an der Stelle irrst du dich.«

Von wegen. Eine glückliche Familie würden wir nie werden.

»Soll heißen?«

»Soll heißen, dass es persönlich ist, wenn es um meine Schwester geht. Wer es sich mit ihr verscherzt, der verscherzt es sich mit uns. Bis die Verlobung endet, ist es also was Persönliches.«

»Zunächst mal, was glaubt ihr denn, was ich mit ihr machen werde?« Ich beugte mich vor und setzte dazu an, den selbstgefälligen Pennern die bedrohlichen Mienen aus den Gesichtern zu fegen. »Und zweitens – wie kommt ihr eigentlich darauf, dass ich die Verlobung auflösen werde? Im Vertrag steht, dass sie mir gehört. Ihr bekommt die Hälfte des Fonds, ausgenommen ihren Anteil, der in einen neuen Fonds für unsere Kinder geht. Ich kann dabei nur gewinnen.«

Tyler begegnete meiner Herausforderung, schien drauf und dran zu sein, sich auf die Beine zu stemmen. »Jetzt hör mal zu, Arschloch. Du willst sie genauso wenig wie sie dich. Jeder weiß über deine perfekt ausgewählte Braut Bescheid, die an der Seitenlinie wartet.«

Bevor ich etwas erwidern konnte, legte Phillip eine Hand auf Tylers Arm, erhob sich, nahm von einem seiner Männer mehrere Aktenmappen entgegen und reichte mir eine.

»Wir haben ein Angebot, durch das es sich für dich lohnen wird, die Beziehung zu meiner Tochter abzubrechen, sobald die im ursprünglichen Vertrag zwischen unseren Vorfahren festgelegte Verlobungszeit abgelaufen ist.«

Ich lehnte mich auf dem Stuhl zurück und schaute zu Kasen Alexandros, meinem Cousin und Stellvertreter. Er zuckte mit den Schultern, bevor er den Inhalt der Unterlagen überflog.

Als ich durch meinen eigenen Satz der Dokumente las, konnte ich kaum glauben, was ich sah.

Meinten diese Mistkerle das ernst?

Damit hätte ich beim Betreten dieser Hotelsuite niemals gerechnet.

Jahrelang hatte ich vergeblich versucht, einen Frachthafen in Zypern zu kaufen. Erst viel später hatte ich herauszufinden, dass er einem Konglomerat von Mykos Shipping gehörte und man ihn niemals an jemanden mit dem Namen Drakos verkaufen würde.

»Du benutzt den Hafen, den du mir seit fünf Jahren nicht verkaufen willst, als Anreiz dafür, dass ich auf deine Tochter verzichte?«

»Mein Imperium ist auch ohne ihn stark.« Phillip zuckte mit den Schultern. »Du hingegen kannst zehnfach davon profitieren. Wir überschreiben dir unseren Hafen in Zypern, sobald der Fonds aufgelöst ist und die Verlobung offiziell endet.«

Als mein Großvater Pappous Gio vor etwas mehr als zehn Jahren bei einem Hubschrauberabsturz ums Leben gekommen war, hatte er mir ein für eine feindliche Übernahme anfälliges Schifffahrtskonglomerat hinterlassen. Mit dreiundzwanzig hatte ich das Ruder übernommen und mit Hilfe einiger wichtiger Verbündeter das von meinem Großvater angerichtete Chaos beseitigt.

Mittlerweile stand Drakos Shipping stark genug da, um es mit dem Mykos-Imperium aufzunehmen, auch wenn es dessen Patriarch nicht glauben wollte.

»Erklär mir, was du glaubst, was ich deiner kostbaren Olympia antun könnte, wenn ich sie heirate.«

»Ihr Name ist Nyx. Wenn du sie Olympia nennst, hast du wahrscheinlich schneller 'ne Klinge an der Kehle, als du blinzeln kannst«, warf Evan, der jüngste Mykos, mit einem Anflug von Humor ein, den man in der Öffentlichkeit selten von einem der Brüder hörte.

Ich beschloss, die Frage umzuformulieren. »Warum seid ihr so entschlossen, mich davon abzuhalten, sie zu heiraten?«

»Unsere Welt ist nicht das Richtige für sie«, antwortete Phillip. »Sie braucht ihre Freiheit. Du bist kein geeigneter Mann für sie.«

Ich studierte den Alten, den ich mein Leben lang für einen kalten, berechnenden Mistkerl gehalten hatte. So oft hatte ich mich gefragt, ob er überhaupt ein Herz besaß. Vor allem, seit mir seine nüchternen, beinah chirurgischen Methoden der Informationsbeschaffung von Leuten zu Ohren gekommen waren, die es sich mit ihm verscherzt hatten. Er führte sein Imperium mit eiserner Faust. Oder eigentlich eher mit »scharfer Klinge«. Und er hatte seine Kinder darin unterrichtet.

Höchstwahrscheinlich hatten die Brüder Olympia – Verzeihung, *Nyx* – den Umgang mit Messern beigebracht. Da Phillip das Glück seiner Tochter so leidenschaftlich schützen wollte, bezweifelte ich stark, dass er sie irgendwo im rauen Umfeld seiner Geschäfte haben wollte.

Dass er mir diese Seite von sich offenbarte, verriet mir, dass ihm seine Tochter tatsächlich viel mehr als nur ein Anreiz für Bündnisse bedeutete.

Ich konnte den Mykos-Männern auch gleich mitteilen, dass sie sich umsonst sorgten. Dadurch würde das nächste Jahr verdammt viel einfacher werden.

»Darin sind wir uns einig. Sie ist nicht die richtige Frau

für mich.«

»Also nimmst du unsere Bedingungen an?«

»Ich habe eine zusätzliche.«

Alle fünf Mykos-Männer verengten die Augen zu Schlitzen und warteten.

»Ich will eure Unterstützung, wenn ich den ausschalte, der meine Eltern umgebracht und den Hubschrauberabsturz meines Großvaters arrangiert hat.«

»Du hast es also rausgefunden, ja?«, fragte Phillip und nickte knapp. »Ist eine harte Lektion, zu lernen, wem man vertrauen kann.«

»Ich hab's schon vor Jahren rausgefunden. Aber ich musste erst die Weichen stellen.«

»Tatsächlich? Die Leine lang genug lassen, dass er sich selbst einen Strick daraus drehen konnte?«

»Genau.«

»Ich hab immer gewusst, dass du mehr wie Ky als wie Gio bist. Muss deinen Großvater stinksauer gemacht haben, dass er seinen Sohn nicht aus dir rausprügeln konnte.«

Seine Worte fühlten sich wie ein Schlag in die Magengrube an. Sie waren völlig falsch.

Ich verkörperte die Schöpfung meines Großvaters. Alles, was er von meinem Vater Kyros nicht bekommen konnte, hatte er mir eingebläut, manchmal mit dem Gürtel oder der Faust.

Mein Vater hätte das Imperium als Zweitgeborener nie erben sollen. Hatte er aber, weil sein Bruder in einem Gebietskrieg gefallen war. Er war der Sohn, der sich vor der Verantwortung gedrückt und eine Frau seiner Wahl geheiratet hatte statt der Verlobten seines toten Bruders, um ein Familienbündnis aufrechtzuerhalten. Der Sohn, den Pappous nicht unter Kontrolle hatte. Als meine Eltern bei einem Autounfall ums Leben gekommen waren, eröffnete sich meinem Großvater die Chance auf einen Neubeginn – mit mir.

Ich ließ mir keine Reaktion auf Mykos' Äußerung anmerken und fragte nur: »Also habe ich eure Unterstützung?«

»Ja«, antwortete Tyler für Phillip. »Wir mögen keine Verräter unter uns, schon gar nicht aus den Reihen der Familie. Du hältst dich an unsere Bedingungen, wir halten uns an deine.«

Ich nickte. »In etwas mehr als einem Jahr löse ich den Ehevertrag auf. Wir teilen uns den Fonds, und ihr überschreibt mir den Hafen. Und wenn ich um euren Rückhalt ersuche, kommt ihr und schafft den Müll weg.«

»Ausgezeichnet.« Tyler hob ein Weinglas an die Lippen und trank einen ausgiebigen Schluck, bevor er hinzufügte: »Eine Sache noch.«

Ich wartete.

»Niemand außer den Leuten in diesem Raum darf etwas von der Vereinbarung erfahren.« Der Befehlston in Tylers Stimme raubte mir den letzten Nerv.

»Was ist mit Nyx?«

Zum ersten Mal meldete sich Nico zu Wort. »Offensichtlich wird sie es rauskriegen. Immerhin betrifft es ihr Leben.«

»Du übersiehst dabei, dass sie keine Ahnung von dem Treffen hier hat. Warum also?«

»Es hatte keinen Sinn, ihr was zu sagen, bevor wir deine Zustimmung hatten.«

Ich musterte die Männer. Sie enthielten mir eindeutig etwas vor. Was auch immer es sein mochte, ich hatte vor, es herauszufinden.

»Verstehe. Ist das die letzte Bedingung für unsere Vereinbarung?«, fragte ich und konnte es kaum erwarten, das Hotel zu verlassen und mich auf den Weg zum Jet zu machen, der mich im Hangar am Flughafen JFK erwartete.

»Ja. Ein Jahr nach der offiziellen Verlobung treffen wir uns wieder und bringen es zum Abschluss.« Tyler stand auf und streckte mir die Hand entgegen.

Ich erhob mich ebenfalls und schlug ein. »Tja, meine Herren, ich muss noch zu einem anderen Treffen. Wir sehen uns in drei Monaten bei meiner Verlobungsfeier.«

Ohne ein weiteres Wort steuerte ich auf die Tür zu.

Erst, als Kasen und ich uns in meinem Auto befanden und meine Männer hinter mir folgten, sprach ich wieder. Ich musste davon ausgehen, dass die Mykoses über das Hotel verteilt Männer postiert hatten.

»Ich will alles, was es über Nyx Mykos gibt. Für meinen Geschmack wollen sie ihr Glück ein wenig zu sehr schützen.«

»Wir haben sie bereits im Auge. Sie ist blitzsauber. Wie ein Engel. Den letzten Monat lang haben wir sie Tag und Nacht observiert. Sie spielt nur mit ihren Pflanzen rum, verbringt Zeit mit ihren Cousinen und Cousins und lässt sich von ihren Bodyguards beschatten. Stinklangweilig. Allmählich glaube ich, dass sie eine Zielscheibe dieser Gesellschaftsschlampen war und deshalb nach Vegas gezogen ist.«

Es schien möglich zu sein. Wer sich den Normen unserer Welt verweigerte, bekam die Konsequenzen der Mehrheit zu spüren, insbesondere bei Frauen. Anders zu sein, war nicht gut. Und Nyx Mykos marschierte im Takt ihrer eigenen Trommel.

Andererseits sagte mir mein Bauchgefühl, dass der Gedankengang nicht zutraf. Und mein Bauchgefühl hatte mich noch nie im Stich gelassen.

Tja, ich würde es bald herausfinden.

Es war an der Zeit für ein letztes Treffen, bei dem die Regeln für das nächste Jahr festgelegt werden würden.

Mit meiner Verlobten.

Unwillkürlich lächelte ich.

Ihre Einladung war ähnlich wie die ihres Bruders eingetroffen, allerdings direkter und erfüllt von dem Vertrauen, dass ich so kurzfristig quer durchs Land fliegen würde.

Ich habe ein Angebot, das du nicht ablehnen kannst, um unsere Verlobung aufzulösen.

Die Einzelheit erfährst du, wenn du dich heute Abend um 19 Uhr mit mir im Epieikeia *triffst.*

Ida Hotel und Casino, Las Vegas.

Allein ihre schiere Verwegenheit machte den Vorschlag unwiderstehlich. Es war lange her, dass jemand so meine Neugier geweckt hatte.

Meine Männer und Kasen schienen sie zu mögen. Umso dringender fand ich es, mir ein Bild davon zu machen, ob sie nun eine naturverbundene Nymphe oder ein New Yorker Teufelsweib war.

»Erzählst du ihr bei eurem Treffen von deiner Vereinbarung mit ihrer Familie? Oder hältst du sie hin und wartest ab, was sie dir anbietet?«

»Was denkst du?«

Kasen schüttelte den Kopf. »Ich denke, die Sache wird dir um die Ohren fliegen. Verarsch sie nicht. Sie ist unschuldig. Außerdem brauchst du ihre Familie genauso sehr wie sie dich.«

»Niemand aus der Familie Mykos ist unschuldig.«

»Die Frau schon.«

»Hör auf, dir Sorgen zu machen. Bis ihre Familie ihr von der Vereinbarung erzählt, werden wir unsere Grundregeln längst festgelegt haben.«

»Lass mich raten. Keine Skandale, kein Ärger, kein Herumalbern.«

»Die Moralklausel spielt mir in die Karten. Ihre Familie verliert alles, wenn sie aus der Reihe tanzt. Kann nicht schaden, das klarzustellen.«

»Wie gesagt, damit wird sich kein Problem ergeben. Sie ist überhaupt nicht so, wie die Gerüchte behaupten.«

»Dann wird es auch kein Problem sein, sie darauf hinzuweisen.«

»Wäre dein Leben das nächste Jahr lang nicht einfacher mit einer Verlobten, die dich mag statt hasst?«

»Die Sache ist rein geschäftlich. Ist mir egal, was sie von mir hält, solange ich das Geld habe und meine Vereinbarung mit ihrer Familie steht.«

»Berühmte letzte Worte.«

2

Nyx

»**O**lympia Nyx Mykos, du musst heiraten. Hörst du?«, spöttelte meine Schwippschwägerin Penny Lykaios mit übertriebenem griechischem Akzent, stemmte eine Hand in die Hüfte und warf schwungvoll den schwarzen Pferdeschwanz zur Seite.

»Nein. Lieber werd ich Nonne und geh in ein Kloster.« Ich verschränkte die Arme vor der Brust und bemühte mich, einerseits nicht zu lachen und andererseits nichts von der Blumenerde an meinen Handschuhen in der Gegend zu verteilen.

Mich bedeckten alle möglichen Pflanzenteile, und ich schwitzte heftig von den schwülen zweiunddreißig Grad im botanischen Garten des *Ida Hotel & Casinos* in Las Vegas.

Dennoch wollte ich mir gar nicht vorstellen, irgendwo anders zu sein.

»Ist deine Pflicht, den Vertrag zu erfüllen. Unsere Familie ist auf das Geld angewiesen.« Penny hob eine gekreuzte Tulpe auf, die darauf wartete, in ihrem neuen Zuhause gepflanzt zu werden, schürzte dabei die Lippen und erinnerte mich damit an den enttäuschten Blick, den ich regelmäßig von meiner Tante Teresa erntete.

»Den Vertrag habe nicht ich abgeschlossen. Also muss ich gar nichts.«

Penny schnaubte missbilligend und warf eine Handvoll Dreck hoch. Ich konnte kaum noch ein Prusten unterdrücken. »Du beschämst die Familie. Erst ziehst du nach Las Vegas und lebst bei diesen Lykaios-Heiden, die den ganzen Tag nur zocken und saufen, und jetzt das. Diese Penny Lykaios ist ein schlechter Einfluss – eine anständige griechische Frau würde ihr Geld nicht damit verdienen, Alkohol herzustellen. Was hat sich dein Vater nur gedacht?«

Da konnten wir uns beide nicht länger beherrschen und ließen uns hysterisch lachend auf die Hinterteile plumpsen.

Die Touristen, die uns von der Beobachterseite der Gärten sehen konnten, hielten uns wahrscheinlich für durchgeknallt. Zum Glück würden die hinteren Räume bald für die Öffentlichkeit geschlossen, deswegen trieben sich in dem Bereich nur noch wenige Gäste herum.

Nach einigen weiteren Augenblicken unkontrollierten Gelächters rissen wir uns einigermaßen zusammen und richteten uns wieder auf.

»Verdammt, machst du Tante Teresa gut nach. Vor lauter

Sorge, ich könnte ausreißen, vergisst sie ständig, dass ich diejenige bin, die diesen Vertrag an der Backe hat.«

»Ihr geht's um das Geld. Was aus dir wird, kratzt sie nicht wirklich.«

Richtig, das Geld.

Und kein Pappenstiel. Insgesamt weit über eine Milliarde Dollar. Als ich daran dachte, fühlte es sich wie blanker Irrsinn an, aber ein Jahrhundert mit Zinsen und Zinseszinsen in einem Schweizer Fonds konnten wahre Wunder wirken.

Wenn sich meine Großtante Julia nicht in ihren Bodyguard verliebt hätte und mit ihm vor ihrer arrangierten Ehe geflüchtet wäre, hätte nicht ich diesen Klotz am Bein.

Andererseits konnte ich ihr nicht verübeln, dass sie Liebe dem Geld vorgezogen hatte. Außerdem hatte ich Fotos von meinem Großonkel Victor Danos gesehen – er war verdammt heiß.

Wie der Star der Verfilmung einer Mafia-Romanze.

»Allen geht's immer nur um Geld. Wäre ich als Junge geboren worden, hätte es den Fonds einfach noch ein, zwei Generationen länger gegeben«, brummelte ich bei mir, als ich die Kelle ins Blumenbeet stach, um etwas Erde beiseite zu schaufeln.

»Schätz dich glücklich. Wenigstens pfeift deine Familie auf die rückständigen Ansichten deiner Tanten und Onkel über Frauen und hatte nichts dagegen, dass du Gärtnerin geworden und nach Las Vegas gezogen bist.«

Wenn sie nur wüsste, welche Kopfstände ich machen musste, um überhaupt an der NYU studieren zu können.

Meinen Master und Doktortitel konnte ich nur deshalb abschließen, weil es sich um ein Komplettprogramm gehandelt hatte. Und ich hatte hart gearbeitet, um mich dafür zu qualifizieren. Ganz zu schweigen von den Stunden, die ich gebraucht hatte, um Papa zu überreden, mich nach Las Vegas ziehen und den botanischen Garten im *Ida* übernehmen zu lassen, einem Casino, das Mamas Cousin sowie den Söhnen und der Tochter meiner verstorbenen Tante Rhea gehörte. Es war eine einmalige Gelegenheit gewesen.

»Dafür waren zwar einige Kompromisse nötig, aber meine Brüder haben mir den Rücken gestärkt.«

Ich lächelte, als ich an Tyler, Nico, Damon und Evan dachte. Sie verstanden, dass ich nicht für die Rolle bestimmt war, in die ich hineingeboren wurde. Von ihnen hatte ich Dinge gelernt, von denen keine anständige Griechin eine Ahnung haben sollte. Von Faustkämpfen über den Umgang mit Schusswasser bis dahin, wie man ein Messer so präzise benutzte, dass möglichst wenig Blut spritzte.

Bei genauerer Betrachtung konnte man mein Heranwachsen nach keinerlei Maßstäben als normal bezeichnen, Mafiafamilie hin, Mafiafamilie her.

»Du bist Debütantin, kannst Karten zählen und gehst mit Klingen um wie ein Ninja. Kein Wunder, dass meine Jungs so vernarrt in ihre Tante Nyx sind.«

»He, dagegen verwehre ich mich. Ich betrüge nie. Ich kenne bloß Tricks, die verhindern, dass andere mich übervorteilen. Ist praktisch, wenn man in Vegas lebt.«

»Und deine Begeisterung für Messer?«

»Damit spiele ich nicht mehr, schon vergessen? Das war

ein Teil der Abmachung mit meinen Brüdern. Ist nicht mehr mein Ding.«

»Wem willst du was vormachen? Alles, was deine Familie zum Ausflippen bringt, ist dein Ding.«

»Das kann ich nicht gut leugnen.« Ich zuckte mit den Schultern. »Obwohl heutzutage eher die Spieltische mein Laster sind.«

Ich hatte zwar die Etikette darüber drauf, was sich für eine Dame schickte, fühlte mich aber zu allem hingezogen, das als tabu galt.

Besonders bei Glücksspiel.

Poker. Blackjack. Roulette. Ich hatte schon alles gespielt. Und gewonnen. In großem Stil.

Einer der vielen Gründe, warum ich Las Vegas nie wieder verlassen wollte.

Und eines Tages würde ich auch selbst einen Mann finden. Jemanden, der mich mit all meinen verrückten Macken akzeptierte und nicht erwartete, dass ich in irgend-eine dämliche Schublade passte. Es würde kein voreinge-nommener, spießiger, alle Regeln befolgender Mann mit überholten Ansichten sein.

»Willst du deinen durchgeknallten Plan wirklich durch-ziehen? Ich bin mir echt nicht sicher, ob er funktionieren kann.«

Seufzend strich ich mir mit dem Arm eine Strähne aus der Stirn. »Was hab ich schon für eine Wahl? Sonst kann ich mich nur damit abfinden, künftig Mrs. Simon Christopher Drakos zu werden.«

»Dein Plan hängt an der Hoffnung, dass er dich nicht

heiraten will. Vergiss nicht, dass er dich absahnt, wenn die Hochzeit stattfindet.«

»Ich weiß mit Sicherheit, dass ich nicht die ideale Partnerin für ihn bin. Männer wie er wollen eine ruhige, gesittete Gesellschaftsdame. Und das bin ich definitiv nicht.«

»Vergessen wir mal nicht all die Klauseln im Vertrag. Du musst dich an einen strengen Moralkodex halten. Wenn er je von deinem Treiben im Untergrund erfährt, steckst du tief in der Tinte.«

Das war noch untertrieben.

Meine Familie würde nicht nur auf übelste Art ausrasten, wenn sie wüsste, dass ich einen auf hohe Einsätze spezialisierten, geheimen Pokerclub betrieb, der Millionen einbrachte, mein Verlobter könnte sie damit zudem um den gesamten verdammten Fonds bringen. Laut dem Kleingedruckten in jenem geistesschwachen Vertrag musste ich nachweislich ein reines Leben ohne jeglichen Skandal führen, der meinen künftigen Ehemann in Verlegenheit bringen könnte.

Was für ein unsäglicher, antiquierter Quatsch.

Ich knirschte mit den Zähnen. »Es ist zum Kotzen, dass er machen kann, was er will, mit wem er will und wann er will. Und ich soll die Klosterfrau mimen. Drauf gepfiffen. Männer sind scheiße.«

»Na ja, sie haben schon auch ihren Nutzen.« Penny grinste. »Oder zumindest bestimmte Teile von ihnen.«

»Davon weiß ich bei meinem keuschen Leben nichts, schon vergessen?«

»Du bist so 'ne Lügnerin. Deine Busenfreundin hat dich

verpetzt, bevor sie letzte Woche die Stadt verlassen hat. Wie viele Kerle hast du schon aus dem einen oder anderen Grund abblitzen lassen?«

Am liebsten hätte ich meine beste Freundin Akari erwürgt. Ich konnte es kaum erwarten, sie an diesem Abend zu treffen. Dann würde ich ihr so was von die Leviten lesen.

Die Frau redete zu viel. Und ich wusste, bei einem feuchtfröhlichen Abend mit Penny und meinen anderen Schwippschwägerinnen würde nur unnötiger Klatsch entstehen.

Dabei wusste das kleine Miststück, dass es der Mädels-kodex vorschrieb, mit meinen neugierigen Schwägerinnen nicht über mein ereignisloses Liebesleben zu reden.

»Ich bin eben wählerisch. Mit den typischen Vegas-Kerlen kann ich nichts anfangen. Die nerven mich.«

»Was du brauchst, ist jemand, der sich nicht einschüchtern lässt.«

»Ich schüchtere niemanden ein. He, ich spiele den ganzen Tag mit Pflanzen rum.«

»Und nachts veranstaltest du illegale Pokerrunden und hältst jedem, der zu schummeln versucht, eine rasiermesserscharfe Klinge an die Kehle.«

»Die Drohung ist beängstigender, als es umzusetzen. Außerdem habe ich Leute, die sich um solchen Mist kümmern.«

»Womit du nur untermauerst, worauf ich hinauswill. Einen Durchschnittsmann schüchterst du mächtig ein.«

»Ich hab nie gesagt, dass ich einen Durchschnittsmann will.«

»Aber du hast sehr wohl gesagt, dass du keinen aus deiner Welt willst.«

»Und doch bin ich mit so einem verlobt. Das kann nur ein grausamer Scherz sein.«

»Ich kann immer noch nicht glauben, dass alles angefangen hat, weil Drakos' Onkel beschlossen hat, auf Erfüllung des Vertrags zu pochen.«

Ich seufzte. »Geld ist eben verlockend. Sieh dir nur Tante Teresa an – sie ist auf den Zug aufgesprungen, sobald sie erfahren hatte, um welche Summe es geht.«

»Nur, um mal den Teufel an die Wand zu malen – was, wenn er dich heiraten will?«

»Dann überzeuge ich ihn vom Gegenteil. Ich kann nicht zurück nach New York. Ich gehöre nach Las Vegas. Hier passe ich her.«

»Wäre es wirklich so schlimm?«

»Jedes Mal, wenn ich zu Hause bin, fühle ich mich wie in einem Käfig eingesperrt. All die Regeln, all die Erwartungen. Jede meiner Bewegungen wird mit Argusaugen beobachtet. Ich bin als erste weibliche Mykos seit über hundert Jahren geboren worden. Deshalb bin ich wie das Siegerpferd, das jeder kaufen will. Hinzu kommt der Druck, vollkommen sein zu müssen.«

»Also zeigst du allen, wie unvollkommen du bist, und bringst sie dazu, so schnell wie möglich die Flucht zu ergreifen.« Penny zog eine Augenbraue hoch.

»Schon möglich.«

»Wird das nicht allmählich anstrengend?«

»Mehr, als du ahnen kannst. Deshalb will ich ja nie

zurück. Hier kann ich ganz ich selbst sein. Die Menschen haben keine auf antiquierten Regeln der Vergangenheit beruhende Erwartungen. Ich bin an keine archaischen Verhaltensgrundsätze gebunden.«

»Also, ich schlage vor, du redest mit deinen Eltern und Brüdern, bevor du den Plan umsetzt. Ich hab nämlich das Gefühl, dass sich Simon Drakos nicht so leicht umstimmen lässt, wie du hoffst.«

»Das kann ich nicht. Was soll ich denn sagen? ›Tut mir leid, Papa, ich kann das Leben nicht ausstehen, das du dir für mich wünschst, und ich will damit nichts zu tun haben. Mir ist klar, wie privilegiert es ist und dass ich wahrscheinlich wie eine verwöhnte Göre klinge. Aber weißt du, die Tochter eines griechischen Syndikatsleiters zu sein, ist zu erstickend. Wenn's dir nichts ausmacht, tu also bitte so, als wäre ich kein Teil der Familie, damit ich in Vegas meine Ruhe habe, ja?‹«

Allein bei der Vorstellung, die Worte vor meinem Vater auszusprechen, zog sich mir innerlich alles zusammen. So etwas könnte ich nie zu ihm sagen. Außerdem könnte ich ohne meine Familie nicht wirklich leben. Sie stellte einen tief verwurzelten Teil von mir dar.

»Phillip Mykos ist bekannt dafür, dass er erwachsene Männer zum Weinen bringt. Das könnte er schon verkraften.«

»Genau das ist es ja. Er ist nicht so grausam und kaltherzig, wie alle glauben. In Wirklichkeit ist Papa sensibel.«

Penny starrte mich an, als hätte ich den Verstand verloren.

Sie konnte nicht verstehen, dass mein Vater in jeder

Hinsicht beinhart war – nur nicht, wenn es um Mama und mich ging. Seine Frauen zu behüten und zu beschützen, wie er es nannte, betrachtete er als seine Lebensaufgabe. Wir verkörperten seinen Schwachpunkt. Und wenn ich mich nicht mindestens alle drei Wochen zu Hause blicken ließ, verfiel er in eine kleine Depression.

»Sein Spitzname ist *Mykos-Chirurg*. Das ist ungefähr so, als würde ich behaupten, mein riesiger Ehemann wäre ein weicher, knuddeliger Teddybär. Du weißt, dass nichts weiter von der Wahrheit entfernt sein könnte. Hagen kann Leuten mit einem einzigen Blick eine Heidenangst einjagen.«

»Ich bin gekränkt, Starlight. Du scheinst bestimmten riesigen Aspekten meines Körpers den Vorzug zu geben.« Eine tiefe Stimme ertönte hinter uns, und sofort liefen Pennys Wangen rosig an.

»Stimmt. Deshalb war ich sechs Jahre hintereinander entweder schwanger oder am Stillen.«

Eigentlich hätte ich gern die Augen verdreht, doch wenn ich ehrlich sein wollte, fand ich es toll, wie Penny und Hagen miteinander umgingen. Die beiden schienen nie genug voneinander zu bekommen.

So verhielt es sich bei allen Lykaios-Männern und ihren Ehefrauen. Und es galt auch für meine andere Cousine Ana, Hagens Halbschwester, die mit Pennys Bruder Ian verheiratet war.

Ja, es war ein verrücktes, heißes griechisches Beziehungschaos, aber irgendwie funktionierte es.

»Gibt's einen Grund für deine Anwesenheit, liebster Cousin?«, fragte ich Hagen. »Penny und ich haben beim

Umpflanzen der Tulpen nämlich Gespräche unter Frauen geführt.«

»Ich bin hier, um meine Frau zu holen. Die Kinder sind dieses Wochenende bei ihren Cousins und Cousinen, also hab ich sie ganz für mich allein.«

Sofort sprang Penny auf. »Tut mir leid, das hat Priorität. Solche Gelegenheiten kriegen wir nicht oft. Wenn einer der Brüder meine Jungs mal übers Wochenende nimmt, muss ich die Chance nutzen.«

»Ich versteh das schon. Du lässt mich für Sex und gutes Essen allein.«

»Genau.« Penny lächelte mir über die Schulter zu, bevor sie sich bei Hagen einhängte.

Hagen blickte geradezu ehrfürchtig auf sie herab. Selbst nach gemeinsamen zehn Jahren schien er noch darüber zu staunen, dass er tatsächlich seine Traumfrau geheiratet hatte.

Dabei hätte ich nie für möglich gehalten, dass sich Hagen, der eiskalte ehemalige Vollstrecker der Mafia, der zum Hotelmagnaten aufgestiegen war, Hals über Kopf in eine zierliche, aber temperamentvolle Whiskey-Erzeugerin verlieben würde.

Manchmal ergänzten sich Gegensätze tatsächlich zum perfekten Paar.

Vielleicht würde auch ich eines Tages meinen idealen Partner finden.

Und damit es dazu kommen konnte, musste ich Simon Drakos davon überzeugen, mich aus dieser Verlobung zu entlassen.

Ich fand es beschissen, dass er die Möglichkeit hatte, die Sache zu beenden, ich hingegen nicht.

Was zum Teufel sollte das?

So sehr ich mein griechisches Erbe liebte, manche alte, traditionalistische Aspekte trieben mich auf die Palme.

Andererseits war meine Großtante durchgebrannt, und man hatte deshalb in den Vertrag eine Zusatzklausel eingebaut, die der Braut keine andere Wahl ließ, als zur Hochzeit zu erscheinen, weil sie ihre Familie sonst um alles bringen würde.

Dann piepte mein Telefon und zeigte mir an, dass es an der Zeit war, die Arbeit zu beenden und den Weg zu meinem Apartment im Wohnturm des *Ida* aufzubrechen. Ich hatte einen langen Abend vor mir und musste mich vorbereiten.

Zuerst stand ein Treffen mit meinem hoffentlich nur vorübergehenden Verlobten an. Danach hatte ich mich mit Akari Ota verabredet, meiner besten Freundin.

Den nächsten Tag würde ich mit gründlichen Nachforschungen über potenzielle Teilnehmer an Pokernächten verbringen. Von ihrem Schuldenverlauf bis hin zu ihrem Ruf unter Geschäftspartnern würde ich alles unter die Lupe nehmen.

Ein weiterer Grund, warum ich aus diesem idiotischen Ehevertrag raus musste. Auf keinen Fall würde ich ein Geschäft aufgeben, das ich von Grund auf erschaffen hatte. Und genau das würde Simon Drakos von mir erwarten, sobald er etwas davon erführe.

Er konnte mich doch nicht wirklich heiraten wollen, oder? Das Mykos-Teufelsweib?

Gott, die Sache stresste mich so, dass ich Kopfschmerzen davon bekam.

Ich atmete tief durch, verdrängte die Gedanken in den Hinterkopf und sammelte mein Werkzeug ein.

Nachdem ich es auf den Wagen neben mir gelegt hatte, stützte ich mich mit der Hand daran ab, um aufzustehen. Allerdings rollte der Wagen weg, und ich verlor das Gleichgewicht.

Bevor ich es zurückerlangen konnte, landete ich auf den Knien.

Na großartig.

Seufzend wischte ich mir Schweiß und Erde aus dem Gesicht.

Wer mich so sähe, würde mich unweigerlich für eine tollpatschige Trulla in einem Garten halten. Andererseits hatte ich mir genau diesen falschen Eindruck schon des Öfteren zunutze gemacht, indem ich mich von anderen hatte unterschätzen lassen.

Es hielt die Leute davon ab, zu gründlich in meinen Angelegenheiten herumzuschnüffeln. Wenn die Wahrheit über meine Nebentätigkeit je ans Licht käme, stünde mir eine Menge Ärger ins Haus. Manche Dinge blieben besser im Dunkeln.

Vielleicht würde ich eines Tages jemanden finden, mit dem ich meine Geheimnisse teilen könnte. Jemanden, der meine wilde Ader akzeptierte und mich nicht zähmen wollte.

Ich lehnte mich an die Glasscheibe und zog die Füße unter mich. Als ich mich aufrichten wollte, fiel mein Blick auf zwei stechende grüne Augen.

Mein Herzschlag beschleunigte sich sprunghaft zu einem rasenden Hämmern in der Brust. Ein Schauder lief mir über den Rücken, eine Gänsehaut breitete sich über meine Arme aus. Ich schien mich nicht rühren zu können, verharrte wie erstarrt, während elektrisierende Energie zwischen uns knisterte.

Heilige Scheiße.

Wer um alles in der Welt war dieser Mann?

Eindeutig kein typischer heißer Urlauber in Las Vegas, wie sie mir täglich begegneten. Kein Tourist, der dachte, er könnte eine Einheimische mit einem tollen Körper und gutem Aussehen beeindrucken.

Dieser Mann strahlte eine potente Mischung aus Sex und Selbstvertrauen aus, die einer Frau vermittelte, dass er zwar gefährlich, aber einen Ausflug in verruchte Gefilde definitiv wert war.

Der Ansatz von Tätowierungen, die unter dem Designerhemd hervorlugten, betonte sein Bad-Boy-Flair, und für mich bestand keinerlei Zweifel daran, dass sich unter der Kleidung ein durchtrainierter, muskulöser Körper verbarg.

Erregung flutete meinen Schritt. Meine Nippel verhärteten sich, und der Drang, die Schenkel zusammenzupressen, breitete sich kribbelnd in meinem Hinterkopf aus.

Er trat näher an die Scheibe, die uns trennte, und sah mir so tief in die Augen, dass ich den Blick nicht von ihm abwenden konnte.

Meine Atmung wurde flach, und das unterschwellige Pochen tief in meiner Mitte verstärkte sich.

Mist. Was geschah nur mit mir? Und wieso kam mir sein

Gesicht so bekannt vor? Ich konnte ihn doch nicht kennen, oder?

Nein, er entsprach dem Typ Mann, den eine Frau in ihren Fantasien heraufbeschwor. Einen, an den sie sich im wahren Leben nie heranwagen würde.

Ich leckte mir über die Lippen, fühlte mich hypnotisiert von seinem sinnlichen Blick.

Als besäße er eine Art magische Macht über meine Libido.

Noch nie zuvor hatte ich so auf jemanden reagiert.

Mit einem Schlucken versuchte ich, meine plötzlich staubtrockene Kehle zu befeuchten.

Dann bildeten seine Lippen: *Komm raus, damit wir reden können.*

Er wollte *was*?

Reden?

Als sich der Schleier in meinem Hirn lichtete, schüttelte ich verneinend den Kopf.

Diesem Kerl stand Ärger ins Gesicht geschrieben. Das Letzte, was ich brauchte, war eine zusätzliche Erschwernis in meinem ohnehin schon komplizierten Leben. Ganz gleich, wie verlockend der Gedanke an einen Tanz mit dem Teufel gerade sein mochte.

Und man sah ihm an, dass er durch und durch verrucht war.

Mit einem Nicken beharrte er darauf.

Bevor ich erneut ablehnen konnte, räusperte sich jemand hinter mir und riss mich aus der Trance, in die dieser sexy Kerl mich versetzt hatte.

Als ich mich umdrehte, erblickte ich die Leiterin meiner Personenschutztruppe, Stevie Nem. Sie sah mich mit einem wissenden Funkeln in den Augen und einem selbstgefälligen Lächeln auf den Lippen an.

»Zeit, sich für den Abend vorzubereiten. Genug geglotzt.«

Meine Aufmerksamkeit schwenkte zurück zu der Scheibe. Der Fremde war verschwunden. Ich verspürte zugleich Enttäuschung und Erleichterung.

»Ich glaube, du hast mich gerade vor einer sehr schlechten Entscheidung bewahrt.« Ich richtete mich auf, bürstete mir die Erde von der Kleidung und hatte das Gefühl, die Chance meines Lebens verpasst zu haben.

»Deshalb bezahlst du mich ja auch so fürstlich. Ich halte den Pöbel fern.«

»Also, für Pöbel hat der Kerl verdammt verlockend ausgesehen.«

3

Simon

»**W**as zum Teufel war das denn?«, fragte ich mich und massierte mir den Nacken, während ich auf den Hauptgang des Casinos im *Ida* zusteuerte.

Eigentlich hätte ich es besser wissen und meine Neugier im Griff behalten sollen. Letztlich jedoch hatte mich das Verlangen übermannt, einen Blick auf das Mykos-Teufelsweib in seinem natürlichen Element zu werfen. Statt direkt in meiner Suite einzuchecken, hatte ich einen Umweg über den botanischen Garten des *Ida* eingelegt.

Allerdings hatte ich nicht mit der instinktiven Reaktion meines Körpers auf diese so unschuldig wirkende Frau mit Dreck im Gesicht und großen dunklen Augen gerechnet. Ein schlichter Blick von ihr, und schon hatte sie einen in ihrem Bann. Ebenso wenig hatte ich die natürliche Schönheit eines Models erwartet, obwohl sie nur einen Hauch von Make-up trug.

Fast zwanzig Minuten lang hatte ich beobachtet, wie sie mit Persephone Lykaios geplaudert und gelacht hatte, völlig entspannt, ohne einen Funken Überheblichkeit. Keine Spur von der herablassenden Zicke mit der scharfen Zunge, als die man sie in New York beschrieb. Stattdessen wirkte sie sprühend vor Leben, vor Freude, vor Unschuld und dazwischen verschmitzt.

Sie hatte mich derart in ihrem Bann, dass ich nicht den Blick von ihr abwenden konnte.

Ohne die für die Family Mykos typischen, tiefdunklen Augen, hätte ich nie geglaubt, dass sie meine Verlobte war. Und den kranken Mistkerl in mir juckte es danach, sie durch und durch zu verderben.

Reiß dich zusammen, Arschloch. Sie gehört dir nicht.

Den Preis dafür, sie zu berühren, wollte ich nicht bezahlen, so umwerfend, kurvig und göttlich sie auch sein mochte.

Wie in Dreiteufelsnamen waren meine Männer auf den Gedanken gekommen, sie wäre langweilig? Waren sie blind?

Ich durchquerte die Lobby des *Ida* zum Turm mit den Privatsuiten des Hotels. Gerade als ich Reihe der Fahrstühle erreichte, trat Kasen aus den Schatten.

Die Belustigung in jenen grünen Augen, die so sehr den meinen ähnelten, weckte in mir den Drang, ihm einen Kinnhaken zu verpassen. Er hatte beobachtet, was sich stumm zwischen Nyx und mir abgespielt hatte, und hatte diebische Freude daran.

Der Penner kannte mich besser als die meisten Menschen. Er war in meiner Jugend der Einzige gewesen, den Pappous mir zugestanden hatte und mit dem ich Spaß haben konnte. Und mittlerweile betrachtete ich ihn als den Einzigen, bei dem ich mich immer darauf verlassen konnte, dass er mir den Rücken decken würde.

Kasen war der Sohn von Tante Dalani, der Zwillingsschwester meines Vaters. Sie hatte alles getan, was mein Großvater von ihr erwartet hatte, hatte den richtigen Mann aus der richtigen Familie mit der richtigen Herkunft geheiratet. Und weil sich Tante Dalani so brav an die ihr vorgeschriebenen Regeln gehalten hatte, wurde Kasen von Pappous als guter Einfluss auf mich betrachtet.

Zum Glück für meine Tante war Onkel Steven zufällig ihre Flamme an der Highschool gewesen und kein Wildfremder, der ihr aufgezwungen wurde.

»Waren die Berichte jetzt richtig oder falsch?«

Sie waren verdammt falsch – in keinem davon wurde auch nur annähernd angedeutet, wie umwerfend schön die Frau war.

Statt ihm meine wahren Gedanken mitzuteilen, erwiderte ich: »Sie muss Geheimnisse haben. Niemand ist so unnatürlich rein.«

Oder erfüllte einen Mann so mit Visionen davon, was er mit ihr im Bett anstellen wollte.

Kasens Mundwinkel krümmten sich nach oben. »Sie ist dein Typ. Verdammt, ich hab's gewusst.«

Ich ignorierte ihn, stapfte zum Aufzug, stieg ein und drückte den Knopf für unsere Etage.

Es kostete mich immer mehr Mühe, Kasen das Grinsen nicht aus dem Gesicht zu schlagen.

»Ich habe keinen bestimmten Typ.«

»Was für ein Schwachsinn. Dunkles Haar, dunkle Augen, ein Körper mit Kurven an den richtigen Stellen. Die einzige Abweichung zu deinem üblichen Beuteschema besteht darin, dass sie intelligent ist und mehrere Titel vor dem Namen hat. Ist sie nicht irgendeine Ärztin?«

»Doktorin der Philosophie. Und die Frauen, mit denen ich mich einlasse, sind auch keine Idiotinnen.«

»Na schön, dann eben keine Ärztin, trotzdem eine Doktorin. Die Schnepfen, die du sonst aufgabelst, lassen sich deinen Scheiß bieten. Intelligente Frauen haben keine Zeit für Arschlöcher. Vielleicht hat sie deswegen einen schlechten Ruf.«

Der Mistkerl hielt sich für unheimlich witzig.

»Wann bist du eigentlich ihr Fürsprecher geworden?«

»Ich sag dir nur, wie es ist. Unseren Männern kann man vertrauen. Und die mögen sie. Außerdem« – die kurze Pause, die er einlegte, ließ mich ahnen, dass mir seine nächsten Worte nicht gefallen würden – »hab ich deine Reaktion auf sie beobachtet. Du willst sie.«

Damit sprach er ein schweres Problem an.

»Du bist ein Arsch.«

»Nein, den Ruf hast du. Du weißt schon, der Scheiß mit ›Meister des Schicksals und der Dunkelheit‹ und so. Ich bin bloß der Handlanger, der hinter dir aufräumt, wenn du deine Regeln durchsetzt.«

Wenn er nicht einer der wenigen gewesen wäre, denen ich mein Leben anvertrauen würde, hätte ich ihn schon vor Jahren umgebracht.

Es schien Kasen diebische Freude zu bereiten, mich an den schlechten Ruf zu erinnern, der um mich herum entstanden war, nachdem ich den Posten meines Großvaters bei Drakos Shipping übernommen hatte.

Ich war in Pappous' Fußstapfen getreten und hatte Angst in jenen entfacht, die dachten, ich wäre zu schwach, um die Organisation meiner Familie zusammenzuhalten. Mein Ziel hatte darin bestanden, alles und mehr zurückzuholen, was man meiner Familie gestohlen hatte.

»Aber mal im Ernst, was wäre denn so schlimm dran, herauszufinden, wohin es führen könnte?«

»Sie anzufassen, ist so ziemlich das Letzte, was ich tun sollte. Die möglichen Konsequenzen sind zu heftig.«

»Die schlimmsten Konsequenzen wären, dass du mit einer brandheißen, klugen Frau verheiratet wärst und die Mykoses von Rivalen zu Verbündeten würden.«

Ich ignorierte seine Worte, stieg aus dem Aufzug und betrat den Flur, der direkt zu meiner Suite führte.

»Du weißt, dass ich recht habe.«

Ich warf Kasen einen finsteren Blick zu und marschierte schnurstracks zu einer gut bestückten Bar. »Die Frau, die ich heirate, wird keinen Ruf irgendeiner Art haben. Ich brauche eine, die versteht, was von ihr erwartet wird. Kein Teufels-weib, das mir auf Schritt und Tritt Ärger macht.«

»Du meinst jemanden, der nach deiner Pfeife tanzt. Wie Santos' Tochter. Mit ihr hättest du keine Probleme. Sie wird ihre Meinung für sich behalten, sich verstecken und nur bei Veranstaltungen rauskommen, solange du sie dein Geld verprassen lässt.«

So ausgedrückt klang ich nach einem handfesten Mistkerl.

Andererseits wusste Camilla Santos haargenau, was für ein Leben sie führen würde. Sie stand wie die meisten Frauen auf Geld und Einfluss.

Na ja, vielleicht abgesehen von Nyx Mykos.

Ein Bild ihrer dunklen Augen blitzte in meinem Kopf auf. Eine Vision, wie sie vor mir kniete und den Mund um meine Erektion stülpte.

Mist.

Ich knirschte mit den Zähnen. Irgendwie musste ich mich zusammenreißen. Von allen Frauen auf der Welt, auf die man eine unmittelbare körperliche Reaktion haben konnte, musste es bei mir ausgerechnet sie sein. Nicht mal die Tochter von Wes Santos, eine weithin bekannte Schönheit, entfesselte in mir begehrliche Visionen davon, wie ich sie um den Verstand vögelte.

Ich schenkte mir zwei Fingerbreit Scotch ein, ergriff das Glas und stürzte den starken Alkohol hinunter, ließ ihn meine Kehle hinunterbrennen.

»Es ist zu spät, um unseren lieben Onkel Albert noch auszuschalten. Hättest du's vor zehn Jahren getan, wärst du nie in die Lage geraten.«

Kasens Betonung auf »Onkel« ließ mich den Kopf schütteln. So nannten wir ihn sonst nie. Pisser, Drecksack, Schwachkopf, unnötiger Luftverbraucher. Das und Ähnliches. Aber nicht Onkel.

»Er kriegt schon noch, was er verdient.«

Albert war der zweite Ersatzmann, wie Pappous ihn genannt hatte. Deshalb lief er mit einem ständigen Groll umher. Er wollte, was seine älteren Brüder hatten, aber ohne sich dafür anzustrengen. Das hatte ich schon als Kind erlebt und umso mehr, als er mir nach meiner Übernahme der Familie mit dem höheren Rang kommen wollte. Zu seinem Pech hatte das Alter nichts mit der Nachfolge in der Familie zu tun.

Ich hatte das Geschäft auf die harte Tour gelernt, nicht als Laufbursche oder als bloßer Nutznießer der Gewinne.

Das Arschgesicht hatte keine Ahnung, dass ich alles über seine Beteiligung an dem Hubschrauberabsturz wusste, bei dem Pappous ums Leben gekommen war. Nur war die eigentlich beabsichtigte Zielperson damals nicht an Bord gewesen.

Ich.

Pappous' Drang, jede Vertragsverhandlung zu kontrollieren, hatte ihn dazu gebracht, an dem Tag statt mir zu fliegen.

Und nun musste ich mich mit noch mehr von Alberts Schwachsinn herumschlagen.

Bis vor wenigen Monaten hatte ich mir keine Gedanken über den überholten Vertrag gemacht, den mein Urgroßvater ausgeheckt hatte. Niemand in der heutigen Zeit hätte erwartet, dass jemand eine vor über hundert Jahren in Griechenland getroffene Vereinbarung einhalten wurde.

Dann hatte Albert beschlossen, dass er mehr vom

Drakos-Kuchen haben wollte. Er hatte die Familienältesten gedrängt, das Mykos-Drakos-Abkommen durchzusetzen.

Vielleicht hatte Kasen recht. Ich hätte den verräterischen Mistkerl umbringen sollen, als ich vor einem Jahrzehnt die Gelegenheit dazu hatte.

»Du hast nur noch die Möglichkeit, das nächste Jahr durchzuhalten und mit den Konsequenzen zu leben.«

»Es wird keine Konsequenzen geben.«

»Du bist zu clever, um den Blödsinn zu glauben. Du hast vielleicht nicht die Absicht, Nyx Mykos zu heiraten, aber ich garantiere dir, dass ihr innerhalb des nächsten Monats im Bett landet. Und von da an hast du die Konsequenzen an der Backe.«

»Lass mich wiederholen, dass es keine Konsequenzen geben wird. Immerhin ist sie meine Verlobte. Und damit sind wir für die nächsten zwölf Monate in einem exklusiven Klub. Mit Privilegien für Mitglieder.«

»Du wirst es total vermasseln.«

»Mein Gefühl sagt mir, dass sie nicht so unschuldig ist, wie alle glauben. Sie wird mit mir zurechtkommen. Und während ich mit meiner Verlobten verhandle, möchte ich, dass du weitergräbst. Montagmorgen reisen wir ab. Du hast drei Tage.«

4

Nyx

Gegen 18:45 Uhr betrat ich das *Epieikeia*, ein griechisch inspiriertes, für seine Süßwaren bekanntes Café, dicht gefolgt von Tony und zwei meiner Sicherheitsleute. Mit brodelndem Magen stählte ich mich für jedes mögliche Ergebnis meiner Begegnung mit Simon Drakos – sogar für die Vorstellung, ihn heiraten und nach New York zurückkehren zu müssen, wovor mir graute.

Es wäre der Verlust meine Freiheit.

»Ms. Mykos, Ihr Tisch ist bereit«, teilte mir Jesse mit, die Tischdame. »Wie gewünscht haben wir Sie im privaten Bereich untergebracht. Niemand außer Ihrem Kellner wird sie stören.«

»Vielen Dank dafür.«

Lächelnd führte Jesse mich in meinen Winkel des Cafés. »Ist wohl das Mindeste, was ich dafür tun kann, dass Sie mir bei Botanik helfen.«

Sobald ich Platz genommen hatte und Jesse gegangen war, beugte sich Tony vor, ergriff meine Hand und legte eine kleine Scheibe hinein.

»Wir warten an der Bar auf dich. Gib einfach das Zeichen, dann bin ich da. Mir ist schnurzegal, wer er ist. Wenn du raus willst, hole ich dich raus.«

Er meinte den mit seinem Handy verbundenen Notfallalarm, der anzeigte, dass ich einen Ort verlassen wollte, ohne eine Szene zu verursachen. Tony ging bei meiner Sicherheit nie ein Risiko ein, unabhängig davon, wen ich traf, ob Freund oder Feind. Und Simon Drakos galt in seinen Augen als Feind.

»Er ist mein Verlobter. Eigentlich sollten wir uns bis zur offiziellen Verlobung nicht mal in der Nähe des anderen aufhalten. Er wird keine Probleme machen.«

»Wenn du den Schwachsinn glaubst, kann ich dir auch ein Stück Land auf dem Mond verkaufen, Silent Night.«

Ich verengte die Augen zu Schlitzen. Der Wink sollte mich daran erinnern, dass meine Untergrundaktivitäten mit dem Club auf dem Spiel standen, falls mit meinem hoffentlich nur vorübergehenden Verlobten etwas schiefginge.

»Apropos Silent Night. Sind die Einladungen rausgegangen?«

»Ja.«

»Zusagen?«

»Von allen bis auf einen.«

»Wer?«

»Derselbe wie immer.«

Meine Mundwinkel verzogen sich zu einem verhaltenen Lächeln. »Er will einfach nur die Einladung. Ich glaube, falls er je wirklich auftaucht, würde sich die Hälfte der anderen Gäste anpinkeln.«

»Nur du betrachtest ihn als knuddeligen Großvatertyp.«

Ich zog eine Augenbraue hoch. »Dasselbe gilt für Papa und meine Brüder. Ich bin nicht blind und weiß, wer sie sind. Ist nur so, dass ich es einfach akzeptiere.«

»Aber sie sind blind dafür, wer du in Wirklichkeit bist.«

Ich zuckte mit den Schultern. »Deshalb muss die Sache hier auch funktionieren. Wenn das Jahr rum ist, kann ich alles erklären. Dann kann ich allen klarmachen, dass ich nie wieder zurück will.«

»In dem Fall hoffen wir für dich besser, dass Simon Drakos seinem Ruf als Arschloch nicht gerecht wird.«

»Musstest du das jetzt echt sagen?«

»Ich bin nicht dazu da, dir falsche Hoffnungen zu machen. Ich bleibe realistisch.«

»Schönen Dank auch.«

»Gern geschehen.« Damit entfernte er sich und nahm seine Position an der Bar ein, wo er ungehinderte Sicht auf mich und den gesamten Gastraum hatte.

Im Verlauf der nächsten fünfzehn Minuten bestellte ich mir Sprudelwasser, nippte daran und scrollte durch die Nachrichten auf meinem Handy.

So sehr ich mich bemühte, ich konnte die Anspannung nicht verdrängen, die mir schwer im Magen lag.

Es musste einfach klappen. Ich konnte nicht zurück. New York war nicht mehr der richtige Ort für mich.

Schuldgefühle fuhren mir ins Herz.

Ich hätte dort kein schlechtes Leben. Allerdings eines ohne jedes Mitspracherecht. Es gab für alles Regeln. Dafür, was ich zu tun hatte. Was ich anziehen sollte. Was ich sagen durfte. Ich galt als die Temperamentvolle, die mit Vorliebe in Erde wühlte, Messer warf und die falschen Äußerungen von sich gab.

Ja, ich mochte schöne Dinge und putzte mich gern mal heraus, hatte aber nie gewollt, dass es zu einem Teil meines Alltags wurde.

Dann war da noch mein Laster namens Glücksspiel.

Wie würde meine Familie wohl reagieren, wenn sie je erführe, dass ich schon während der gesamten Studienzeit im Untergrund Zockernächte veranstaltet und es nicht erst in Las Vegas gelernt hatte?

Verdammt, was würde mein Verlobter davon halten?

Mist. Unwillkürlich hatte ich an ihn als *Verlobter* gedacht. Die Sache ging mir unübersehbar unter die Haut.

Ich schloss die Augen und atmete mehrmals tief durch, um den Kopf zu leeren und die Gedanken zu ordnen. Stattdessen jedoch blitzte das Bild des Mannes mit den stechenden smaragdgrünen Augen vor mir auf.

Richtig, dieser Kerl kam auch noch hinzu.

Ausgerechnet an diesem Tag hatte mir jemand über den Weg laufen müssen, auf den mein Körper derart heftig reagiert hatte. Seit fünf langen Jahren hatte ich auf jemanden gewartet, der mich alle Vorsicht in den Wind schlagen ließe.

Auf jemanden, für den es sich lohnte, aus mir herauszuge-hen. Und innerhalb weniger Sekunden hatte dieser Mann, mit dem ich nicht mal ein Wort gewechselt hatte, mit einem Blick das Verlangen in mir geweckt, ihn all die versauten, verruchten Dinge mit mir anstellen zu lassen, die ich in seinen Augen gesehen hatte.

Vielleicht handelte es sich um einen grausamen Scherz der griechischen Götter – eine Strafe dafür, dass ich die rebellische Mykos war.

Ein Schauder lief mir über den Rücken. Als ich die Lider öffnete, erblickte ich den Teufel höchstpersönlich auf der anderen Seite des Saals.

Oh Mist. Das war übel.

Bitte bemerk mich nicht. Bitte bemerk mich nicht.

Verdammt. Zu spät.

Sein Blick heftete sich auf mich, und mein Herzschlag beschleunigte sprunghaft zu einem rasenden Takt, der durch meine Ohren donnerte. Sofort entflammte Verlangen zwischen meinen Beinen. Was ich vorhin verspürt hatte, war harmlos im Vergleich dazu, was nun durch meinen Körper pulsierte.

Bleib, wo du bist, bildeten seine Lippen, als er den Weg in meine Richtung antrat. Er zögerte nicht, als Jesse versuchte, ihn abzufangen, und schlängelte sich zwischen den zahlrei-chen Tischen zwischen uns hindurch.

Mittlerweile trug er eine Anzughose und ein maßge-schneidertes Jackett. Unter dem dunkelblauen, am Kragen offenen Hemd lugten Ansätze schwarzer Tätowierungen im Nackenbereich hervor. Und es ließ sich nicht übersehen, dass sich unter der Kleidung ein durchtrainierter, definierter Körper verbarg.

Die Selbstsicherheit, mit der er sich bewegte und mich im Auge behielt, vermittelte mir den Eindruck eines Raubtiers, das sich an seine nächste Mahlzeit anpirschte.

»Olympia Nyx Mykos«, sagte er, als er an meinem Tisch stehen blieb. Seine tiefe, raue Stimme erfasste mich und fuhr geradewegs in mein Innerstes.

Ich legte den Kopf in den Nacken, ließ ihn auf mich wirken. Er kam mir so viel größer als auf der anderen Seite der Beobachtungsscheibe vor.

Seine Gegenwart fühlte sich regelrecht überwältigend an, beinah zu viel.

Moment. Er hatte *Olympia* gesagt. Niemand in Las Vegas nannte mich Olympia. Verdammt, die meisten Leute hatten keine Ahnung, dass ich einen anderen Namen als Nyx hatte.

Wer zum Teufel war dieser Kerl?

»Woher kennst du meinem Namen?«

»Sollte ich den Namen meiner Verlobten nicht kennen?« Halt. *Verlobte?*

Ach du lieber Himmel. Was zum Teufel ging hier vor sich? Nein, das konnte nicht stimmen.

»Was?« Ein Schwindelgefühl erfasste mich, und ich klammerte mich an der Tischkante fest. »Du bist Simon Drakos?«

Sein intensiver Blick direkt in meine Augen steigerte die bereits in mir brodelnde Erregung. Am liebsten hätte ich mich geohrfeigt.

»Genau der. Und ich denke, unsere Verhandlungen über deine Freiheit werden sehr interessant.«

Ich knirschte mit den Zähnen, und der Dunstschleier blanker Lust legte sich ein wenig.

Meinte er das ernst? Er konnte nicht wirklich andeuten, was ich glaubte.

»Du willst mich genauso wenig heiraten wie ich dich. Warum setzt du dich nicht und hörst dir mein Angebot an? Wenn dir nicht gefällt, was ich zu sagen habe, kannst du abdampfen, und ich stehe noch schlechter da.«

»Meinetwegen, wenn du's so spielen willst.« Er zog den Stuhl auf der gegenüberliegenden Tischseite heraus und setzte sich. »Wir machen es auf deine Art. Du sollst nur wissen, dass der Ball bei mir liegt.«

»Ballspiele sind nicht mein Ding. Ich bevorzuge Karten. Und in Las Vegas gewinnt immer das Haus.«

»Dann teil mal aus, Miss Mykos. Was ist es dir wert, dir ein an mich, an mein Bett gebundenes Leben zu ersparen, in dem du nach meiner Pfeife tanzen musst?«

Das Lodern in seinen hypnotischen grünen Augen brachte meine Mitte zum Beben, wie ich es noch nie erlebt hatte. Der Mistkerl besaß eine unheimlich potente Ausstrahlung – und er wusste es.

Ich weigerte mich, den Blick abzuwenden. Genau das wollte er – mich einzuschüchtern, mich verunsichern, mir das Gefühl geben, er hielte die gesamte Macht in den Händen.

Ich ignorierte bestmöglich die Reaktionen meines verräterischen Körpers und sagte: »Einhundert Millionen Dollar.«

»Bietest du mir gerade deinen Anteil am Fonds an? Brauchst du den nicht?«

»Ich würde lieber für den Rest meines Lebens arbeiten, als ihn in einer lieblosen Ehe zu verbringen.«

»Liebe ist ein Märchen, mit dem die Welt kleinen Mädchen das Gehirn wäscht.«

»Mein Vater liebt meine Mutter, also weiß ich, dass es *kein* Märchen ist«, konterte ich herausfordernd und reckte das Kinn vor, ehe ich hinzufügte: »Und deine Eltern sind miteinander durchgebrannt, also müssen sie wohl auch mehr als eine oberflächliche Beziehung gehabt haben.«

Eine Furche bildete sich zwischen seinen Brauen. »Was weißt du über meine Eltern?«

Sein plötzlich harter Ton verriet mir, dass ich einen Nerv getroffen hatte.

Interessant.

»Ich weiß, was meine Mutter mir erzählt hat. Deine Eltern hatten eine heiße Affäre, und dein Vater hat dafür auf einen lukrativen Ehevertrag, einen Posten bei seinem Vater und ein Vermögen für deine Mutter verzichtet. Wenn das keine Liebe ist, was dann?«

»Liebe macht Menschen schwach.«

»Also glaubst du sehr wohl an Liebe, hast aber keine Zeit für die damit verbundenen Komplikationen, richtig?«

»Ich habe nicht vor, mit irgendjemandem Liebe anzustreben. Die Ehe ist für mich eine einvernehmliche Geschäftsvereinbarung.«

»Und genau deshalb passen wir nicht zueinander.«

»Du willst also Romantik, Rosen und ewige Liebe. So was gibt es nicht.«

»Ich bin nicht naiv. Liebe bedeutet nicht, dass alles

perfekt sein muss. Es bedeutet lediglich, dass man sich gegenseitig so akzeptiert und respektiert, wie man ist. Man muss sich nicht so verändern, dass man in eine bestimmte Schublade passt oder die Erwartungen der Gesellschaft erfüllt. Oder die tiefsten, dunkelsten Seiten seiner selbst verbergen.«

»Was soll denn dein künftiger Ehemann an dir akzeptieren, Nyx? Was verbirgst du vor der Welt?« Er beugte sich vor und setzte erneut jenen eindringlichen, hypnotischen Blick ein, den ich schon zuvor erlebt hatte.

Ich leckte mir über die Lippen. »Wärst du der Mann, den ich heiraten wollte und liebte, würde ich es dir sagen. Bist du aber nicht. Ich will nur wissen, was nötig ist, um die Sache in einem Jahr zu beenden.«

»Du willst meinen Preis dafür, dass ich dich aus der Verlobung entlasse – abgesehen von deinem Anteil am Fonds?«

»Ja.« Ich streckte die Hand nach meinem Glas Wasser aus. Bevor ich es ergreifen konnte, legte er die Finger um meinen Unterarm und jagte damit ein elektrisierendes Kribbeln über meine Haut.

Heilige Scheiße. Ich sollte nicht so auf ihn ansprechen.

»Lass mich los, Simon.«

»Nein. Wir sind mitten in Verhandlungen.« Nach einer kurzen Pause fügte er schmunzelnd hinzu: »Um deine Freiheit.«

Mit einer Hand hielt er meinen Arm fest, mit den Fingerspitzen der anderen zeichnete er träge Kreise über die Vene an der Innenseite meines Gelenks.

Seine Berührung jagte mir knisternde Schauder über den Rücken, als wären seine Finger stromführende Drähte. Hitze stieg mir ins Gesicht, meine Atmung wurde flacher.

»Ich werde nicht mit dir schlafen.«

Aber wäre er ein anderer Mann gewesen, der mich so ansah, hätte ich mich auf die Gelegenheit gestürzt. Ich hätte ihn all die düsteren, verruchten Dinge anstellen lassen, die in diesen smaragdgrünen Augen funkelten.

»Bist du dir sicher? Ich weiß, dass du dich zu mir hingezogen fühlst. Das erkenne ich daran, wie sich deine Pupillen weiten, wie sich deine Lippen zu kleinen Atemzügen teilen, wie sich deine Haut zunehmend rötet, während ich deinen Arm streichle.«

Großer Gott, der Mann konnte allein mit Worten verführen.

Mit einem schweren Schlucken bemühte ich mich, die ausgetrocknete Kehle zu befeuchten. »Ich schlafe nicht mit jedem Mann, den ich attraktiv finde.«

»Schlaf muss dabei ja nicht vorkommen, Nyx.«

»Es wird nicht passieren.«

Als hätte ich nichts gesagt, hob er sich mein Handgelenk an den Mund. Voll neugieriger Faszination beobachtete ich, wie er mit den Zähnen über meine empfindsame Haut schrammte. Und es kostete mich alle Willenskraft, nicht zu stöhnen.

Als ich erkannte, dass er meine Reaktion bemerkt hatte, entriss ich ihm meinen Arm. »Nein.«

»Ich glaube, dir ist nicht klar, wie die Sache hier läuft. Wenn du deine Freiheit willst, dann will ich dich für das nächste Jahr in meinem Bett. Wann immer ich will. Wie auch immer ich will. Ich kann mit dir machen, was ich will.«

Was für ein arrogantes, unerträgliches Arschloch.

Wo zum Teufel waren meine Messer, wenn ich sie brauchte?

Ja, schon klar. Stevie hatte mir erklärt, dass ich sie nicht mitbringen konnte, weil es unzivilisiert wäre, meinem Verlobten mit körperlicher Gewalt zu drohen. Und das hatte ich nun davon.

Die Erregung von vorhin verschwand fast restlos, als mein Temperament wie ein Inferno aufloderte.

Mit zu Schlitzen verengten Augen stand ich auf und stemmte eine Hand in die Hüfte. »Tja, ich habe eine Antwort zu dem Vorschlag, Mr. Drakos.«

»Und wie lautet sie, Miss Mykos?« Unbeirrt erhob er sich ebenfalls.

Dass er mich um mindestens fünfundzwanzig Zentimeter überragte, verärgerte mich nur noch mehr.

»Du bist ein Arschloch, Simon Drakos«, fauchte ich zwischen zusammengebissenen Zähnen hindurch, pikte ihn mit einem Finger in die Brust und scherte mich nicht darum, dass wir neugierige Blicke anderer Gäste ernteten.

»Ein Arschloch, das du sehr intim kennenlernen wirst.«

»Gott, bist du eingebildet. Hätte ich jetzt meine Messer zur Hand, würde ich ...« Abrupt bremste ich mich und versuchte, mein Temperament zu zügeln.

»Würdest du mich ausweiden, wie es dir die Gerüchte zuschreiben?« Er trat näher und schnappte sich die Hand, die ihn gerade gepikt hatte. »Dann sollst du wissen, dass ich auf solche Spielchen normalerweise nicht stehe. Aber für dich mache ich eine Ausnahme.«

Als ich meine Hand zurückziehen wollte, hielt er sie fest. »Ich werd's nicht mit dir tun.«

»Lüg dich ruhig weiter selber an, Nyx Mykos. Du hast bei unserem ersten Blickkontakt im Garten gewusst, dass es unvermeidlich ist. Dich ärgert nur, wer ich bin.«

»Und an der Stelle irrst du dich. Ich will gar nicht leugnen, dass ich mich zu dir hingezogen fühle. Aber Vegas ist voll von gut attraktiven Männern. Wenn ich es besorgt bekommen will, kann ich das immer und jederzeit kriegen. Dafür brauche ich dich nicht.«

»Warum tust du's dann nicht? Ich hab gehört, du ziehst Pflanzen Männern vor.«

»Ich bin eben wählerisch. Kein Flittchen zum Benutzen und Wegwerfen. Du bist genau wie alle Kerle zu Hause. Glaubst, du könntest jede flachlegen. Nein, du bist sogar noch schlimmer, weil dein Aussehen zu deinem Ego passt. Deshalb habe ich noch letzte Worte für dich, bevor ich gehe.«

»Und die wären?«

»Du kannst dir dein Gegenangebot in die Haare schmieren.« Damit stapfte ich wutentbrannt aus dem Restaurant.

5

Simon

Ich beobachtete, wie Nyx mit ihren Aufpassern aus dem Restaurant stürmte. Dabei musste ich daran denken, wie sich ihr Blick erst vor Leidenschaft, dann vor Wut verdüstert hatte.

Das wollte ich unbedingt genauer erforschen.

Ja, ich konnte es nicht leugnen. Ich war genau der Arsch, als den sie mich bezichtigt hatte.

Aber dazu hatte Gio Drakos mich nach seinem Vorbild geformt. Er beurteilte alles ausschließlich danach, ob die Familie Drakos, also er, davon profitierte.

»Ist ja super gelaufen«, merkte Kasen sarkastisch an, als er sich mir von rechts näherte. »Ich glaube, ich hab gerade zum ersten Mal miterlebt, wie dir jemand ins Gesicht gesagt hat, du sollst dich verpissen.«

»Oh, sie wird mir nicht lange fernbleiben.«

Kasen schüttelte den Kopf. »Ziemlich sadistische Version eines Vorspiels.«

»Da du der Sadist von uns beiden bist, musst du es ja wissen.«

»Wenigstens steh ich zu meinen Fetischen.«

»Ich brauche dafür keine ausgefallenen Bezeichnungen. Weil ich bloß eine Frau brauche, die akzeptiert, dass ich weiß, was ich will, und es mir auch nehme.«

»Und du denkst, deine kleine Verlobte ist diese Frau.«

»Das denke ich nicht, ich weiß es.« Ein Lächeln umspielte meine Lippen. »Was sie am meisten stört, ist, wie sehr ihr die Vorstellung in Wirklichkeit gefällt.«

Ich hatte sie darauf angesprochen, wie sich ihre Atmung verändert und ihre Pupillen geweitet hatten. Allerdings hatte sie keine Ahnung, dass mir aufgefallen war, wie sie sich an der Tischkante festgeklammert und sich gewunden hatte, weil sie die Erregung zwischen ihren Beinen kaum aushalten konnte.

»Ich weiß, dass es sinnlos ist, dich noch mal zu warnen.«

»Dann lass es.«

»Geht nicht. Ist schließlich meine Aufgabe, auf dich aufzupassen. Also – wenn du die Vereinbarung mit Mykos nicht in den Sand setzen willst, dann treib es *nicht* mit seiner Schwester.«

»Da du so besorgt um mich bist, schlage ich dir einen Deal vor. Solange Nyx Mykos ihre blütenweiße, klingenverliebte, moralisch überlegene Fassade aufrechterhält, die euch alle zu täuschen scheint, fasse ich sie nicht an.«

»Mit anderen Worten, du setzt es dir zur persönlichen Aufgabe, jede einzelne Leiche in ihrem Keller auszugraben.«

»Tatsächlich werde ich dafür die Hilfe eines lieben Freunds der Familie in Anspruch nehmen.«

Bis dahin hatte ich nicht daran gedacht, mich an Draco Jackson zu wenden, meinen Mentor, einen langjährigen Verbündeten der Familie Drakos. Draco und seine Erben beherrschten die Unterwelt von Nevada. Ihr Einfluss reichte bis in den Nordwesten und südlich über die Grenze hinaus weit nach Mexiko. Wenn sich irgendetwas in seinem Gebiet ereignete, erfuhr er davon. Und vor allem würde er über heimliche Aktivitäten der Tochter eines Rivalen Bescheid wissen.

Die Verbindung meiner Familie zu Draco erstreckte sich über fast siebzig Jahre. Mein Urgroßvater, der ursprüngliche Christopher Drakos, hatte dem kaum achtzehnjährigen Draco geholfen, sich in den USA niederzulassen, als seine Familie in Japan ihm befohlen hatte, ihr Imperium auf nach Nordamerika auszudehnen.

Draco wurde in die *Ninkyō Dantai* hineingeboren, besser bekannt als Yakuza, die Mafia der Unterwelt Japans. Die meisten seiner Verwandten waren nach wie vor hochrangige Mitglieder eines der herrschenden Clans der Organisation.

»Ich sag's dir ja ungern, aber Draco hat eine Schwäche für den Lykaios-Clan.«

»Für mich aber auch. Wäre er dieses Wochenende nicht verreist, würden wir heute Abend mit ihm essen.«

»Er hat Hagen Lykaios wie einen Sohn großgezogen und beschützt die gesamte Familie.«

»Ich weiß schon, wem Dracos Loyalität gilt. Der Mann hat Pappous nach dem Absturz praktisch ersetzt. Manchmal hatte ich den Eindruck, dass Draco mehr an meinem Erfolg gelegen hat als mir selbst.«

Man konnte über Draco sagen, was man wollte, aber er vergaß nie seine Schulden. Nur Stunden nach Pappous' Tod waren zwei seiner Söhne und drei seiner Enkel mit ihren Männern in New York eingetroffen und hatten sich den Drakos-Soldaten angeschlossen, um dafür zu sorgen, dass ich am Leben blieb.

Sobald ich vom Absturz des Hubschraubers erfahren hatte, war mir klar gewesen, dass die Wahrscheinlichkeit eines technischen Defekts gegen null ging.

Wer etwas anderes behauptete, wusste entweder von dem Anschlag oder billigte ihn.

Dracos prompte Rückendeckung führte meinem Onkel, seinen Verbündeten und allen, die wegen meines Großvaters zu Rivalen und Feinden geworden waren, deutlich vor Augen, dass ich trotz des zarten Alters von dreiundzwanzig Jahren bei der Übernahme der Familie keineswegs schwach war und Unterstützung hatte.

Ich hatte Draco mal gefragt, warum er so viel auf sich genommen hatte, um mir zu helfen. Er hatte mit seiner tiefen Stimme und dem japanischen Akzent geantwortet: »Man vergisst nun mal nicht, wer einem Wasser gegeben hat, als man durstig war. Christopher hat mich achtzehnjährigen Idioten damals unter seine Fittiche genommen und mir geholfen, einen Platz in der Welt zu finden. Da fand ich, seinem ähnlich schlecht vorbereiteten Urenkel zu helfen, wäre das Mindeste, was ich tun könnte.«

Ich wusste, dass mehr dahinterstecken musste. Aber wie bei allem beschränkte Draco seine Erklärung auf das Nötigste.

Aber wie dem auch sein mochte, ich war ihm dafür ewig dankbar.

Ich hoffte, er oder einer seiner zahlreichen Enkel würden Informationen über die Mafiaprinzessin des *Ida* haben.

»So nachdenklich, wie du grade in deinen Plan versunken bist, kann ich wohl nichts sagen, damit du's dir anders überlegst.« Kasen steuerte auf die riesigen Glastüren des Ausgangs zu. »Aber gut, lache ich mir eben wie üblich ins Fäustchen und räume nachher deinen Mist auf, wenn die Kacke dampft.«

Ich übernahm die Tür, als er hinausging, und wir gingen zu meinem wartenden Spyder. »Penner. Ohne mich wärst du bloß ein besserer Laufbursche.«

»Ich *bin* ein besserer Laufbursche.« Kasens Handy vibrierte. Er zog es aus der Tasche. Als er aufs Display schaute, verschwand die Heiterkeit aus seinem Gesicht und seinen Augen.

»Was ist los?«

»Wie sicher ist die Sache mit dem Hafen in Zypern?«

»Bombensicher. Die Verträge sind unterschrieben und liegen im Safe. Wir müssen sie nur noch an dem Tag vollstrecken, an dem der Fonds aufgeteilt und die Verlobung aufgelöst werden. Wieso?«

»Tyler Mykos lässt uns gerade wissen, dass der liebe Onkel und sein bescheuerter Sohn gerade ein Kaufangebot dafür unterbreitet haben. Ergänzt um das Angebot, deine Verlobte zu heiraten.«

KURZ NACH EIN Uhr morgens beobachtete ich in der *Mesánychta Lounge* des *Ida* das bunte Treiben des Nachtlebens im und um das Hotel herum. Von meinem Platz aus hatte ich die perfekte Aussicht darauf, wer die weißen Marmorflure betrat und verließ, die zu den drei edlen Shows führten. Auch auf die nur schwach erhellten Tunnel, durch die andere Gäste die sogenannte »Unterwelt« der fünf verschiedenen Nachtclubs des Hotels erreichten.

Einer davon hieß *Nyx*, benannt nach der Göttin der Nacht. Ich fragte mich, was meine wunderschöne Verlobte mit dem feurigen Temperament davon gehalten hatte, als sie zum ersten Mal ihren Namen auf dem Schild des Clubs gesehen hatte. Höchstwahrscheinlich hatte sie die Augen verdreht und war schnurstracks weitergegangen.

Der Mykos-Clan entpuppte sich als völlig anders als erwartet. Nach der Nachricht von meinem vorübergehenden Schwager hielten wir eine Videokonferenz ab. Phillip Mykos berichtete uns, dass Albert und mein Cousin Hal ihm angeboten hatten, mich im Leben seiner Tochter durch Hal zu ersetzen. Außerdem nannte er uns Einzelheiten über eine Partnerschaft mit Kontakten in Mittel- und Südamerika.

Offensichtlich hatte Phillip Mykos den Gegenvorschlag

einer Hochzeit mit Hal als persönliche Beleidigung aufgefasst. Zu seinem Wort zu stehen, betrachtete er als Frage der Ehre und Integrität. Jeder in unserer Welt wusste, wie seine Familie operierte.

Albert erwies sich als größere Nervensäge, als ich gedacht hatte.

Was zum Teufel bezweckte er damit? Weder er noch Hal hatten genug Unterstützung oder Leute, um die Familie zu führen. Und die Organisation zu schwächen, würde auf lange Sicht nur ihm selbst schaden.

Aber im Augenblick hatte ich anderes im Kopf. Zum Beispiel, dass ich die Geheimnisse meiner ach so perfekten Verlobten lüften musste. Kasen würde Nachforschungen anstellen und sich bei mir melden.

Ich griff mir meinen Drink und nippte daran, als eine große Blondine an mir vorbeiging und mich anlächelte. Statt die Aufmerksamkeit bei ihr zu belassen, richtete ich sie auf eine Gruppe, die aus einem privaten Bereich des Hotels kam.

War das, wer ich dachte?

Unmöglich.

Und doch war es so.

Olympia Nyx Mykos steuerte umgeben von mindestens zehn Männern und Frauen in Richtung der Unterwelt des *Ida*.

Keine Spur mehr von der unschuldig wirkenden Naturnymphe im legeren, unbekümmerten Outfit. Stattdessen sah ich eine sinnliche Verführerin in einem knappen Designerkleid. Der Körper, den es erahnen ließ, weckte in mir den

Wunsch, jeden Mann zu schlagen, der auch nur in ihre Richtung linste.

Wie um alles in der Welt war es ihr gelungen, diese Seite von sich vor meinen Männern zu verbergen?

Dann tauchte eine Frau in einer legeren Leinenhose und einem Kaschmirpullover auf, die Nyx zum Verwechseln ähnlich sah, und steuerte auf sie zu. Die beiden klatschten miteinander ab und wechselten ein paar Worte, dann gingen sie weiter.

Verdammt, ein Körperdouble.

Ich hatte recht gehabt. Von wegen unschuldig. Gleich würde ich herausfinden, womit sie sich die Zeit in Las Vegas wirklich vertrieb.

Ich stand auf, warf ein paar Scheine auf den Tisch und verließ die Lounge. Als ich mich ihrer Gruppe näherte, hörte ich eine zornig klingende Diskussion und hielt inne.

»Ich will eine zweite Chance, mich einzukaufen.«

»Es gibt keine zweiten Chancen. Du kennst die Regeln.«

»Mit dir rede ich nicht, Miststück. Ich rede mit deiner Chefin. Sie kann selbst antworten. Immerhin hat sie funktionierende Stimmbänder.«

»Tja, da du's so nett ausdrückst, David ...« Ich hörte das metallische Zischen einer Klinge. »... können wir gern ein paar Worte wechseln.«

Es wurde hörbar nach Luft geschnappt. Als ich den Kopf drehte, verblüffte mich, was ich sah. Nyx hatte den Mann namens David an die Wand gedrückt und hielt ihm eine scharfe schwarze Klinge an die Kehle. Ihre Leute umringten sie, schirmten sie so ab, dass andere Hotelgäste nichts mitbekamen, indem sie den Eindruck einer Gruppe von Freunden vermittelten, die sich angeregt unterhielten.

Offenbar hatten die Mykoses ihre Schwester und ihre Leute gut ausgebildet.

Aber ganz gleich, wie gut sie waren, sie hatten nicht bei Gio Drakos gelernt. Ich konnte mich schon unbemerkt in Menschenmengen schleichen und daraus verschwinden, bevor die meisten von Nyx' Leibwächtern in die Pubertät gekommen waren. Würde mich schwer beeindrucken, wenn mich auch nur einer von ihnen bemerkte.

Nyx beugte sich vor, vermittelte den Eindruck, als wollte sie den Kerl küssen. »Hör jetzt genau zu. Leg dich nie wieder mit mir oder meinem Geschäft an. Du hast die Regeln von Anfang an gekannt. Den Einsatz. Den Preis, den du bezahlst, wenn du verlierst.

Ich hab dir sogar gesagt, du sollst dich nicht an den Tisch setzen. Weil du hoffnungslos überfordert warst. Ich hab dir sogar angeboten, dir aus dem Loch zu helfen, das du dir geschaufelt hast, nachdem du in der ersten Runde verloren hattest. Ich wollte dich in eine einfacher zu bewältigende Gruppe versetzen. Und hast du auf mich gehört? Nein. Meine Freundlichkeit hat Grenzen. Spiel nicht mit Geld, das dir nicht gehört.«

»Du hältst dich für so taff. Weiß deine Familie, was du machst? Weiß es dein neuer Verlobter? Das richtige Wort in die richtigen Ohren, und das alles verschwindet.«

Anscheinend wusste der Penner über mich Bescheid. Die Sache wurde von Sekunde zu Sekunde interessanter.

»David, du solltest dir weniger Sorgen um meinen Hals

machen. Im Augenblick scheint eher deiner gefährdet zu sein.«

»Daddy und deine Brüder werden nicht zur Stelle sein, um für dich aufzuräumen, Prinzessin.«

»Oh, ich brauche sie gar nicht. Weißt du, es stimmt schon, was du gesagt hast. Das richtige Wort ins richtige Ohr kann all das verschwinden lassen. Nur gilt dasselbe für dich. Erinnerst du dich an die Leute in dem Raum, in dem du gespielt hast? Wenn du dich mit mir anlegst, dann legst du dich auch mit denen an. Und die können es genauso wenig leiden wie ich, wenn man ihr Geschäft bedroht.«

Angst blitzte in Davids Zügen auf.

»Genau. An deiner Stelle würde ich mir auch Sorgen machen.«

»Tut mir leid, Nyx. Du weißt ja gar nicht, wie tief ich in der Scheiße stecke.«

»Und du dachtest, indem du mich bedrohst, kommst du raus? Ich hab dir vertraut, David. Du hast unsere Freundschaft die Toilette runtergespült.«

»Du kannst mir immer noch vertrauen. Ich schwör's.«

»Sicher, glaub ich sofort.« Der Sarkasmus in ihrem Ton ließ sich nicht überhören. »Du hast mir nur aufgezeigt, dass man beim Durchleuchten der Leute nie nachlässig werden sollte. Der Fehler unterläuft mir nicht noch mal.«

»Komm schon, Nyx. Gib mir noch eine Chance. Wir haben bei solchen Spielen zusammen mitgemacht, seit wir Jugendliche waren.«

»Beantworte mir eine Frage. Was würden Tyler, Nico, Damon oder Evan in meiner Lage tun? Sie sind auch alle mit dir aufgewachsen. Stell dir vor, ich wäre mit einem Pimmel statt mit Eierstöcken geboren worden. Und dann stell dir genau diese Situation vor. Oh, Moment. Was würde der Mykos-Chirurg tun? Papas Umgang mit Verrat ist geradezu legendär.«

Der Mann wurde sichtlich blass.

»Genau. Ehre und Integrität. Das bedeutet der Familie Mykos viel. Hast du gewusst, dass es einen eigenen Raum gibt, den Papa gern bei Vergehen gegen ihn benutzt? Dort hält sich die Sauerei in Grenzen und kann leichter beseitigt werden. Ich habe einen Schlüssel dafür. Möchtest du ihn sehen?«

»Lieber nicht.«

»Fünfmal darfst du raten, wer mir beigebracht hat, wie man dieses Messer benutzt.« Sie fuhr mit der Spitze an Davids Halsader entlang. Aus irgendeinem Grund bekam ich bei dem Anblick einen Steifen, als hätte sie mir gerade in den Schritt gefasst.

»Was soll ich tun, Nyx?«

»Ich will, dass du Las Vegas verlässt und weder mich noch meine Veranstaltungen je wieder erwähnst. Das gilt auch für die alten Spiele von früher. Ein Wort von dir, und du erfährst, warum man mich Silent Night nennt.«

»Du bist genauso krank im Kopf wie Tyler.«

»Hurra, du hast den richtigen Mykos erraten. Sag's nicht Papa, sonst wird er eifersüchtig. Er denkt, er wäre der Einzige, der mir den Umgang mit dem Messer beibringen darf.« Sie ließ ein verspieltes Lächeln aufblitzen, das nicht die Augen erreichte. »Soll ich dir ein Geheimnis verraten?«

»Ich ... ich bin mir nicht sicher.«

»Tyler hat mir auch gezeigt, wie man eine Arterie so durchtrennt, dass möglichst wenig herumspritzt.« Sie rückte so nah zu ihm, dass sie beinah den gesamten Körper gegen ihn presste. »Hat 'ne Menge Übung gekostet, es richtig hinzubekommen. Aber ich war ja auch erst dreizehn, als ich es gelernt habe. Damals waren meine Hände noch nicht so ruhig. Mittlerweile kann ich es präzise wie ein Chirurg. Vielleicht nennt man *mich* eines Tages die Mykos-Chirurgin.«

Davids Gesichtsausdruck totalen Grauens war fast schon komisch.

»Alles, was man über dich behauptet, ist wahr.«

»Steckt nicht in jedem Gerücht ein Körnchen Wahrheit?« Nyx zuckte mit den Schultern. »In meinem Fall vielleicht mehr als ein Körnchen. Ich bin bloß gut darin, es zu verbergen.«

In Sachen Psychoterror konnte sie es mit den Besten in unserer Welt aufnehmen. Andererseits standen die Mykos-Männer im Ruf, den Verstand regelrecht auslöschen zu können. Von daher erschien es nur logisch, dass die Jüngste der Sippe das eine oder andere davon aufgeschnappt hatte.

Ihre Miene wurde ernst. Jede Spur von der blutrünstigen kleinen Mykos verschwand. »Sind wir uns einig, David?«

»Na schön.«

»Das klingt für mich nicht nach einem Ja.«

»Ja. Ich halte die Klappe.«

»Gut.« Sie trat einen Schritt zurück. »Oh, und denk nicht mal daran, dich bei der Verlobungsfeier blicken zu lassen.«

»Ich hab keine andere Wahl.«

»Lass dir was einfallen. Wie damals, als du Janice erzählt hast, du wärst mit deinem Vater in Boston, obwohl du's in Wirklichkeit in Miami mit deiner Geliebten getrieben hast. Wenn du deine Frau anlügen kannst, dann bestimmt auch deine Familie.«

Nyx gab einem Mann in ihrer Nähe ein Zeichen. Sofort packte er David und zerrte ihn weg.

Sekunden danach steckte Nyx die Klinge zurück in eine Scheide, die sie jemandem aus ihrem Gefolge reichte. Dann schloss sie die Augen und lehnte sich mit dem Rücken an die Wand, an der sie eben noch David festgehalten hatte.

»Die Nummer als durchgeknallte Harley Quinn hast du perfekt drauf. Fehlen nur das blonde Haar mit den rosa Spitzen und dein Baseballschläger«, merkte Stevie an, die große, atemberaubende Frau im Maßanzug, als sie zu Nyx trat.

Sie hatte mein erstes Aufeinandertreffen mit Nyx im Garten mitbekommen, deshalb hatte ich so viel wie möglich über Stevie Nem in Erfahrung gebracht. Als ehemaliges Model war sie über den Umweg einer erfolgreichen Kampfsportlerin zu Nyx' Sicherheitsleiterin geworden und hatte eigene Geheimnisse. Da sie jedoch keinerlei Belang für mein oder Nyx' Leben hatten, würden sie begraben bleiben.

»Mir sind Messer jeder Art lieber«, flüsterte Nyx und presste mit bedrückter Miene die Finger an die Schläfen. »Ich wollte doch nur 'nen Abend mit meiner besten Freundin verbringen. Nicht diesen Mist. Zuerst das Arschloch, das ich heiraten soll, und jetzt das.«

»Den jetzt kannst du aus dem Gedächtnis streichen. Du

hast ihm genug Angst eingejagt, dass er den Mund hält. Ich bin mir sogar ziemlich sicher, dass er sich angepinkelt hat.«

Über die Äußerung musste ich unwillkürlich schmunzeln.

Nyx seufzte. »Wenigstens haben sich die dämlichen Lügen, die sich alle über mich ausgedacht haben, endlich mal bezahlt gemacht.«

»Bleibt noch das andere Arschloch.«

»Musst du ihn unbedingt erwähnen? Für heute hatte ich echt schon genug um die Ohren.«

»Ich kapier's nicht. Warum bist du so sauer darüber, dass er mit dir schlafen will? Ist ja nicht so, als würdest du dich nicht zu ihm hingezogen fühlen. Ich hab euch beide ja im Garten dabei erwischt, wie ihr es mit den Augen getrieben habt. Wenn du dich mit deiner besten Freundin triffst, wird sie meiner Einschätzung mit Sicherheit zustimmen.«

»Du und Akari können ständig nur an Sex denken. Und damit das klar ist – ich schlafe nicht einfach mit jedem.«

Wer war diese Akari? In keinem von Kasens Berichten kam jemand vor, der so hieß.

»Er ist nicht jeder. Du bist mit ihm verlobt, auch wenn es nicht echt ist. Warum holst du nicht ein paar Dutzend Orgasmen aus ihm raus, während du das Jahr abwartest?«

Die Frau gefiel mir. Sie vertrat meine Ansicht.

»Ich bin keine Hure.«

»Wer sagt denn, dass du ihn nicht zu deiner Hure machen kannst?«

Das wäre mal etwas Neues. Ich als jemandes Hure.

»Du stehst jedenfalls auf die gleichen überzuckerten

Fruchtsäfte wie Akari. Keiner von uns wird die Hure des anderen. Dazu wird es nicht kommen.«

Vielleicht würde ich auch diese Akari mögen.

»Du und deine Suche nach der Liebe deines Lebens. Du könntest dich ja zumindest ein bisschen vergnügen, bis du den Mann findest.«

Nyx' lief rot an. Sie sah sich um. Ihr Blick fiel auf ihre Mitarbeiter. »Echt jetzt?«

Stevie verschränkte die Arme vor der Brust. »Die werden dafür bezahlt, nur das zu hören, was wir ihnen sagen. Außerdem kriegt es deine Schutzmannschaft sowieso zuerst mit, wenn du jemanden flachlegst.«

»Du kannst so was von nervtötend sein. Warum höre ich mir das überhaupt an?«

»Ich nenne nur Fakten. Du bist längst überfällig. Was hältst du davon, Akaris Freund anzurufen? Ich könnte schwören, der Schnuckel hat dir gefallen.«

»Du meinst den Sänger von Onyx Stone? Auf keinen Fall. Ich bin zu eifersüchtig, um zu ertragen, dass sich meinem Mann ständig Frauen an den Hals werfen.«

»Ich hab ja nicht gesagt, du sollst ihn heiraten. Nur flachlegen.«

»Okay. Wir müssen dringend das Thema wechseln. Ab zu Akari, bevor du noch versuchst, mich mit irgendeinem dahergelaufenen Typen zu verkuppeln, weil du fürchtest, dass meine Muschi verstaubt.«

»Das hast jetzt du gesagt, nicht ich.«

»Arschloch.«

»Nein, das beschreibt deinen Verlobten. Ich bin deine fantastische, geradezu magische Leibwächterin.«

»Komm jetzt. Ich will trinken und tanzen. Und morgen über-prüfe ich den ganzen Tag jeden Einzelnen, der nächste Woche zum Spiel kommt. Ich werd nie wieder zulassen, dass sich meine Vergangenheit mit jemandem auf das Geschäft niederschlägt.«

Müde stieß sich Nyx von der Wand ab, rückte ihr knappes Kleid zurecht und setzte sich in Richtung der Gäste in Bewe-gung, gefolgt von ihrem Personenschutz.

Ich beobachtete, wie sie in der Menschenmenge verschwand, während ich zu verarbeiten versuchte, was ich gerade miterlebt hatte.

Zum einen glich Olympia Nyx Mykos einem Chamäleon reinsten Wasser. Sie besaß die Gabe, nahtlos in verschiedene Rollen zu schlüpfen. Die bösartige, blutrünstige Mafiaprin-zessin hatte sie genau gut drauf wie die rehäugige Gärtnerin, die ich zuerst erblickt hatte.

Zum anderen rankten sich um ihre Kompetenz im Umgang mit Messern offenbar sowohl Wahrheiten als auch Lügen. Ihre Reaktion am Ende verdeutlichte, wie sehr ihr die Rolle des messerschwingenden Miststücks widerstrebte. Dennoch zögerte sie nicht, sie bei Bedarf auszupacken.

Drittens hatte die Naturnymphe ein schmutziges kleines Geheimnis, das sie schon in New York gehabt und in Las Vegas zu einem Unternehmen ausgeweitet hatte.

Und alle Anzeichen deuteten auf Glücksspiel im Unter-grund hin.

Wie unanständig.

Meine künftige Braut hatte die Finger in etwas, das sie in erhebliche Schwierigkeiten bringen konnte.

Hatte sie das damit gemeint, als sie gesagt hatte, dass sie jemand wollte, der alles an ihr akzeptierte? Kein Mann bei klarem Verstand würde seine Frau solche Risiken eingehen lassen. Und für mich bestand kein Zweifel daran, dass niemand im Mykos-Clan etwas von den Aktivitäten der lieben Prinzessin ahnte.

Ich mochte ein Arsch sein, aber die Leute, auf die sich Nyx bei ihren Spielen einließ, waren zweifellos schlimmer als jene, mit denen ihre Brüder und ich regelmäßig zu tun hatten.

Ich musste eine Möglichkeit finden, sie auf frischer Tat zu ertappen. Bis mir ein handfester Plan dafür einfallen würde, konnte ich mir ansehen, wie sie Dampf abließ.

6

Nyx

»**S**chenk mir noch mal ein. Ich brauch mindestens noch einen zur Beruhigung«, sagte ich zu meiner besten Freundin Akari Ota.

Sie war geschäftsführende Gesellschafterin im *Kato Kosmos*, dem neuesten der Nachtclubs im *Ida*. Akari war am Nachmittag von ihrer – wie wir es gern nannten – vierteljährlich erforderlichen Familienzeit bei ihren erdrückenden Eltern zurückgekehrt. Und da sich Weihnachten stetig näherte, würde sie bis nach Neujahr kaum freie Zeit haben. Sie hatte daher nur die Möglichkeiten gehabt, ihre Familie zu besuchen oder sie herkommen zu lassen. Akari hatte sich für das kleinere Übel entschieden.

Sie verengte die schwarzen Augen zu Schlitzen und

vermittelte damit wortlos: *Mädel, bring mich bloß nicht in Schwierigkeiten mit deiner überfürsorglichen Cousine.* Dann griff sie nach dem Firewater Reserve Whiskey im obersten Regalfach hinter ihr.

»Schau mich nicht so finster an. Hättest du so einen Abend wie ich hinter dir, würdest du mir gleich die ganze Flasche geben.«

Sie stellte zwei Kristallgläser vor uns hin, schenkte ein und schob mir eines zu.

»Erzählst du mir, was seit deinem Anruf zum Abhängen heute Abend passiert ist, dass du dir auf einmal die Leber mit einer fünftausend Dollar teuren Flasche vernichten willst?«

Ich ergriff meinen Drink, nippte daran und ließ die feurige Flüssigkeit meine Sinne beruhigen, bevor ich antwortete. »Arschlöcher. Das ist passiert.«

»Du meinst männliche Arschlöcher?«

»Gibt's denn andere?«

»Ich hab so das Gefühl, wir haben in der Woche, die ich bei meinen Eltern in Seattle war, ein, zwei Unterhaltungen verpasst.« Sie musterte mich, als wäre ich ein Alien. »Seit wann hast du einen Kerl? Und warum erfahre ich als Letzte davon?«

Das ließ mich zusammenzucken. Dafür würde ich mir etwas von ihr anhören können. Wenn es jemanden gab, der mir in der aktuellen Lage den Rücken stärkte, dann Akari.

Wir stammten aus ähnlichen Verhältnissen. Unsere Familien hatten Verbindungen zu Schifffahrtsimperien und zur Welt des organisierten Verbrechens. Wir waren Frauen in von

Männern beherrschten Familien. Und wir waren nach Las Vegas gezogen, um den Regeln und Vorschriften zu entkommen, die wir als Jugendliche mit List und Tücke umschifft hatten.

Die größten Unterschiede zwischen uns bestanden in unserem kulturellen Erbe. Ihres war japanisch, meines griechisch. Sie war in Seattle aufgewachsen, ich in New York.

Außerdem war sie die Schwägerin von Lana, Draco Jacksons Enkeltochter. Dadurch hatte sie es extra schwer. Ich war wenigstens davon weggekommen, mir ständig von Mafiabossen anhören zu müssen, was ich zu tun hatte. Auf sie hingegen waren ständig Blicke gerichtet.

Aber wem wollte ich etwas vormachen?

Ich schmierte bloß meine Beobachter mit einem Anteil an meinem Geschäft, damit sie an höhere Stellen nur die Informationen weitergaben, die ich wollte.

»Weißt du noch, dass ich gesagt habe, ich hätte ein Problem, das ich bis zu unserem Treffen heute Abend zu lösen hoffe?«

»Ich nehme an, das Problem war der Mann.«

Ich holte tief Luft. »Könnte man so sagen. Er ist mein Verlobter.«

»Dein was?« Sie stellte ihren Drink auf die Theke zwischen uns, stützte die Hände auf die Kante und beugte sich vor. »Fang ganz von vorn an und lass bloß nichts aus. Und sei gewarnt, ich merke es, wenn du lügst, Mykos. Dein Pokerface funktioniert bei mir nicht.«

Kurz massierte ich mir die Schläfen, sah mich um und vergewisserte mich, dass sich nur Personenschutz in der

Nähe befand, dann erzählte ich ihr die ganze verkommene Mykos-Drakos-Saga.

»Okay, lass mich das klarstellen. Du bist mit dem Oberhaupt einer rivalisierenden Familie verlobt. Ihr wollt euch gegenseitig nicht heiraten, aber er würde fett absahnen, wenn ihr es tut. Du hast ihm deinen Anteil am Fonds angeboten, wenn er die Verlobung auflöst. Er hat darauf gekontert, dass er dich lieber das nächste Jahr lang flachlegen will.«

Ich nickte. »Ja. Das bringt es so ziemlich auf den Punkt.«

»Fühlst du dich zu ihm hingezogen?«

Sofort kreisten meine Gedanken darum, wie verrückt mein Körper beim ersten Blickkontakt mit Simon reagiert hatte – wie sich mein Puls sprunghaft beschleunigt hatte, während meine Nippel steinhart und mein Schritt feucht wurden. Etwas Derartiges hatte ich noch bei keinem anderen Mann erlebt, der mir je begegnet war. Ich konnte immer noch das Knistern tief in mir spüren.

Mit einem tiefen Atemzug konzentrierte ich mich wieder auf Akari und bemerkte das wissende Grinsen in ihrem Gesicht.

»Okay. Du hast meine Frage gerade beantwortet.«

»Welche Frage?«

»Ob du's mit ihm treiben willst.«

Ich verengte die Augen zu Schlitzen. »Ich verkaufe mich nicht für meine Freiheit.«

»Es ist ein Tauschhandel, kein Verkauf.«

»Ich kann dich gerade echt nicht fassen.«

»Nyx, genau darüber haben wir immer geredet. Die

Chance auf ein völlig anderes Leben als das, mit dem wir aufgewachsen sind. Die Chance auf Möglichkeiten.«

»Und das ist der richtige Weg dafür?«

»Wäre es denn wirklich so unerträglich? Wie du auf meine Frage reagiert hast, verrät mir, dass er heiß sein muss und du ihn so was von knallen würdest, wenn er jemand anders als Simon Drakos wäre. Sag du mir, dass ich mich irre, und ich nenne dich eine Lügnerin.«

»Du kannst echt nervtötend sein.«

»Ich sage nur, wie es ist. Außerdem hättet ihr ja beide was davon.«

»Ich prostituiere mich nicht für meine Freiheit.«

»Stell es dir einfach so vor, dass ihr euch gegenseitig prostituiert. Zwei Menschen, die ein Jahr lang eine Affäre haben und dann getrennter Wege gehen, nichts anderes wäre es. Keine Gefühle, nur heißer Sex. Mit dem zusätzlichen Vorteil für euch beide, dass eure Familien fürstlich davon profitieren und du weiterhin hier leben kannst, während er zu Hause seine perfekte Debütantin bekommt.«

»Faszinierend, wie du rechtfertigst, dass mich ein Arschloch dazu erpressen will, mit ihm zu schlafen.«

»Hör auf, dich selbst zu belügen. Ich kenne dich besser, als du denkst. Du bist bloß deshalb so wütend, weil er der erste Mann ist, der dein Interesse geweckt hat – und er zufällig der ist, der deine Zukunft und dein Schicksal kontrolliert.«

Ich starrte sie finster an. »Ich wiederhole: Du kannst echt nervtötend sein. Warum noch mal sind wir beste Freundinnen?«

»Weil ich die Einzige bin, die es mit dir und deinen multiplen Persönlichkeiten aushält.« Akari ergriff die Whiskeyflasche und schenkte uns nach. »Und da wir gerade bei deinen zahlreichen Facetten sind – ist die Göttin der Nacht bereit, nächste Woche ihre Gäste zu empfangen, oder sagen wir ab?«

»Wir können nicht absagen. Dafür kommen zu viele High Roller in die Stadt.«

»Dann hast du hoffentlich meinen üblichen Platz für mich reserviert.«

»Solange du den Einsatz aufbringst, ist dir dein Platz sicher.«

»Darf ich dir eine Frage über deinen Verlobten stellen?«

Ich verdrehte die Augen. »Klar, warum nicht?«

»Ist er groß, hat einen Wahnsinnskörper, kurze schwarze Haare, einen gepflegten Bart und sehr grüne Augen?«

Mein Körper versteifte sich, mein Griff um das Glas verstärkte sich.

»Er ist hier?«

»Ich fasse das als Ja auf. Er kommt gerade durch die Menge in unsere Richtung.« Ihr Blick verweilte hinter mir. »Okay. Ich sag dir was. Er ist heiß in Großbuchstaben. Du solltest unbedingt auf sein Angebot eingehen.«

»Es ist kein Angebot. Es ist Erpressung.«

»Bei der du die Jungfräulichkeit mit einem verdammt heißen Typen verlieren könntest.«

»Du denkst immer nur an Sex.«

Sie zuckte mit den Schultern. »Ist ja nicht so, als wolltest du dich für die Ehe aufsparen. Bei der richtigen Gelegenheit hättest du es schon längst getan.«

Ich konnte die Wahrheit ihrer Worte nicht leugnen. Als Jugendliche wollte ich immer nur weg aus New York, deshalb hatte ich alle Energie auf meine Ausbildung konzentriert. Als ich mich später auf Verabredungen einlassen wollte, wurde mir von Spielverderbern – in Form meiner Brüder und ihrer Leute – ein Strich durch die Rechnung gemacht, weil sie mich umzingelt hatten, wann immer sich ein auch nur annähernd interessanter Mann in der Nähe befunden hatte.

Nach dem Umzug nach Vegas musste ich lernen, aufrichtige Kerle von jenen zu unterscheiden, die nur eine schnelle Nummer wollten. Am Ende war es zu aufwändig geworden, und meine Clubs und die Gartenpflege hatten mein Leben übernommen.

Verdammt. Wenn ich an die letzten Jahre zurückdachte, kam ich wirklich stinklangweilig rüber.

»Willst du behaupten, dass ich mich irre?«, fragte Akari herausfordernd und riss mich damit aus meinen Gedanken.

Statt ihr zu antworten, kippte ich meinen Drink hinunter. »Sag mir Bescheid, wenn er hier ist.«

»Hier.« Das Wort wurde mir ins Ohr gehaucht. Gleichzeitig senkte sich eine kräftige Hand auf meinem Nacken, bevor sie den offenen Rücken meines Kleids entlang meine Wirbelsäule hinunterstrich.

Dabei zog sie eine Gänsehaut hinter sich her, und meine Atmung wurde schlagartig flacher.

Die selbstgefällige Belustigung in Akaris Gesicht verriet mir, dass sie Simon nur deshalb so nah an mich herangelassen hatte, um meine Reaktion auf ihn zu beobachten.

Miststück.

»Du musst das berüchtigte Arschloch sein.« Akari streckte Simon die Hand entgegen.

»Unter anderem. Aber auch Nix' Verlobter.«

»Hab ich gehört.«

»Und du bist?«

»Die beste Freundin. Akari Ota.«

Simon musterte sie einen Moment lang. »Die kleine Schwester von Travis Ota?«

Unwillkürlich grinste ich innerlich. Damit war er gerade schwer ins Fettnäpfchen getreten. Akari hatte sich dank ihrer einzigartigen Ideen und ihres unvergleichlichen Gespürs für Ästhetik einen legendären Ruf in der Nachtclubbranche erarbeitet. Deshalb hatte Hagen sie als Partnerin für diesen Club ausgewählt. Er wollte einen Konkurrenzvorteil, den niemand sonst in Las Vegas hatte.

Und weil mein Cousin immer die Besten für sich arbeiten ließ, hatte ich die Frau kennengelernt, die sich als meine Seelenverwandte und beste Freundin entpuppt hatte.

Akari knirschte mit den Zähnen. »Akari Ota, geschäftsführende Gesellschafterin von *Kato Kosmos* und sechzehn anderen Betrieben weltweit.«

»Ich versteh schon, warum du mit Nyx' befreundet bist. Ähnliche Persönlichkeiten.«

»Ich hätte da einen guten Rat für den Umgang mit Frauen wie Nyx und mir.«

»Und der wäre?«

»Mach uns nicht sauer. Vor allem nicht, indem du denkst, wir wollen durch unseren familiären Anhang bekannt sein statt als eigene Persönlichkeiten. So was weckt in manchen von uns den Wunsch, Scheibchen von dir abzuschneiden, während es andere im Abzugsfinger juckt.«

»Gut zu wissen.« Seine Finger um meine entblößte Taille verschlugen mir beinah den Atem. »Können meine Verlobte und ich uns hier irgendwo unter vier Augen unterhalten? Ich habe eine Antwort auf eine ihrer Äußerungen von heute.«

»In meinem Büro. Nyx kennt den Weg.«

Die Vorstellung, mit allein mit ihm in einem Raum aufzuhalten, jagte mir eine Heidenangst ein. Mein Körper schien mir andauernd in den Rücken zu fallen. Wer wusste schon, was hinter einer geschlossenen Tür passieren würde?

Verdammt, meine Libido vibrierte bereits erwartungsvoll. *Verräterisches Miststück.*

»Lass uns reden, Nyx.« Der Befehlston seiner Stimme ließ meinen Mund trocken werden und löste jähes Verlangen tief in mir aus.

»Wer sagt denn, dass ich mit dir irgendwo hingehe? Ich bin hier mitten in einem Abend mit einer Freundin.«

»Ich sage das. Für dich steht bei der Sache wesentlich mehr auf dem Spiel als für mich.«

»Bist du dir sicher? Du könntest in einem Jahr mit einer Ehefrau dastehen, die du nicht willst. Also würde ich behaupten, für dich steht genauso viel auf dem Spiel wie für mich.«

»Und an der Stelle irrst du dich. Egal, wie es ausgeht, ich hab immer das bessere Ende für mich. Ich bleibe das Oberhaupt meiner Familie, kriege die Hälfte eines riesigen Fonds und kann es vor allem mit dir treiben, wann immer ich will.

Du hingegen verlierst die Stadt hier, dieses Leben, die Freiheit, die du so sehr liebst.«

Ich warf einen Seitenblick zu Tony, er Stevie abgelöst hatte und uns im Auge behielt. Auf ein Zeichen von mir hin würde er innerhalb von Sekunden eingreifen. Allerdings würde ich mir dadurch nur noch mehr Probleme aufhalsen.

Seufzend verlagerte ich auf dem Sitz das Gewicht und flüsterte: »Du kannst einen echt dazu bringen, dich zu hassen.«

»Das bekomme ich sicher noch öfter von dir zu hören.«

Als ich aufstand, schob ich seine Hand von meiner Taille. Prompt packte er mein Handgelenk ähnlich wie zuvor im Restaurant. Und wieder beschleunigte sich abrupt mein Herzschlag.

Der Blick seiner grünen Augen heftete sich auf mich. »Geh voraus, Nyx.«

»Hör auf.«

»Womit soll ich aufhören?« Wie sich seine Mundwinkel verzogen, verriet mir, dass er es haargenau wusste.

»Arschloch.«

Als ich mich abwandte, bewegte ich ruckartig den Arm, jedoch erfolglos. Ich konnte die Hand nicht befreien.

Auf dem Weg um die Bar herum schleuderte ich Akari einen finsteren Blick zu. Für eine beste Freundin war sie keine große Hilfe. Verdammt, sie hatte zugelassen, dass er sich an mich anpirschen konnte.

Akaris Lippen bildeten: *Tut mir leid. Er hat Ausstrahlung.*

Ja, das war nicht untertrieben.

Wir schwiegen, während ich uns durch die schummrig

beleuchteten Gänge des *Kato* mit seinen drei Sicherheitsebenen führte. Als wir eine große Holztür erreichten, legte ich die Handfläche auf eine Zugangskontrolle, wartete auf einen Piepton und schob die Tür dann auf.

Kaum waren wir eingetreten, drehte ich mich mit finsterer Miene zu ihm um. »Du kannst mich jetzt loslassen. Ich laufe nicht weg. Hier drin bin ich deine Gefangene.«

»Warst du schon draußen.« Er gab meine Hand frei, trat von mir weg und lehnte sich an die Kante von Akaris Glasschreibtisch.

Ich verschränkte die Arme vor der Brust, ahmte seine Haltung nach und lehnte mich mit dem Rücken an die geschlossene Tür.

»Du wolltest reden. Also rede.«

»Du weißt, dass die Sache zwischen uns unvermeidlich ist.«

»Träum weiter.«

»Gib ruhig zu, dass du es auch fühlst.«

Ich sah in die hypnotischen Tiefen seiner smaragdgrünen Augen, die mich anzuziehen schienen und eine Begierde in mir köderten, von der ich bisher nicht mal etwas gewusst hatte.

Unwillkürlich leckte ich mir über die Lippen. Dann holte ich flach Luft und fragte: »Was soll ich fühlen?«

»Was mit dir gerade passiert. Ich fasse dich nicht mal an, trotzdem bringt dich die Anziehungskraft förmlich um den Verstand.«

Gott, ich hasste ihn dafür, was er bei mir bewirkte.

Quälendes Verlangen erfüllte mich, vor allem zwischen den Beinen.

»Gut, ich räume ein, dass diese Anziehungskraft einzigartig ist. Allerdings macht dein Auftreten einiges davon zunichte.«

»Lügnerin. Es geilt dich auf.«

»Ich schlafe nicht mit Männern, die ich noch keinen ganzen Tag kenne.«

»Wie schon mal gesagt, steht mir nicht der Sinn nach Schlaf.«

»Lass es mich umformulieren. Ich treibe es nicht mit Männern, die ich noch keinen ganzen Tag kenne.«

»Wir haben ein Jahr Zeit, uns kennenzulernen.«

»Das Risiko, dass jemand davon erfährt, ist zu groß.« Ich schüttelte den Kopf. »Ich lasse mich von dir nicht in eine Ehe locken. Du würdest zu viel bekommen, indem du mich heiratest. Das hast du selbst zugegeben.«

»Du denkst, Sex mit mir würde bedeuten, dass ich dich vor den Altar zwinge. Du kannst mir glauben, wenn ich dir sage, dass ich mich an die Abmachung halten werde. Ich bekomme auch ohne den Bund der Ehe genug.«

»Warum sollte ich dir vertrauen?«

»Ich breche nie mein Wort. Außerdem habe ich schon eine Frau zum Heiraten ausgesucht, und das bist nicht du.«

»Interessant. Fällt mir schwer zu glauben, dass sie bereitwillig wartet, während du dir mit mir die Hörner abstößt.«

»Derzeit ist die Sache hier für sie und alle anderen echt. Wenn sie danach noch verfügbar ist, ziehe ich meine Pläne durch. Sonst suche ich mir eben eine andere Kandidatin.«

»Bei dir dreht sich alles ums Geschäft, was?«

»Das Leben ist ein Geschäft. So ist es klarer. Weniger Komplikationen.«

»Was, wenn ich's mir anders überlege und dich doch heiraten will?«

»Dann kriege ich wohl eine wunderschöne Ehefrau mit einem Messerfetisch.« Er grinste. »Aber wir wissen beide, dass es dazu nicht kommen wird. Du hast mir dein Blatt schon gezeigt. Du willst unbedingt das Leben behalten, das du dir aufgebaut hast. Eher würdest du flüchten, als vor dem Altar zu erscheinen.«

Ich schloss die Augen und ließ Kopf an die Tür zurücksinken. Er hatte recht.

Verdammt. Ich hatte mein Blatt zu früh ausgespielt, statt ihn erst abzutasten.

Als ich die Lider öffnete, stand er unmittelbar vor mir. Wann hatte er sich bewegt? Und warum hatte ich nichts davon mitbekommen?

Die Gegenwart dieses Mannes brachte meine Sinne völlig durcheinander. Warum musste von allen Männern der Welt gerade er sich so auf mich auswirken?

Sich mit ihm einzulassen, glich einer Einladung an eine Katastrophe epischer Ausmaße.

Ich besaß mit so etwas keine Erfahrung. Verdammt, mir fehlte es in jeder Hinsicht an Erfahrung. Erst reicht für einen Sexpakt.

»Ich bin niemandes Hure.«

Als er sich näher zu mir beugte, betörte der berauschende Duft seines herben Parfüms meine Sinne. »Mit mir hast du die Erfahrung noch nicht gemacht. Könnte dir gefallen.«

»Vergiss es.« Ich hob das Kinn, hielt seinem Blick stand und weigerte mich, mich von der Verlockung überwältigen zu lassen. Gleichzeitig spürte ich, dass ich dabei kläglich scheiterte.

»Sag, Nyx«, säuselte er, bevor sich seine Hand um meine Kehle legte, womit er mich zum Japsen brachte und ein Zucken tief in meinem Inneren auslöste. »Wäre es wirklich so schlimm?«

Seine Berührung fühlte sich entschieden zu gut an. Der leichte Druck ließ mich Dinge verlangen, die ich bei diesem Mann nicht wollen sollte.

Als er mit dem Daumen über meine Lippen strich, flutete Lust meine Scham.

»Intimität sollte keine geschäftliche Transaktion sein.« Ich packte seinen muskulösen Unterarm und legte die andere Hand auf seine Brust, um ihn wegzuschieben. Stattdessen krallte ich die Finger in sein Hemd.

Er drehte meinen Kopf zur Seite und fuhr mit den Bartstoppeln an meiner Kieferpartie entlang. Gleichzeitig nahm er mich mit seinem Körper gefangen. »Wie würdest du es sonst nennen? Du willst raus aus dieser Verlobung. Ich will mit deinem Körper herrlich Verruchtes anstellen und dir damit außergewöhnliche Freuden bereiten. Sag ja, und wir bekommen beide, was wir wollen.«

»So einfach ist es nie.«

Seine Zähne streiften mein Ohr, bevor er leicht hineinbiss. Als ich das herrliche Brennen spürte, kostete es mich alle Willenskraft, nicht zu wimmern und um mehr zu betteln.

»Doch, ist es. Niemand außer uns wird irgendwelche Einzelheiten erfahren.«

Seine Worte fühlten sich wie ein Eimer kaltes Wasser an, und der Dunstschleier der Lust verflüchtigte sich.

Ich stieß ihn weg. »Du meinst wohl außer den Bodyguards und anderen Leuten, die uns Tag und Nacht umgeben. Ich kann nicht riskieren, dass etwas davon zu meiner Familie durchdringt.«

»Du hast dabei keine große Wahl, Nyx. Mein Angebot liegt bis nächste Woche auf dem Tisch. Dir sollte klar sein, dass du nur einen Weg zur Freiheit hast. Ich hingegen kriege dich so oder so ins Bett.«

»Du bist wirklich das Arschloch, als das dich alle bezeichnen.«

»Ich bin alles, was Gio Drakos erschaffen hat.«

7

Simon

Gegen 18 Uhr fünf Tage nach meinem Ultimatum an Nyx traf ich vor dem Gebäude von Draco Jacksons privatem Herrenklub am Stadtrand von Las Vegas ein. Ich hatte kaum Zeit in New York verbracht, war nur für etwas mehr als vierundzwanzig Stunden hingeflogen, bevor ich wieder aufgebrochen war, um mich um dringende Angelegenheiten in strategischen Hafenstädten überall in den USA zu kümmern.

Warum wir plötzlich Probleme mit der Organisationsstruktur und den Einnahmen hatten, gab mir Rätsel auf. Laut meinen Beratern waren wir im Vergleich zu anderen zu großzügig.

Mein Bauchgefühl hingegen sagte mir, dass mein mieser Onkel hinter dem Chaos steckte. Oder sein genauso bescheuerter Sohn, mein Cousin Hal.

Ich würde sie ihre Spielchen fortsetzen lassen. Die Penner hatten ja keine Ahnung, dass die Mykoses von meinen Plänen wussten und sie bloß in dem Glauben ließen, sie wären offen für das Gegenangebot, das sie für den Hafen und Nyx unterbreitet hatten.

Demnächst würde ich aufräumen und den Müll beseitigen. Zuerst jedoch musste ich dem Mann meine Aufwartung machen, dessen Gebiet ich im nächsten Jahr regelmäßig besuchen wollte.

Kaum war ich aus dem SUV in die kühle Novemberluft ausgestiegen, öffneten sich die Türen des unscheinbaren Gebäudes. Vier Männer in makellosen schwarzen Anzügen kamen heraus und warteten.

Als ich mich ihnen näherte, nickten sie knapp, ohne ein Wort zu verlieren.

Nachdem ich eingetreten war, steuerte eine Empfangsdame mit einer Schale auf mich zu, in der sich ein warmes Tuch befand. Ich ergriff es, wischte mir die Hände ab und legte es zurück.

»Folgen Sie mir, Sir«, forderte sie mich auf. »Sie werden erwartet.«

Wir durchquerten den Hauptbereich des noblen Herrenklubs, in dem sich Tänzerinnen und Kellnerinnen auf eine Nacht mit High Rollers als Gästen vorbereiteten. Schließlich gelangten wir in eine private Lounge, in der sieben Männer japanischer Abstammung im Alter von Anfang dreißig bis Mitte neunzig saßen. Die Sofas, auf denen sie sich entspannt fläzten, kosteten bestimmt weit über fünfzig Riesen das Stück.

In der Mitte der Gruppe befand sich Draco Jackson. Eigentlich hätte er durch sein vom Alter gezeichnetes Gesicht gebrechlich und schwach wirken müssen. Stattdessen bewirkte es das Gegenteil und verlieh ihm eine kultivierte, weise Ausstrahlung.

Er beherrschte den Raum und die Anwesenden. Sollte das jemand in Frage stellen, würde er Dracos nüchtern berechnete Maßnahmen gegen Respektlosigkeit zu spüren bekommen.

Als ich mich näherte, löste Draco die Aufmerksamkeit von seinem Gespräch und richtete sie auf mich. Innerhalb weniger Sekunden musterte er mich von oben bis unten.

Ein Schimmer trat in seine dunklen Augen, bevor er auf Japanisch fragte: *»Wie hat dir dein Ausflug in meine Stadt vergangene Woche gefallen?«*

Dem alten Mafiaboss entging nicht das Geringste, was sich in »seiner Stadt« abspielte, wie er sie gern nannte.

»HALLO, OYABUN«, erwiderte ich, ebenfalls auf Japanisch. Die Worte entsprachen der förmlichen Begrüßung für einen Mann seines Rangs im Machtgefüge seiner Organisation. Im Wesentlichen bezeichnete ich ihn damit als »Boss«. Danach wechselte ich zu Englisch. »Las Vegas ist wie immer interessant.«

Er deutete auf einen freien Platz neben ihm. »Was hältst du von deiner Verlobten?«

Und natürlich wussten seine Leute darüber Bescheid, dass ich Kontakt mit Nyx aufgenommen hatte.

»Sie ist völlig anders, als ich es erwartet habe.«

»Natürlich ist sie das. Mykoses sind alle nicht so, wie sie zu sein scheinen. Das solltest du dir merken.«

Ich nahm auf dem Sofa Platz und ergriff den Scotch, den mir einer der Kellner brachte. »Du hättest mich ruhig warnen können, dass ihre beste Freundin die Schwester deiner Schwiegerenkelin ist.«

»Und du hättest mir sagen können, dass du in mein Gebiet kommst, um dich in einen Deal einzumischen, der dir endlosen Kummer bereiten könnte.« Er deutete mit dem Glas einladend in meine Richtung, bevor er einen Schluck trank. Ich tat es ihm gleich.

»Ich wollte nur Grundregeln für unsere Verlobung festlegen.«

»Das ist bestimmt super gelaufen«, merkte Sota, der älteste von Dracos Enkeln, schmunzelnd an. »Wenigstens hat sie dir nicht die Kehle aufgeschlitzt.«

Penner.

Wir waren zusammen aufgewachsen und standen fast wöchentlich in Verbindung miteinander. Er hätte mich wenigstens vor Nyx warnen können. Aber falls man ihm gesagt hatte, er sollte schweigen, würde er sich natürlich daran gehalten haben.

Sota und seine Brüder hatten von ihrem Vater Kota, Dracos ältestem Sohn, den Großteil des Jackson-Betriebs übernommen und kontrollierten Las Vegas und den Westen der Vereinigten Staaten.

Dennoch würde niemand je in Frage stellen, dass Draco nach wie vor das Oberhaupt des Clans verkörperte. Obwohl er sich längst aus dem Tagesgeschäft seiner Organisation zurückgezogen hatte, geschah nichts ohne sein Wissen.

Ich beneidete die Familie Jackson um ihren Zusammenhalt. Sie funktionierte wie eine gut geölte Maschine. Jeder kannte seine Rolle und wusste, wie wichtig es war, das Imperium zu vergrößern. Neid schien es nicht zu geben. Tatsächlich schien es für alle undenkbar zu sein, sich bequem zurückzulehnen und vom Ruf der Familie zu profitieren.

»Also weißt du über sie Bescheid? Warum überrascht mich das nicht? Die Jacksons haben offenbar wirklich jeden in Vegas im Auge.«

»Was hast du herausgefunden, Simon?«, fragte Draco, ohne irgendetwas zu bestätigen.

»An den Gerüchten über sie ist etwas dran, vor allem an dem, dass sie ein Teufelsweib ist. Außerhalb von New York gibt sie sich als unschuldiger Sonnenschein. Was sie nicht annähernd ist. Das ist alles bloß gespielt.«

»Ich würde nicht zu viel an Vermutungen über sie anstellen. Ein Chamäleon verhält sich immer nur so, wie es für die jeweiligen Umstände erforderlich ist. Du tätest gut daran zu akzeptieren, wer sie ist, wenn sie sich unbeobachtet wähnt.«

»Soll das heißen, sie ist ein unschuldiges Opfer der Gerüchte und spielt nur zufällig gern mit Messern herum?«

»Obwohl wir wissen, dass Gio mit allen Mitteln versucht

hat, dich zu seinem Ebenbild zu formen, bist du doch sehr deutlich Kyros' Sohn.«

Äußerlich zeigte ich keine Reaktion auf die Spitze gegen Pappous. Draco scheute sich nie davor, sein Missfallen darüber zum Ausdruck zu bringen, wie Pappous seine Beziehungen zu seinen Söhnen handhabe, insbesondere zu meinem Vater.

Für Draco ging die Familie über alles, und Gio Drakos hatte seine eigene durch Stolz und Gier zerstört.

Ich konnte Dracos Gesinnung schlecht widersprechen. Andererseits hatte Pappous mir mit dem Tod meiner Eltern eine wertvolle Lektion erteilt.

Um die Familie am Laufen zu halten, dufte man nie eine Schwäche zeigen.

»Nichts für ungut, *Oyabun*. Aber Olympia Nyx Mykos ist kein Unschuldslamm. Falls du das glaubst, führt sie dich genauso hinters Licht wie alle anderen in ihrem Umfeld. Sie hat ein höheres Ziel, bei dem ich ihr im Weg stehe, und darüber ist sie wütend.«

»Ich glaube, es verhält sich eher umgekehrt. Du bist frustriert, weil du eine Frau kennengelernt hast, die nichts davon hält, wie du Geschäfte tätigst. Gios Methoden werden bei ihr nicht funktionieren. Ein kluger Mann würde sich vor Augen halten, dass Frauen gewiefte Gegner sind.«

»Sie will raus aus dieser Ehe. Dafür habe ich ihr eine Möglichkeit geboten.«

»Es gibt für euch beide keinen Ausweg.« Die Unumstößlichkeit, die Dracos Ton vermittelte, zerrte an meinen Nerven. »Die Klausel funktioniert nur, wenn du sie nicht anfasst.«

»Die Klausel besagt etwas anderes. Ich kenne sie in- und auswendig.«

»Du wirst sie nicht anfassen und danach einfach davonmarschieren, Simon.« Der Befehlston in Dracos Stimme ließ mein Temperament aufflammen.

Von allen Leuten, mit denen ich regelmäßig Umgang pflegte, hätte ich eigentlich gerade von Draco erwartet, dass er mir in jeder Hinsicht den Rücken stärkte. Dass er mich davor warnte, mich an Nyx heranzumachen, fühlte sich wie ein Schlag in die Magengrube an.

»Warum beschützt du sie? Wegen ihrer Beziehung zu den Lykaioses? Ihrer Freundschaft mit deiner erweiterten Familie? Oder etwas Persönlichem?«

»Ein wenig von allem. Sie hat genauso einen Platz in meinen Kreisen wie du.«

»Soll heißen?«

Draco zog eine buschige weiße Augenbraue hoch, womit er mir zu verstehen gab, dass ich gerade zu weit gegangen war. »Es gibt Dinge, die ich für mich behalte. Du weißt, wie dieses Spiel läuft. Ich sage nur so viel, dass ich nicht gegen dich arbeiten werde. Vertrau auf den Prozess.«

Was zum Geier meinte er damit?

»Den, der beinhaltet, dass ich das Mykos-Teufelsweib heirate?«

»Genau.«

»Bei allem Respekt, das sehe ich anders.«

»Tatsächlich? Erklär mir, wie du diese Ehe verhindern willst, die sich über hundert Jahre angebahnt hat.«

»Wir sind beide nicht geeignet dafür. Unsere Vorstellungen von der Zukunft unterscheiden sich völlig voneinander.«

Sogar ihre Familie war derselben Meinung und bot mir einen Hafen an, damit ich unsere Verlobung löste. Nur konnte ich Draco nichts davon erzählen, weil die Bestimmungen meiner Vereinbarung mit den Mykoses unter uns bleiben mussten.

Draco schwieg eine Weile. Eine Furche bildete sich zwischen seinen Brauen. »Soll das heißen, dein Treffen mit ihr war rein geschäftlich? Willst du mir das damit sagen?«

Er wusste verdammt genau, dass dem nicht so war.

»Ich will nicht lügen – meine Verlobte ist mehr als attraktiv. Aber nur, weil ich will, dass wir uns das nächste Jahr lang miteinander vergnügen, will ich mich noch lange nicht für den Rest meines Lebens an sie binden.«

Seine verbissene Kieferpartie verriet mir, dass er meine Antwort als unzureichend empfand und ich ihn im Grund verärgert hatte.

Tja, Mist. Das Treffen verlief überhaupt nicht so, wie ich es erwartet hatte.

»Und hat sie deiner Vorstellung von Vergnügen zugestimmt?«

Ich antwortete in emotionslosem Ton. »Wir sind dabei, die Bedingungen auszuhandeln.«

»Sie ist nicht die naive junge Frau, für die alle Welt sie hält, Simon. Du wirst dich übernehmen, wenn du nicht aufpasst, wie du deine Karten bei ihr ausspielst.«

Ich musterte Draco eindringlich.

Die Verärgerung in seinen dunklen Augen war einem

berechnenden Funkeln gewichen. Allerdings würde er seine Gedanken zweifellos für sich behalten.

Und die Bemerkung darüber, dass sie zu seinem Kreis gehörte, konnte nur bedeuten, dass eine gewisse Zuneigung zwischen ihnen bestand.

»Karten? Soll das heißen, sie ist ein Kartenhai?«

»Das ist sie auf jeden Fall. Spiel nur gegen sie, wenn es dir nichts ausmacht, zu verlieren.«

»Die Gefahr ist geringer, wenn ich dafür sorge, dass die Wahrscheinlichkeit für mich spricht.«

»Du hast mehr zu verlieren, als dir klar ist.« Draco hob das Glas an die Lippen, trank einen ausgiebigen Schluck und schüttelte den Kopf. »Das werde ich genießen.«

»Was?«

»Dabei zuzusehen, wie du vor der Göttin der Nacht in die Knie gehst.«

»Man nennt mich den Meister der Dunkelheit. Und Dunkelheit erobert die Nacht.«

»Falsch. Du musst dein Wissen über Mythologie auffrischen. Nichts erobert die Nacht. Die Dunkelheit ist ein Gefährte der Nacht, solange sie es erlaubt.«

Es kostete mich alle Überwindung, nicht die Augen zu verdrehen. Erhielt ich tatsächlich gerade eine Lektion über altgriechische Mythologie von einem Boss der Yakuza?

»Alles, was ich von ihr verlange, ist eine Vereinbarung darüber, wie wir das nächste Jahr lang mit unserer Verlobung umgehen.«

»Anscheinend wirst du deinen Plan unabhängig davon fortsetzen, mit welchem Rat ich dich deiner Wege schicke.«

Er schürzte die Lippen und seufzte. »Du weißt ja, wo du mich findest, wenn alles auseinanderbricht.«

»Was genau glaubst du denn, dass mir passieren kann?«

»Dasselbe, was mir passiert ist.« Als er mir in die Augen sah, blitzte etwas in seinem Blick auf, das an Resignation erinnerte.

»Und was war das?«

»Wenn ich es dir sage, änderst du das Ergebnis. Ich denke, ich behalte es für mich. Die Lektion musst du selbst lernen, Junge. Bei mir hat es funktioniert. Du hast vielleicht nicht so viel Glück.«

KURZ VOR ELF Uhr abends trat ich auf den Balkon meiner Suite in einem Hotel, das einem Konkurrenten der Gebrüder Lykaios gehörte, und blickte über zweiundvierzig Stockwerke auf den Strip von Las Vegas hinab. Von meiner Warte aus wirkte der Las Vegas Boulevard mit seinen vom Schein der Straßenlaternen und unzähligen Reklametafeln erhellten Fußgängern und Fahrzeugen wie eine völlig eigene Welt.

Ich musste zugeben, dass dieses Etablissement keinem jener der Lykaioses das Wasser reichen konnte, von der Aussicht bis hin zur Ausstattung. Aber wenn ich unter dem Radar der wachsamen Blicke von Nyx' Cousins und letztlich auch Brüdern bleiben wollte, hatte ich keine andere Wahl, als anderweitig abzusteigen.

Der Besuch bei Draco war alles andere als typisch verlaufen. Nach der kryptischen Begegnung hatte sich ein Gefühl der Unruhe in meiner Magengrube eingenistet. Andererseits besaß nur Pappous die Gabe, sich in mein Hirn einzuschleichen und Zweifel an mir oder meinen Plänen zu säen.

Was hatte es mit Nyx Mykos auf sich, dass alle so bereit zu sein schienen, sich zwischen sie und die Welt zu stellen?

Es ließ sich nicht übersehen, dass Draco großväterliche Gefühle für sie hatte. Vielleicht beschützte er sie deshalb und hatte mich vor ihr gewarnt. Aber nein – der Ausdruck in seinen Augen hatte etwas anderes besagt. Er rechnete damit, dass mir die Sache um die Ohren fliegen würde.

Nur was könnte dabei noch schiefgehen, außer dass ihre Familie von Sex zwischen uns erfahren könnte?

Mein Handy vibrierte in der Tasche. Ich zog es heraus und las die Nachricht auf dem Display.

NYX: *He, Arschloch.*

Hier kommt eine Antwort auf deinen Vorschlag.

Du kannst mich mal.

Meine Brüder haben mir alles über deinen Deal erzählt. Du bist echt unglaublich.

Eher friert die Hölle zu, als dass ich mit dir schlafe.

Wenn du den verdammten Hafen willst, spielst du nach meinen Regeln.

Und falls du's beim ersten Mal nicht verstanden hast:

Du kannst mich mal.

Als hätte sie genau gewusst, wie sie das Unbehagen beseitigen konnte, das Draco mir in den Kopf gepflanzt hatte. Unwillkürlich musste ich lächeln.

ICH: *Bist du sicher, dass du die Taktik bei mir anwenden willst?*

NYX: *Welche andere gäbe es denn? Du hast Glück, dass ich deinen Vorschlag für mich behalten habe, statt meinen Brüdern davon zu erzählen.*

ICH: *Ich bin neugierig. Warum hast du ihnen nichts davon erzählt? Hast du Angst, ich könnte etwas über dich herausgefunden haben, als ich in Vegas war?*

NYX: *Du weißt gar nichts über mich, Simon Drakos.*

ICH: *Ich weiß, dass die Nacht unserer nächsten Begegnung mit deinem Orgasmus enden wird, während du mich in dir hast.*

Ja, die derbe Ausdrucksweise war mies, aber irgendetwas an der Frau brachte mich dazu, alle ihre Knöpfe drücken zu wollen.

NYX: *Wenn mir dein Pimmel zu nahe kommt, schneide ich ihn ab.*

ICH: *Das ist Quatsch, und das weißt du auch. Genau, wie wir beide wissen, dass du durch einen einzigen Blick von mir feucht wirst.*

NYX: *Ich hasse dich wirklich.*

ICH: *Was nichts an der Tatsache ändert.*

NYX: *Denk nicht mal daran, wieder in Vegas aufzutauchen, wie du's letzte Woche angedroht hast. Sonst mache ich dir das Leben zur Hölle.*

ICH: *Wie kommst du darauf, dass ich nicht schon in deiner Stadt bin?*

NYX: *Falls du es bist, schlage ich vor, du steigst in deinen schicken Jet und fliegst zurück zu deiner Debütantin.*

ICH: *Ich bleibe aber lieber hier und ringe mit dir.*

NYX: *Ich mein's ernst. Komm in meine Nähe, und ich sorge dafür, dass du es bereust.*

ICH: *Von der Göttin der Nacht würde ich nichts anderes erwarten.*

NYX: *Arschloch.*

Ich richtete die Aufmerksamkeit auf Kasen, als er die Glastür zwischen dem Balkon und dem Penthouse öffnete.

Sein Gesichtsausdruck verriet mir, dass er Informationen hatte, die ich hören musste. Auf dem Weg in seine Richtung schob ich das Handy in die Tasche. Ich konnte ein paar Minuten damit warten, weiter mit Nyx die Klinge zu kreuzen.

»Du wirst nicht glauben, was ich grade herausgefunden habe.« Kasen schüttelte den Kopf. »Scheiße, du hattest mit allem recht.«

»Erklärst du mir das näher? Ich hab oft und mit vielem recht.«

»Penner«, brummelte Kasen. »Deine zukünftige Braut.«

»Soll heißen?«

»Sie steckt bis zum Hals in illegalen Glücksspielkreisen.«

»Wie hast du's rausgefunden?«

Kasen reichte mir einen Umschlag. »Das hat Sota uns geschickt.«

Ich öffnete die Lasche und zog eine Karte mit einer Haftnotiz darauf heraus.

Das bleibt unter uns. Was du mit der Information anstellst, bleibt dir überlassen. Ich bin dir was dafür schuldig, dass ich über deine Verlobte geschwiegen habe. Ich hätte dir Bescheid gegeben, wenn mir nicht die Hände gebunden wären. Vergiss nicht, dass sämtliche Konsequenzen auf deine Kappe gehen.

Ich zog den Zettel ab und betrachtete die Informationen darunter. Darin standen ein Ort – zufällig eine Suite in einem der privaten Türme des Hotels, in dem ich wohnte –, eine Uhrzeit, ein Code für einen bestimmten Aufzug und die Zahl neunundzwanzig Millionen.

»Was hast du vor?«, fragte Kasen.

Ich lächelte. »Ich hab vor, 'ne Runde zu pokern.«

8

Nyx

»**D**u wirst ein Vermögen machen.«

Ich verlagerte die Aufmerksamkeit auf Stevie, als sie sich an meine Seite stellte.

»Ganz recht.« Lächelnd lehnte ich mich an eine Wand in einem versteckten Winkel einer der beiden palastartigen Suiten im *Las Vegas Grand Palace Casino & Resort*.

Von der Stelle hatte ich die perfekte Aussicht, um die Spiele dieser Nacht und einige der reichsten Menschen der Welt beim Poker mit hohen Einsätzen zu beobachten. Zu den Leuten an den Tischen gehörten Vertreter verschiedener Königshäuser aus aller Welt sowie Filmstars, Industrielle, Milliardäre und alles dazwischen.

Nach dem Mist von letzter Woche hatte ich mich ins Zeug

dabei gelegt, alle mit einer Einladung für diese Nacht zu überprüfen und so viel wie möglich über sie in Erfahrung zu bringen. Vielleicht war es etwas übertrieben, einige meiner Freunde mit Verbindungen herzurufen, die meinem lieben Vater und meinen Brüdern schlagartig graue Haare verpasst hätten, aber ich wollte kein Risiko eingehen.

Ich würde nie wieder zulassen, dass eine persönliche Beziehung meine Meinung über Menschen beeinflusste. Geschäft war Geschäft.

Hatte es nicht mein arschiger Verlobter so ausgedrückt?

Jeder dieser Personen konnte die VIP-Räume für High Rollers in den zahlreichen Casinos der Stadt besuchen, aber niemand konnte Nebengeschäfte der Art vermitteln, wie sie an meinen Tischen stattfanden.

Damit meinte ich nicht die Potts, die von mehreren Hunderttausend bis zu zehn Millionen Dollar reichten – und von denen ich einen prozentualen Anteil bekam –, sondern jene Deals, die zwischen den Runden bei Cocktails und Smalltalk abgeschlossen wurden.

Meine Veranstaltungen boten Gelegenheiten für Leute, die sich in der Öffentlichkeit nie treffen könnten, um Geschäfte abzuwickeln oder sonstige Unternehmungen zu besprechen.

Wenn man uns erwischte, würde jeder von uns tief in der Tinte stecken, aber niemand würde ein Wort darüber verlieren. Dafür stand für uns alle zu viel auf dem Spiel. Der Ruf, eine politische Zukunft, ein Erbe und vor allem – Strafverfolgung auf nationaler und internationaler Ebene.

»Sobald die Nacht vorbei ist« – Stevie reichte mir einen

Cocktail – »schlage ich vor, den Laden für mindestens einen Monat oder länger dicht zu machen. Im Augenblick ist es zu heiß, erst recht mit deinem Verlobten, der dir unbedingt an die Wäsche will.«

Ich nahm den Martini entgegen, nippte an dem starken Drink und brummte.

Akari saß an einem Tisch auf der anderen Seite des Raumes und hatte ein kaltes Funkeln in den dunklen Augen.

Sie würde warten, bis der Einsatz ein paar Hunderttausend höher wäre, bevor sie zuschlagen würde. Obwohl sie schon oft an einer meiner Veranstaltungen teilgenommen hatte, kamen die Männer an ihrem Tisch nicht über ihr Aussehen und ihre familiären Verbindungen hinweg und unterschätzten immer wieder ihre Gerissenheit. Bis sie ihre Gegner ausnahm und ihre Macht mehrte.

Ich wartete, bis Akari die Runde gewonnen hatte, bevor ich sagte: »Simon kann von mir aus zur Hölle fahren. Er dachte, er könnte mich dazu erpressen, mit ihm zu schlafen. Scheiß auf ihn. Seinetwegen mache ich mir keine Sorgen. Wenn er den Hafen will, lässt er mich in Ruhe.«

Ich konnte immer noch nicht fassen, dass er so dreist versucht hatte, mich auszutricksen.

Penner.

Und dann hatte er nichts Besseres zu tun, als mir zu texten, dass er bei unserer nächsten Begegnung mit mir schlafen wollte.

Arschloch.

»Tony ist meiner Meinung. Wäre vorerst besser für dich, die temperamentvolle, messerverliebte Gärtnerin zu spielen.

Silent Night muss eine Pause einlegen. Sonst bringt dich dein Doppelleben in Schwierigkeiten.«

»Ich werde nicht in Angst leben. Simon Christopher Drakos hat keine Macht über mich.«

»Du kannst dich belügen, so viel du willst, aber wir kennen alle die Wahrheit. Wenn er davon Wind bekommt, spielt es keine Rolle mehr, welchen Deal er mit deiner Familie abgeschlossen hat. Dann hat er alle Munition, die er braucht, um die Moralklausel im Vertrag durchzusetzen.«

»Das ist archaischer Schwachsinn mit zweierlei Maß.« Ich verschränkte die Arme vor der Brust und verspürte den Drang, Simon allein dafür zu schlagen, dass es ihn gab.

»Ich bin die Letzte, die dir dabei widersprechen würde. Nur ändert das nichts an der Tatsache, dass die Klausel im Vertrag zwischen den Familien steht. Du darfst in nichts Fragwürdiges verwickelt sein. Und das hier ist nicht nur fragwürdig, sondern sogar hochgradig illegal.«

»Irgendwelche Vorschläge, wie ich mit dem Problem umgehen soll? Außer mit ihm zu schlafen?«

»Dazu fällt mir nichts ein. Hoffen wir, dass dein Geheimnis wenigstens noch eine Nacht lang gewahrt bleibt.«

»Dein Wort in Gottes Ohr.«

In dem Moment vibrierte mein Handy mit einer eingehenden Nachricht.

Kaum hatte ich aufs Display geschaut, knurrte ich.

SIMON: *Ich bin auf ein Geheimnis gestoßen, Göttin. Willst du es wissen?*

»Von wem?«, fragte Stevie.

»Anscheinend erhört Gott heute Nacht meine Gebete nicht.«

»Was meinst du damit?«

Ich zeigte Stevie die Nachricht. Sie lachte. »Beißt du an? Für jemanden mit seinem Ruf scheint er eine verspielte Ader zu haben. Zumindest bei dir.«

Ich ignorierte sie und tippte eine Antwort.

ICH: *Ist mir schnurzegal. Solange du in New York bleibst, kannst du tun, was du willst.*

Fast sofort schrieb er zurück.

SIMON: *Wie kommst du darauf, dass ich in New York bin? Bei unserem letzten Chat habe ich ja schon angedeutet, dass ich nach Vegas zurückgekehrt bin.*

Ein Schauder lief mir über den Rücken.

ICH: *Lass es mich anders formulieren: Solange du dich von mir fernhältst, ist es mir egal.*

SIMON: *Göttin, warum sollte ich mich von dir fernhalten? Du bist meine Verlobte. Ich habe persönliches Interesse an dir.*

ICH: *Wie auch immer. Ich bin beschäftigt. Such dir jemand anderen zum Belästigen.*

SIMON: *Zu beschäftigt, um über das Geheimnis zu reden, das ich entdeckt habe?*

ICH: *Ist mir egal.*

SIMON: *Wir können es natürlich auch so spielen. Ich denke, du solltest an die Tür gehen.*

Als es an der Tür zum Penthouse-Aufzug klingelte, erstarrte ich.

Ich warf Stevie einen Blick zu. »Ich dachte, Draco hätte die Einladung abgelehnt.«

»Hat er auch.« Stevie gab dem Sicherheitsteam mit dem Kopf ein Zeichen. Alle gingen entlang des Flurs zum Haupteingang der Suite in Position.

Stevie und ich zogen uns in den Barbereich zurück, wo wir Monitore mit Bildern aus den Aufzügen hatten.

Simon starrte direkt in die Kamera. Als hätte er keinen Zweifel daran, dass ich ihn gerade beobachtete.

Er kam allein.

Ein klarer Hinweis darauf, dass er keine Angst vor dem Ausgang dieser Nacht hatte.

Während er weiter in die Kamera schaute, tippte er auf dem Handy. Prompt erschien eine weitere Nachricht auf meinem Telefon.

SIMON: *Wie wär's mit einem privaten Spiel, Göttin?*

Mein Herzschlag dröhnte in meinen Ohren, und ein kribbelndes Schwindelgefühl setzte ein.

Seine Mundwinkel hoben sich. Mit einem letzten Grinsen in die Kamera trat er ans Tastenfeld. Er tippte einen Code ein, und die Aufzugtüren öffneten sich.

»Du glaubst doch nicht, dass Draco ihm die Informationen gegeben hat, oder?«, fragte Stevie und legte mir die Hand auf die Schulter.

»Nein. Er würde mich nie verraten.«

Durch meine Beziehung zu Akari und Dracos Enkelin Lana war ich Ehrenmitglied der Familie, doch ich hatte Draco auch bei einem persönlichen Projekt geholfen, bei dem ich meine Fähigkeiten als Gärtnerin einsetzen konnte.

Demnach konnte es nur einer seiner Enkel gewesen sein. Ich tippte auf Sota.

Er hatte es immer noch nicht verwunden, dass ich mich geweigert hatte, ihm seine Viper zurückzugeben, die er bei einer unserer monatlichen Pokerrunden verloren hatte.

War schließlich nicht meine Schuld, dass er übermütig geworden war und das Vieh verwettet hatte.

»Du machst das schon«, versuchte Stevie, mich zu ermutigen. Doch so gut die Worte gemeint sein mochten, wir wussten beide, dass sie Schwachsinn waren.

Die Fahrstuhltüren öffneten sich im Penthouse, und ich spürte, wie es mir den Atem verschlug.

Wieder lief mir ein Schauder über den Rücken, als ich das tiefe Timbre seiner Stimme hörte. »Ich will meine wunderschöne Verlobte sehen. Bestimmt hat sie nichts dagegen, wenn ich zuschaue.«

»Lasst ihn durch«, flüsterte Stevie in das Mikrofon an ihrem Handgelenk.

Wenige Sekunden später bog Simon um die Ecke.

Lieber Gott. Musste er so verdammt attraktiv sein?

Der schwarze Maßanzug betonte seinen durchtrainierten Körper, der offene Kragen des Hemds ließ die Tätowierungen auf seiner Haut erahnen. Er verströmte eine Aura unterschwelliger Gefahr, die ich nicht so anziehend finden sollte.

Meine Finger schlossen sich krampfhaft um das Telefon in meiner Hand, als er die Aufmerksamkeit auf mich richtete.

Hab ich dich, bildeten seine Lippen.

»Was hast du noch mal darüber gesagt, dass er keine Macht über dich hat?«

Als ich tief in seine grünen Augen sah, fühlte es sich an,

als hätte er meine Welt in einem schraubstockartigen Griff. Nein, anders. Er kontrollierte sie.

Anstatt Stevie zu antworten, stand ich wie gebannt da, während Simon auf mich zukam. Der wilde Schimmer in seinem Blick ließ mich wissen, dass er mich genau da hatte, wo er mich haben wollte. Seine Gefangene, seiner Gnade ausgeliefert.

Zwischen meinen Beinen pulsierte langsam Verlangen, meine Nippel richteten sich auf.

Ich war mir nicht sicher, ob ich weglaufen oder standhaft bleiben sollte. So oder so stand etwas fest – unbeschadet würde ich aus der Sache nicht rauskommen.

Nur einen halben Meter vor mir blieb er stehen und scherte sich nicht um die Leute, die neugierig herüberschauten und sich zweifellos fragten, wer er war und was er hier wollte.

Er nahm mir das Handy ab und ließ es in der Tasche seines Jacketts verschwinden. »Du gehörst mir, Göttin.«

Eine Gänsehaut überzog kribbelnd meinen Körper. »Warum nennst du mich ständig Göttin?«

»Nyx ist die Göttin der Nacht.« Er nahm mein Kinn in die Hand und strich mit dem Daumen über meine Lippen. »Außerdem leitest du die Silent Night.«

»Und was macht das aus dir?«

Er beugte sich vor, als wollte er mich küssen, hielt jedoch Zentimeter von mir entfernt inne.

Der Ausdruck in seinen Augen wurde nicht kälter, sondern berechnend. »Wie nennt man mich in unserer Welt? Das finde ich in unserem Fall zutreffend.«

Meine Atmung wurde flach.

»Ich bin dein Meister des Schicksals und der Dunkelheit.«

»Du glaubst, dass die Dunkelheit die Nacht kontrolliert.«

»Diese Dunkelheit schon. Sie kontrolliert auch ihr Schicksal.«

»Simon, bitte nicht.«

»Was nicht? Dich das nächste Jahr zum Kommen bringen oder die Moralklausel durchsetzen?«

Bevor ich antworten konnte, tauchte Akari hinter uns auf. »Wie ich sehe, bist du in unsere private Soirée hereingeplatzt.«

»Sieht ganz so aus.«

»Ich schlage vor, ihr führt euer Gespräch über Entjungferung und das nächste Jahr bei einem privaten Spiel am Ende der Nacht. Ihr erregt nämlich Aufmerksamkeit.«

Für den Bruchteil einer Sekunde verstärkte sich Simons Griff um mein Kinn, während er mir weiter in die Augen starrte, und zum ersten Mal, seit ich Akari kannte, wollte ich sie wirklich erwürgen.

»Ich finde, das ist eine perfekte Idee, Miss Ota«, sagte er, während er mit dem Daumen über meine Unterlippe strich. »Außerdem weiß ich die zusätzliche Information über meine Braut zu schätzen.«

»Hast du jetzt das Interesse verloren?«, fragte ich. »Wollen Männer wie du nicht lieber erfahrene Frauen?«

»Nicht im Geringsten. Das bedeutet lediglich, dass ich niemanden aus deinem Gedächtnis löschen muss und dir alles beibringen kann, was du je wissen musst.« Damit trat er zurück. Der Verlust seiner Berührung hinterließ eine Kälte auf meiner Haut. »Ich bleibe an der Bar und beobachte, wie die Herrin der Silent Night arbeitet. Wir sehen uns am Ende der Nacht, Göttin.«

Zähneknirschend packte ich Akari am Handgelenk und zerrte sie in Richtung meiner Bankerin Natty.

»Was zum Teufel sollte das denn? War es echt nötig, sich einzumischen?«

»Ich wollte nur helfen. Ich dachte, das würde ihn abschrecken.«

Ein paar Schritte vor Natty blieb ich stehen und starrte Akari finster an. »Offensichtlich ist dein Plan nach hinten losgegangen.«

»War den Versuch wert.« Unbekümmert zuckte sie mit den Schultern. »Wenigstens ist es jetzt draußen. Freiwillig hättest du es ihm eh nicht gesagt.«

»Das kannst du nicht wissen.«

Sie verdrehte die Augen, bevor sie murmelte: »Was für ein Blödsinn.«

»Von jetzt an ignoriere ich dich. Ich hab zu tun.« Damit wandte ich mich Natty zu und wartete darauf, dass sie mir den üblichen Bericht über die aktuellen Summen an den Tischen überreichte.

»Die Einnahmen sind noch besser als erwartet.« Sie drückte mir einen roten Umschlag in die Hand.

Ich öffnete die Lasche, holte den Zettel darin heraus und las die Zahl darauf.

69,3 Millionen – ohne Eintrittsgelder.

Nun denn.

Simon würde auf jeden Fall einen erstklassigen Eindruck davon erhalten, wie ich arbeite.

Als ich in einen Blick in seine Richtung warf, stockte mir der Atem.

Er lehnte mit dem Ellbogen auf der Theke und hielt ein Glas mit einer rotstichigen Flüssigkeit in der Hand – Pennys spezielle Abfüllung von Firewater, die ich für die Nacht besorgt hatte.

Das Jackett hatte er ausgezogen und über die Stuhllehne geworfen, die Hemdsärmel hochgekrempelt, wodurch man die Tätowierungen an seinen Armen und die definierten Muskelstränge sah. Letztere verrieten, dass er nicht bloß hinter einem Schreibtisch saß, sondern die Hände öfter benutzte als andere.

Und was für Hände.

Wie zum Teufel konnte ich gerade sie erotisch finden? Vielleicht wegen der Kraft darin, die ich gespürt hatte, als sie um meine Handgelenke geschlossen waren.

Dieser Mann brachte meinen Verstand durcheinander, und nun steckte ich in haufenweise Schwierigkeiten.

Er musterte mich wie ein Raubtier seine Beute. Als wollte er mich in falscher Sicherheit wiegen, obwohl er wusste, dass es für mich keinen Ausweg gab.

Wer auch immer in seine Richtung schaute, würde wissen, dass er Anspruch auf mich erhoben hatte. Und aus irgendeinem verrückten Grund erregte mich der Gedanke.

Lieber Gott. Musste er mich so anglotzen?

»Wer ist er?«, fragte Natty. »Ich hab noch nie erlebt, dass ein Mann dich so durcheinandergebracht hat.«

»Ihr arschiger Verlobter«, antwortete Akari für mich.

Sie hüstelte. »Ihr was?«

»Du hast richtig gehört.« Akari trat neben mich. »Unser Mädel ist verlobt.«

»Moment.« Natty legte mir eine Hand auf den Arm, aber ich ließ den Blick auf Simon gerichtet. »Noch vor weniger als einem Monat hast du geklagt, dass du einen Mann brauchst, den du nicht vergraulst. Und jetzt wirst du demnächst heiraten. Das ist ziemlich schnell gegangen.«

»Die Untertreibung des Jahres«, merkte Akari dazu an.

Simon hob das Glas an die Lippen und trank von dem Whiskey darin, bevor er herausfordernd eine Augenbraue hochzog.

Der Mistkerl lieferte sich ein Augenduell mit mir.

Er wollte, dass ich zuerst wegschaute.

Und weshalb um alles in der Welt fand ich das so verdammt heiß? Ich musste einen schweren Schaden haben.

»Tja, ich würde sagen, du hast bekommen, was du wolltest.«

»Wie meinst du das?«, fragte ich, weil ich wusste, dass ich zurück ins Gespräch musste, weil sonst Akari weiter ihren Senf dazugeben würde.

Simon stellte das Glas auf der Theke ab, ohne den Blick von mir zu lösen. Etwas in seinen dunkelgrünen Augen ließ meinen Puls in die Höhe schnellen. Es fühlte sich beinah an, als würde er sich darauf vorbereiten, sich jeden Moment auf mich zu stürzen.

»Das ist keiner, den du erschrecken kannst. Er könnte

sogar ein Typ sein, der genauso gut austeilt wie einsteckt. Vielleicht sogar mehr.«

Nattys Worte fühlten sich an wie ein Eimer eiskaltes Wasser für meine Libido an. Unwillkürlich richtete ich die Aufmerksamkeit auf sie und schaute von Simon weg.

Verdammt. Der Arsch hatte gewonnen. Wie alles andere in dieser Nacht.

Ich atmete tief durch. »Ich denke, wir sollten uns lieber unseren Gästen statt meinem Privatleben widmen.«

»Da hab ich wohl einen Nerv getroffen.« Die Belustigung in ihrem Ton verriet mir, dass sie mitbekommen hatte, was zwischen Simon und mir am Laufen gewesen war. »Nur fürs Protokoll, mit den Funken, die zwischen euch fliegen, seit er reingekommen ist, könnte man ein Feuer im Kamin anzünden.«

»Ganz meine Rede, Natty.«

Ich schleuderte Akari einen zornigen Blick zu. »Warum noch mal sind wir beste Freundinnen?«

»Weil dich sonst niemand erträgt.«

9

Simon

Eine Jungfrau.

Zuerst war ich mir nicht sicher, ob ich Akari Otas Worte richtig gedeutet hatte. Nyx' Bestätigung in Form ihrer Frage über mein verlorenes Interesse hatte sich wie ein Schlag in die Magengrube angefühlt.

Wie um alles in der Welt war sie in der heutigen Zeit bis ins Alter von Mitte zwanzig ohne einen Liebhaber geblieben? Andererseits hatte sie vier überfürsorgliche Brüder und einen Vater, den man als Mykos-Chirurg kannte. Wenn das nicht abschreckte, dann wusste ich nicht, was.

Sogar, als ich selbst noch Jungfrau gewesen war, hätte ich nie gedacht, mal mit einer zusammen zu sein. Mein erstes

Mal war mit der Schwester eines meiner Bodyguards. Sie war im College-Alter und wollte dem Drakos-Erben etwas für die Zukunft beibringen.

Und nun saß ich da und spielte ernsthaft mit dem Gedanken, mich darauf einzulassen.

Ich schwenkte die bernsteingelbe Flüssigkeit in meinem Glas.

Ein besserer Mann würde sofort abbrechen. Ein besserer Mann würde ihr die Freiheit schenken, nach der sie sich so sehnte, und sie ihren idealen künftigen Ehemann finden lassen. Andererseits würde mich niemand je für einen anständigen Mann halten, geschweige denn für einen besseren.

Gio Drakos' Nachbildung, ja.

Ein guter Mensch – nein.

Irgendetwas an Nyx Mykos zog mich zu ihr hin. Der Gedanke, sie nicht zu berühren, erschien mir unvorstellbar.

Wir hatten beide keine Wahl. Ich würde das nächste Jahr einfach auf mich zukommen lassen müssen.

Vielleicht lag es daran, wie sie mich ständig herausforderte oder verlangte, dass ich mich verpisste. Ihr Temperament geilte mich auf, statt mich zu verärgern, wie es bei jeder anderen Frau der Fall gewesen wäre.

Verdammt, wieso hinterfragte ich es überhaupt? Bei diesem Spiel hielt ich die Trümpfe in der Hand. Bei all dem Mist, mit dem ich mich jeden Tag herumzuschlagen hatte, verdiente ich ein bisschen Spaß.

Nyx schob das lange schwarze Haar über eine Schulter,

als sie sich bückte. Sie flüsterte etwas ins Ohr einer älteren Frau, die mit Juwelen im Wert des Gelds auf den vier Tischen neben ihr behangen war.

Wie sich Nyx durch den Raum arbeitete, zeigte umfassende Kenntnisse der Vorlieben, Abneigungen, Zwischentöne und Stimmungen der Anwesenden.

Viele der Spielerinnen und Spieler kamen aus Umfeldern, die jedem Mykos, wenn nicht allen, einen Herzinfarkt beschert hätten.

Beeindruckend war, dass sie einige der gefährlichsten Menschen auf der Welt zu verzaubern schien, als wären sie alte Freunde.

Für den Bruchteil einer Sekunde fragte ich mich, wie es wohl mit einer Frau wie Nyx an der Seite wäre. Sie würde bei jedem wissen, wie man ihn nehmen musste. Niemand würde sie je für ein Mauerblümchen oder einen Modelverschnitt zum Angeben halten.

Aber nein, in die Richtung durfte ich meine Gedanken nicht abschweifen lassen. Eine Mykos würde nur Chaos in mein Dasein bringen. Die richtige Wahl für mich wäre eine ruhige Frau, die ihren Platz in meinem Leben kannte. Kein Teufelsweib.

In dem Moment hörte ich eine Stimme mit breiigem russischem Akzent rufen: »Nyx, bitte sag, dass es nicht wahr ist. Mir hat du erzählt, du hättest keine Zeit für Beziehungen. Und jetzt höre ich, dass du verlobt bist.«

Ein Anflug von Irritation durchzuckte mich, und ich suchte den Raum nach Nyx ab. Ich entdeckte sie bei einer

Gruppe von Männern und Frauen um einen Hochtisch. Darunter befanden sich Mitglieder verschiedener Syndikatsfamilien aus ganz Asien.

Der Mann, der gesprochen hatte, sah wie knapp sechzig aus und trug einen Ehering. Ich erkannte, dass es sich um Petre Iwanow handelte, Chef eines Ölkonzerns mit Sitz in Moskau. Niemand würde je offen aussprechen, dass er außerdem eine der größten *Bratwa*-Organisationen in Russland leitete, obwohl jeder wusste, dass es stimmte.

Ja, Tyler Mykos würde definitiv ausrasten, falls er je erführe, dass seine kleine Schwester Smalltalk mit einem Mann betrieb, der im Ruf stand, das Blut seiner Feinde zu trinken.

Wörtlich.

Auch ich hatte schon viel kranken Mist gemacht, doch mir Feinde einzuverleiben, überschritt für mich eine Grenze.

Dass Nyx ihn um den kleinen Finger gewickelt zu haben schien, empfand ich als aufrichtig imposant.

Und was stimmte nicht mit mir, dass mich die Erkenntnis aufgeilte?

Diese Frau brachte mich um den Verstand.

»Na ja, eigentlich hatte ich ja auf dich gehofft. Aber da du vergeben bist, musste ich mich für jemand anderen entscheiden.« Nyx schaute in meine Richtung auf und begegnete meinem finsteren Blick mit einem Grinsen.

»*Malaia moia*, komm, geh ein Stück mit mir. Ich will dich unter vier Augen etwas fragen«, sagte der Alte in seiner Version eines Flüsterns, also laut genug, dass alle um ihn herum es hören konnten. Damit gab er ihnen zu verstehen, sie sollten Land gewinnen.

Wie auf ein Stichwort kam Bewegung in die Leute, doch Nyx hakte sich bei ihm ein und führte ihn weg von der Gruppe. Er wiederum manövrierte sie in meine Richtung.

Der Alte wollte, dass ich das Gespräch mitbekam. Vermutlich als Warnung, damit ich mich von Nyx fernhielt. Wie alle anderen in letzter Zeit.

»Ist heute Abend etwas passiert, das dich beunruhigt, Petre?«

»Nein, ich mache mir eher Sorgen um dich. Mir sind gewisse Dinge zu Ohren gekommen.«

»Was hast du gehört?«

»Ich bin schon sehr lange dabei, *Zaychik*. Ich weiß, wie Familien wie unsere funktionieren. Wenn du diese Ehe nicht willst, dann sag mir nur ein Wort, und ich verhindere sie. Drakos macht mir keine Angst.«

Nyx' Rücken versteifte sich abrupt. Für mich bestand kein Zweifel daran, dass sie über die Schulter in meine Richtung blicken wollte.

»Seine Anwesenheit hier sollte dir alle Antworten liefern, die du brauchst.«

»Also akzeptiert er, wer du bist und was du tust?«

»So gut, wie es ein Mann in seiner Lage kann.«

»Dann vertraue ich darauf, dass du zu mir kommst, wenn sich etwas daran ändert. Jackson mag den Heiratsvermittler spielen, aber du sollst wissen, dass ich mich für eine Seite entschieden habe. Tatsächlich hat meine Familie das schon getan, als mein Onkel Victor seine Julia vom ursprünglichen Drakos weggeholt hat.«

Tja, Mist.

Damit war geklärt, wer der ersten Mykos-Erbin und ihrem Geliebten geholfen hatte, sich vor allen zu verstecken. Als Mitglied der *Bratwa* konnte er recht einfach spurlos untertauchen. Allerdings hielt ich es für unmöglich, dass die Mykoses nichts von der Verbindung gewusst hatten.

Hatten sie ihr vielleicht bei der Flucht vor der Ehe geholfen und es so aussehen lassen, als wäre sie durchgebrannt?

Nyx hüstelte und legte eine Hand auf Iwanows Unterarm. »Wie bitte?«

»Ach, komm. Du musst doch gewusst haben, dass Dinge aus der Vergangenheit nicht immer so sind, wie sie dargestellt werden.«

»Ich kann dir nicht folgen.«

Zumindest zeigte Nyx' Verwirrung, dass sie nichts von dieser Geschichte ihrer Familie gewusst hatte – sofern stimmte, was Iwanow andeutete.

»In einer Familie, in der Töchter und Schwestern selten sind, tun Väter und Brüder alles, um sie zu beschützen. Vor allem, wenn eine Tochter an eine Familie gebunden werden soll, die für ihre Grausamkeit und Profitgier bekannt ist.«

Iwanows Worte versetzten mich in die Vergangenheit zu einem von Pappous' zahlreichen Vorträgen darüber, dass er irgendwie versagt und schwache Drakos-Männer großgezogen hatte, die nichts davon verstanden, so zu herrschen wie die Ahnen der Familie. Und dass er den Fehler mit mir korrigieren würde.

»Soll das heißen, dass alles, woran ich seit meiner Geburt geglaubt habe, eine Lüge ist?«

»Das musst du selbst entscheiden. Allerdings schlage ich vor, dass du nicht deine Familie fragst. Sonst musst du wohl preisgeben, woher du die Information hast. Das könnte zu weiteren Fragen führen. Meinst du nicht auch?«

Seufzend nickte sie, fand sich mit der Wahrheit von Iwanows Worten ab.

»Da meine Großtante auch deine Tante war ... Sind wir auf sehr griechische Weise verwandt?«

»Du gehörst auf sehr russische Weise zur Familie. Und auf meine Familie passe ich auf.« Sein Tonfall duldete keinen Widerspruch, wechselte schlagartig von unbeschwert zu gebieterisch-väterlich.

»Wolltest du deshalb, dass Simon das Gespräch mitbekommt? Weil du auf mich aufpasst? Und sicherstellen willst, dass ich mir nicht zu viel Ärger aufhalse?«

Um ein Haar hätte ich über ihre schiere Unverfrorenheit gelacht. Die Frau kannte keine Zurückhaltung.

Iwanows Züge wurden milder. Ein verhaltenes Lächeln umspielte seine Lippen. »Da du so viel vor deinen Brüdern und deinem Vater verheimlichst, empfinde ich es als meine Pflicht, die Leute in deinem Umfeld wissen zu lassen, dass du Verbindungen zu Menschen in hohen Positionen hast.«

»*Spasiba.*« Nyx beugte sich vor und küsste Iwanow auf die Wange. »Du musst dir um mich keine Sorgen machen. Ich komme schon klar.«

»Ich hoffe, du hast recht.« Iwanow warf einen warnenden Blick in meine Richtung. »Und wie ich das hoffe.«

GEGEN HALB VIER Uhr morgens waren alle Spieler, auch Akari, längst aus dem Penthouse verschwunden. Eine Reinigungsmannschaft, wie ich noch keine erlebt hatte, versetzte die etwa fünfhundert Quadratmeter große Suite zurück in ihren Zustand vor der nächtlichen Veranstaltung. Die Leute bewegten sich wie bei einem gut choreografierten Tanz, kannten offenbar Nyx' Erwartungen und Anforderungen in- und auswendig. Außerdem trugen sie die Kleidung gewöhnlicher Hotelgäste statt Uniformen für Reinigungspersonal.

Nyx stand mir gegenüber, vertieft in ein Gespräch mit ihrer Sicherheitsleiterin und ihrer Bankerin. Die drei waren erst vor wenigen Augenblicken aus einem der Schlafzimmer gekommen, nachdem sie die Einnahmen der Nacht abgerechnet hatten.

Die ich auf etwa ein Viertel des Gesamtwerts des Fonds schätzte, den sie am Ende unserer Verlobung erben würde.

Kein Wunder, dass sie mir ihren Anteil angeboten hatte. Wenn sie bei jeder von ihr veranstalteten Silent Night auch nur annähernd so viel einstreifte wie in dieser Nacht, brauchte sie das Geld aus dem Fonds nicht.

Mir drängte sich die Frage auf, wie vermögend meine Verlobte eigentlich wirklich war. Und warum sie den ganzen Tag bei einem gewöhnlichen Job in der Erde wühlte, obwohl sie es sich locker leisten könnte, ihr Leben entspannt zu genießen.

Die Frau verwirrte mich zutiefst.

Als hätte sie meine Gedanken gespürt, schaute sie kurz zu mir, bevor sie die Aufmerksamkeit wieder den Frauen bei ihr widmete. Leichte Röte färbte ihre Wangen und verriet mir, dass sie spürte, wie sich die Zeit für unser Gespräch unter vier Augen unaufhaltsam näherte.

So sehr sie es leugnen wollte, zwischen uns würde etwas passieren, ob ich ihr Geheimnis nun herausgefunden hatte oder nicht. Für etwas anderes war diese gegenseitige Anziehungskraft zu stark.

Irgendwann wären wir so oder so in einer Situation gelandet, in der wir es animalisch miteinander getrieben hätten.

Aber mit dem Wissen über sie, das ich mittlerweile besaß, musste ich es langsamer angehen und sie dazu verführen. Damit sie künftig jeden, mit dem sie ins Bett stieg, mit mir vergleichen würde.

Im Augenblick jedoch erweckte allein der Gedanke an sie mit einem anderen blanke Mordlust in mir.

Ich beschloss, dass ich lange genug gewartet hatte, stand auf und ging in Nyx' Richtung.

Der Blick ihrer dunklen Augen heftete sich mit einer Mischung aus Argwohn und, wenn ich mich nicht irrte, Neugier auf mich. Die Leute um sie herum entfernten sich, um zu beenden, was auch immer sie zu tun hatten.

»Wie lange noch bis zu unserem privaten Spiel?«, fragte ich, als ich mich ihr näherte.

Sie leckte sich über die Lippen. Ihre Atmung wurde spürbar unregelmäßig. »Ich war mir nicht sicher, ob du's ernst meinst.«

»Übers Pokern scherze ich nie. Und ich verliere selten.«

»Dasselbe kann ich von mir behaupten. Aber das weiß man bei solchen Spielen nie im Voraus.«

»Willst du schon aufgeben, bevor die erste Karte ausgeteilt ist?«

Feuer trat in ihren Blick. »Auf keinen Fall. Ich bereite ein Spiel auf dem Esstisch vor.«

»Gut.« Ich hob die Hand und fuhr mit dem Daumen über ihre volle Unterlippe. »Wann gehen alle?«

Sie schluckte, und ihre Pupillen weiteten sich. »In ungefähr fünf Minuten. Stevie und ihr Team durchsuchen das Penthouse ein letztes Mal, dann gehen sie und verriegeln sämtliche Zugänge zur Suite, unter anderem den Aufzug.«

»Ich dachte, du würdest vielleicht versuchen, wegzulaufen.«

Sie reckte das Kinn vor. Zwischen ihren Brauen bildete sich eine Falte. »Ich laufe vor nichts davon.«

»Die Ansicht änderst du vielleicht noch.«

»Und ich lasse mich nicht leicht ins Bockshorn jagen.«

»Wir werden sehen.«

»Ja. Werden wir.« Damit wollte sie sich abwenden, doch ich hielt sie am Handgelenk zurück.

»Iwanow hat dir einen Ausweg geboten. Warum hast du ihn nicht angenommen?«

Sie schenkte mir ein berechnendes Lächeln, bei dem ich ihr am liebsten gezeigt hätte, was sie mit ihrem herrlichen

Mund anstellen sollte. »Er wollte, dass du das Gespräch mitkriegst.«

»Der Mann ist nicht dafür bekannt, Worte zu verschwenden. Er tut nichts ohne Grund. Die Wahrheit über die Vergangenheit hat er dir bewusst in meiner Hörweite erzählt.«

»Ja. Um dir Angst einzujagen.«

»Ich denke, ich habe bereits erwähnt, dass ich mich auch nicht leicht ins Bockshorn jagen lasse. Tatsächlich bin ich sogar noch faszinierter als davor.« Ich löste die Finger von ihrem Handgelenk und ließ sie über den Ellbogen zu ihrer Schulter wandern, bevor ich sie um ihren Nacken legte.

Als sie scharf einatmete und eine Gänsehaut bekam, verspürte ich das Triumphgefühl eines kleinen Siegs in unserem Kampf der Willenskraft.

»Du hast meine Frage nicht beantwortet, Nyx.«

»Du meinst wegen Petre?« Ihre Handfläche legte sich auf meine Brust.

»Ja.«

»Das ist ganz einfach – ich verstecke mich bei Herausforderungen nicht hinter anderen. Nicht hinter meinem Vater, meinen Brüdern oder sonst jemandem.«

»Also bin ich eine Herausforderung?« Ich beugte mich vor, streifte mit den Zähnen ihre Unterlippe und beobachtete, wie sich ihre Wimpern eine Sekunde lang flatternd schlossen.

»Unbestreitbar«, erwiderte sie sinnlich flüsternd.

Als sich hinter uns jemand räusperte, schrak Nyx abrupt

von mir weg. Ihr Gesicht rötete sich vor Erregung und Verlegenheit.

»Wir schließen jetzt ab und überlassen euch beide eurem ... privaten Spiel«, verkündete Nyx' Sicherheitsleiterin und grinste uns beide an.

»Danke.« Nyx folgte der Mannschaft zum Aufzug und sprach in leisen Tönen mit Stevie.

Wenig später kehrte sie zurück. Anspannung stand ihr ins Gesicht geschrieben.

»Bereit, auszuteilen, Miss Mykos?«

10

Nyx

Mein Herzschlag dröhnte laut durch meine Ohren, während wir uns durch den Raum hinweg gegenseitig anstarrten.

Ganz gleich, welches Blatt ich ausspielen würde, das Ergebnis würde immer dasselbe sein.

Ich würde verlieren.

Verdammt, das Spiel hatte in dem Moment begonnen und geendet, als er in die Kamera gestarrt und den Code für den Fahrstuhl eingegeben hatte.

Seither hatte er nur mit mir gespielt, meine Ansagen beobachtet, den Einsatz laufend erhöht.

Psychospielchen in Reinkultur.

Er hatte mich da, wo er mich schon haben wollte, seit er mich im botanischen Garten auf den Knien gesehen hatte.

Und dass ich erregter war als je zuvor im Leben, schürte meine rasende Wut.

Warum hatten die Götter von allen Männern auf der Welt ausgerechnet diesen dazu auserkoren, mir solche Reaktion zu entlocken?

Sah mir ähnlich, dass ich einen fiesen Mistkerl attraktiv fand.

Jede kleine Berührung, jeder Blick köderte mich, als wollte er, dass ich mich nach ihm verging, ihn brauchte.

Arschloch.

»Hast du nichts zu sagen, Nyx?«

»Was gibt's groß zu sagen. Außer, dass ich keine Chance habe, hier zu gewinnen?«

»Woher willst du das wissen, ohne die Karten ausgeteilt zu haben?«

Ich schluckte, um die trockene Kehle zu befeuchten. »Weil du das Spiel in dem Moment in der Tasche hattest, als du von mir erfahren hast.«

»Da also ist es passiert?«

Verdammt, damit hatte er es beinah zugegeben. Er war kein Lügner. Das musste ich ihm zugestehen.

»Warum willst du ausgerechnet mich, obwohl sich die Frauen nur so um dich reißen?«

Als er sich näher zu mir bewegte, verflachte meine Atmung.

»Seit ich dich im botanischen Garten auf den Knien gesehen habe, verfolgt mich der Gedanke, mich in deinem

Mund ... deiner Pussy ... deinem Hintern zu versenken. Deshalb.«

Visionen von allem, was er gerade angedeutet hatte, fluteten meinen Kopf. Unwillkürlich leckte ich mir über die Lippen.

Je näher er kam, desto schneller hämmerte mein Herzschlag. Ein Schwindelgefühl breitete sich in meinem Kopf aus. Durch jeden Nerv meines Körpers zuckte das Verlangen, die Flucht zu ergreifen.

Stattdessen fragte ich: »Du willst eine andere Frau heiraten. Wie kannst du also erwarten, dass ich irgendetwas davon zustimmen würde?«

Seine Hände legten sich auf meine Taille. Er schob mich rückwärts, bis ich gegen die Wand stieß. »Wer sagt denn, dass du eine Wahl hast? Wenn du aus dieser Ehe raus willst, ohne dass dein Ruf oder der deiner Familie darunter leidet, dann bekomme ich dich ein Jahr lang, wann, wo und wie ich dich will.«

Ich schaute auf und versuchte, mich auf sein Gesicht zu konzentrieren statt auf den Wahnsinn aus Erregung und Panik, der in meinem Körper herrschte. »Und danach?«

»Du kannst dein Leben weiterführen. Deinen geheimen Klub, deine Freiheit genießen.« Der Blick seiner stechenden grünen Augen bohrte sich in mich. »Wir reagieren unser gegenseitiges Verlangen ausgiebig ab, anschließend kehre ich nach New York zurück und heirate die Frau, die ich als geeignet für mein Leben ausgesucht habe.«

Ich knirschte mit den Zähnen. »Du bist ein Arsch.«

»Das habe ich nie bestritten. Wahrscheinlich ist das noch das Harmloseste, als das die Leute mich bezeichnen.«

»Ich bin keine Hure.« Ich drückte gegen seine Brust. Blitzschnell packte er meine Arme und fixierte sie über meinem Kopf.

»Du wirst meine Hure sein.« Lust trat in seine grünen Augen, und seine Mundwinkel zuckten, bevor er hinzufügte: »Bis zum Ende unserer Verlobung.«

Dass mich die Vorstellung nicht beleidigte und ich dadurch eine Vollidiotin war, entging mir keineswegs.

Zwischen meinen Schenkeln sammelte sich Verlangen. Das Pochen in meinem Innersten schwoll schier unerträglich an. Der Drang, die Beine zusammenzupressen, wurde so stark, dass ich Mühe hatte, stillzuhalten.

»Das ist Nötigung.«

»Streng genommen ist es Erpressung.«

»Erpressung«, wiederholte ich.

»Ja. Die Lüge kannst du dir jedes Mal einreden, wenn ich dich um den Verstand vögle.« Er beugte sich vor, bis sich sein Mund nur eine Haaresbreite von meinen Lippen entfernt befand. »Und nicht, weil sich dein Körper nach meinen Berührungen sehnt. Oder weil dich dein Verlangen danach, von mir wieder und wieder zum Höhepunkt gebracht zu werden, fast um den Verstand bringt. Oder weil du dir nicht vorstellen kannst, dein künftiges Leben in Freiheit zu führen, ohne dass ein Mann wie ich jeden Quadratzentimeter von dir beherrscht. Innen wie außen.«

Ich konnte nicht atmen. Oh Gott, ich bekam keine Luft.

Wie um alles in der Welt konnte er all das über mich wissen?

Was geschah nur mit mir?

»Du stellst falsche Vermutungen über mich an.«

»Glaubst du das wirklich – oder willst du es bloß glauben?« Sein stoppeliges Kinn strich meinen empfindsamen Hals entlang. Meine Nippel richteten sich zu qualvoll sehnsüchtigen Kieseln auf.

»Du weißt gar nichts über mich.«

»Bist du dir sicher? Ich bräuchte nur die Finger zwischen deine feuchten Schamlippen zu schieben, um dich als Lügnerin zu enttarnen.«

Als hätte mein Innerstes die Worte gehört, zog es sich zusammen und durchtränkte meinen Slip mit meinen Säften.

»Sag mir, dass ich keine Wirkung auf dich habe. Sag mir, dass ich wie jeder andere bin.« Er presste den harten Körper an meinen. Seine pralle Erektion fühlte sich zwischen uns heiß wie ein Brandeisen an.

»Das ändert nichts«, flüsterte ich mit einem zittrigen Atemzug. »Ich will dich nicht, du willst mich nicht.«

Nun ja, mein Körper vielleicht schon. Aber das würde ich niemals zugeben.

»Was ist so falsch daran, sich miteinander zu vergnügen, um das Verlangen zu stillen, und dann getrennte Wege zu gehen?«

»Ich lasse mich von dir nicht in eine Ehe locken. Und falls irgendjemand rausfindet, dass wir miteinander schlafen, gewinnst nur du.«

»Hast du es noch nicht durchschaut, Göttin?«

»Was durchschaut?«

»Du hast gar keine andere Wahl, als mitzuspielen.« Sein Mund glitt auf meinem hin und her.

Es kostete mich alle Willenskraft, nicht zu stöhnen.

»Für deine Freiheit und den Anteil deiner Familie an dem Fonds. Das nächste Jahr lang gehörst du mir.« Er biss mir in die Unterlippe, verursachte ein erlesenes Stechen, das ich bis ins Mark spürte. »Und zu der Sache mit der Falle. Wenn du deine Klubs geheim halten kannst, kriegen wir bestimmt auch eine Affäre hin, ohne dass jemand etwas davon erfährt.«

Verdammt. Ich musste weg von ihm. Seine Ausstrahlung war zu überwältigend, um in seiner Nähe klar zu denken.

Mit einem Ruck versuchte ich, die Armen zu befreien. Aber er verstärkte nur den Griff und hob den Kopf. Sein durchdringender Blick heftete sich auf mich und verriet mir, dass er entschieden zu viel sah.

»Natürlich kannst du auch ablehnen und die Konsequenzen riskieren. Dann verliere ich den Hafen. Aber vergiss nicht, was du und deine Familie verlieren könnten. Bist du bereit, das alles aufs Spiel zu setzen?«

»Ich hasse dich.«

»Ich hab dir doch gesagt, dass ich das noch öfter von dir hören werde.«

Finster starrte ich ihn an.

»Aber willst du noch was wissen?«

»Was?«, presste ich zähneknirschend hervor.

»Ich wette, du bist vor allem wütend auf dich selbst, weil dich die Vorstellung erregt, von mir genommen zu werden, deine Jungfräulichkeit an mich zu verlieren und von mir auf jede erdenkliche Weise zum Kommen gebracht zu werden.«

Ich weigerte mich, zuzugeben, dass auch nur ein Wort davon stimmte. Stattdessen gab ich zurück: »Sauer bin ich nur, weil ich überhaupt in dieser Lage stecke. Ich reagiere auf dich genauso, wie ich auf jeden anderen attraktiven Kerl reagieren würde.«

Die Lüge hing schwer zwischen uns.

Ein herausforderndes Funkeln trat in seine Augen, und mein Herzschlag beschleunigte sich. Dieser Mann las mühelos in mir. Er wusste um meine Begierden.

Wie konnte man sich gleichzeitig so gefangen fühlen und sich verzweifelt danach sehnen, es zu bleiben?

Er hielt meine Handgelenke mit einer Hand fest. Die andere wanderte nach unten und legte sich um meinen Hals. Der leichte Druck jagte eine Schockwelle durch meine Nippel, meine Lustperle und meine Spalte.

Oh mein Gott. Davon brauchte ich mehr.

Ich schnappte nach Luft. Dann entrang sich mir ein kehliges Stöhnen und strafte alles Lügen, was ich nur wenige Augenblicke zuvor behauptet hatte.

»Sag mir etwas, Göttin.« Seine Finger verstärkten den Druck. »Wie viele andere erregen deine Aufmerksamkeit mit einem einzigen Blick oder bringen dich durch einen leichten Druck der Finger um dein Handgelenk dazu, sehnsüchtig die Schenkel zusammenzupressen?«

Ich schloss die Augen und spürte, wie die Mauern um mich herum unter dem Verlangen meines verräterischen Körpers bröckelten. »Du bildest dir zu viel auf dich ein.«

»Das nennt man Selbstvertrauen. Ich weiß um meine Vorzüge. Die bekommst du von mir. Ungeschönt, versaut, ungebändigt. Und eine Garantie.«

»Welche?«

Er leckte über meine Unterlippe. »Kein anderer Lover, den du je im Leben haben wirst, wird sich mit mir messen können.«

Nur mühsam gelang es mir, ein Wimmern zu unterdrücken.

Diese ganze Situation war auf unendlich vielen Ebenen falsch, aber der Bann, in dem mich dieser Mann hatte, raubte mir jeglichen gesunden Menschenverstand.

»Nur ein Jahr. Du bewahrst über alles Stillschweigen, und danach gibst du mich frei.«

»Ist das eine Zustimmung zu meinem Vorschlag?« Er lehnte die Stirn an meine. »Sieh mir in die Augen und sag mir ja oder nein.«

Ich hob die Wimpern und starrte in smaragdgrüne Regenbogenhäute.

Diese Anziehungskraft, diese Lust, dieses verzweifelte Verlangen pulsierte durch jeden Nerv meines Körpers. Unter anderen Umständen hätte ich mich auf die gebotene Chance gestürzt.

»Wie lautet deine Antwort?«

»Das weißt du bereits. Hätte ich denn wirklich eine Wahl gehabt, wie du's vorhin angedeutet hast?«

»Man hat immer eine Wahl.«

»Simon.« Ich konnte die Verzweiflung in meiner Stimme nicht verbergen.

»Sag es.« Seine Finger wanderten an meinem Hals hinab zwischen meinen Brüsten hindurch zu meiner Hüfte.

Mit wild pochendem Herzen leckte ich mir über die Lippen und ein Wort aus, das mein Schicksal für das nächste Jahr besiegelte. »Ja.«

Er verharrte und sah mir in die Augen, als wollte er sich vergewissern, dass er mich richtig verstanden hatte.

Als ich schon dachte, wir würden die ganze Nacht so bleiben, rührte er sich.

Seine Lippen prallten auf meine, verschlugen mir den Atem und raubten mir den Verstand.

Heilige Scheiße. Der Mann glich einem Hurrikan. Er setzte meine Sinne in Brand und flutete meine Mitte mit einer Lust, wie ich sie noch nie zuvor erlebt hatte.

Und er schmeckte unglaublich – Cognac mit einem Hauch von Orangenschalen von seinem Drink, vermischt mit seiner eigenen natürlichen Essenz. So sehr ich versucht hatte, es zu ignorieren, die Erinnerung an ihn von letzter Woche hatte mich verfolgt und mich eine weitere Kostprobe herbeisehnen lassen. Der Kuss stürzte mich in einen Ansturm von Gefühlen. Sein harter, erregter Körper an meinem löste einen Rausch aus, nach dem ich zweifellos süchtig werden würde.

Seine Zunge tänzelte verführerisch in meinem Mund und steigerte mein Verlangen ins Unermessliche, ähnlich wie zuvor seine Worte. Dieser Mann war zu überwältigend, zu vereinnahmend – zu viel auf einmal.

Ich musste mir ein wenig Kontrolle sichern. Sonst würde ich das nächste Jahr nicht überleben.

Keine Ahnung, was über mich kam, jedenfalls brach ich den Kuss ab, ignorierte, dass ich atemlos nach Luft schnappte, und verlangte: »Lass meine Hände los. Ich bin genauso ein Teil davon wie du.«

»Tatsächlich?« Ein großspuriges Grinsen erschien in seinem Gesicht, bevor er meine Arme freigab und die Finger an meinem Körper hinabgleiten ließ. »Ich denke, wir müssen etwas klarstellen.«

»Und was?«, hakte ich nach und legte die Hände auf seine Schultern.

Er packte mich an den Oberschenkeln und hob mich gegen die Wand. Ich schlang die Beine um seine Taille. »Bei dieser Vereinbarung und vor allem beim Sex wirst nie du die sein, die das Sagen hat. Gewöhn dich besser dran.«

»Das werden wir ja sehen, nicht wahr?«

»Ja. Werden wir.« Damit eroberte er wieder meine Lippen und verhinderte eine Entgegnung von mir.

Verdammt.

Hatte mich überhaupt schon mal jemand so geküsst? Zugleich dominant und gebend?

Sein Mund wanderte meinen Hals hinab und zog dabei eine Gänsehaut hinter sich her. Meine Nippel pulsierten, meine Spalte zuckte. Ich klammerte mich an seinen Schultern fest, bohrte die Fersen in seinen Hintern und ich rieb die sehnsüchtige Klitoris an der harten Ausbuchtung im Stoff seiner Hose.

Ein leises Stöhnen drang vibrierend aus seiner Kehle und löste in mir eine bis dahin ungekannte Sehnsucht aus.

Was geschah nur mit mir?

Er schien eine direkte Verbindung zu meiner Libido zu besitzen.

Ich hatte gar nicht mitbekommen, dass wir uns ins große Schlafzimmer beweget hatten. Es wurde mir erst bewusst, als Simon sich aufs Bett setzte, und ich rittlings auf seinen Oberschenkeln kauerte, den empfindsamen Busen an seiner harten Brust.

Der animalische Schimmer in seinen Smaragdaugen ergänzte die Röte in seinem Gesicht. Durch seine pralle Erektion am feuchten Schritt meines Tangas fühlte ich mich wie wehrlose Beute, gefangen vom Blick eines Raubtiers. Ich wusste nicht recht, ob ich flüchten oder ihn näher zu mir ziehen sollte.

Er knetete die Muskeln meiner Oberschenkel. »Du gehörst jetzt mir.«

»Was soll das heißen?«

Seine Antwort bestand darin, dass er die Hände seitlich an meinem Körper hochwandern ließ und besitzergreifend auf meine Brüste legte, bevor er mich durch den Stoff meines Kleids in die Nippel kniff.

»Oh Gott ...« Stöhnend wölbte ich mich dem Lustschmerz seiner Berührungen entgegen.

»Es heißt ...« Er verstärkte den Druck auf meine harten Knospen und damit auch die Euphorie, die sich in mir ausbreitete. »... dass dieser Körper das nächste Jahr lang für alles Verruchte mir gehört, das ich will.«

Seine Finger stahlen sich zum vorderen Reißverschluss meines Kleids und zogen ihn bis zum Saum runter. Der Stoff teilte sich und gab den Blick darauf frei, was ich darunter anhatte.

»Für eine Frau, die noch nie einen Lover hatte, trägst du ganz schön sinnliche Unterwäsche.«

Der Blick, mit dem er mich betrachtete, wurde so heiß und sinnlich, dass mir ein Schauder über den Rücken ging.

»Ich mag schöne Dinge. Die trage ich für mich.«

Mit vor Erregung rauer Stimme erwiderte er: »Jetzt auch für mich.«

Er schob mir die Träger von den Schultern und zog mich zu sich, während sein Mund meinen Hals, mein Schlüsselbein, die Vertiefung zwischen meinen Brüsten erkundete.

Oh mein Gott.

Wo er meine Haut berührte, hinterließ er ein Kribbeln, und ich wollte mehr.

Mit geschlossen Augen umklammerte ich seine muskulösen Schultern, weil ich mich an irgendetwas festhalten musste. »Simon, was machst du mit mir?«

»Ich verführe dich«, murmelte er, öffnete meinen BH und streifte ihn mir ab.

Er widmete sich wieder meinen Nippeln, bescherte mir eine berauschende Mischung aus *fast zu viel* und *nicht genug*.

»Was hast du die letzte Woche gemacht?«, stieß ich atemlos hervor.

Er schenkte mir ein verruchtes Grinsen. »Eine Falle gestellt.«

»Tja, du hast mich erwischt. Verführung ist nicht nötig.«

Er krallte die Hand in mein Haar und neigte meinen Kopf zurück. »Da liegst du falsch. Verführung spielt immer eine

Rolle. Egal ob bei einer schnellen, versauten Nummer zum Druckabbau oder bei gemächlichem, langsamem Morgensex. Ohne sie ist der Mann deine Zeit nicht wert.«

»Willst du mich etwa darauf drillen, worauf ich bei einem künftigen Lover achten sollte?«

»So ähnlich.« Bei den Worten blitzte ein Anflug von Irritation in seinen Augen auf. »Aber vorerst bin ich der einzige Lover, an den du denken sollst.«

Es fühlte sich surreal an, so zwanglos darüber zu reden und zu wissen, dass unsere Beziehung – oder was auch immer es sein mochte – ein vorherbestimmtes Ende hatte.

Unfassbar, dass ich mich in den letzten fünf Minuten irgendwie mit diesem Wahnsinn abgefunden hatte.

Jegliche zusammenhängenden Gedanken verflüchtigten sich, als Simon die großen Hände auf meine Hüften legte, mich mit einem Ruck an seine pralle Härte zog und sie an meiner sehnsüchtigen Klitoris rieb.

»Bist du bei mir, Göttin?«

»J-Ja«, stammelte ich wimmernd, klammerte mich an seinen Armen fest, schloss die Augen und verlor mich in den Empfindungen, die durch meine Nervenstränge rasten.

»Zieh mir das Hemd aus.«

Bei der schlichten Aufforderung verzehnfachte sich mein Puls. »Okay.«

Ich rutschte von seinem Schoß, stand auf und streckte ihm die Hand entgegen.

Neugierig betrachtete er sie, bevor er sie ergriff und sich ebenfalls erhob.

Mit zittrigen Fingern zog ich sein Hemd aus dem Hosenbund und knöpfte es langsam auf. Dabei konnte ich nicht begreifen, warum ich so nervös war. Als nach und nach jeder Quadratzentimeter seiner goldenen Haut in Sicht geriet, wurde meine Atmung zunehmend ungleichmäßiger, während das Verlangen tief in mir schneller und schneller pulsierte. Erregung durchnässte meinen Slip und ließ mich die Schenkel zusammenpressen.

Zweifellos bekam er deutlich mit, wie ich auf ihn reagierte.

Der Körper dieses Mannes erwies sich als genau so, wie ich ihn mir vorgestellt hatte.

Perfekt. Nein, das war das falsche Wort. Unglaublich.

Er besaß kraftvolle Arme und definierte Bauchmuskeln, über die ich am liebsten mit den Fingern streichen wollte. Tätowierungen überzogen seine Haut ebenso wie Narben, manche klein, andere deutlich größer. Kein von einem Personal Trainer geformter Körper, sondern der eines Mannes, der Seite an Seite mit seinen Leuten kämpfte.

Nachdem er die Schuhe abgestreift hatte, legte er meine Hände auf seinen Gürtel. »Jetzt der Rest.«

Mit einem Schlucken versuchte ich, die in mir aufkommende Unsicherheit zurückzudrängen.

Ich war nicht völlig unerfahren, doch niemand, mit dem ich je herumgemacht hatte, konnte Simon das Wasser reichen. Sonst wäre ich wahrscheinlich keine Jungfrau mehr.

Er verwirrte mich. Der Mann brachte mich dazu, ihn zu wollen, obwohl ich ihn eigentlich hassen sollte.

Sein hungriger Blick verschlang mich, während ich akribisch den Gürtel öffnete und ihn aus der Hose befreite. Dabei nahm ich allgegenwärtig seine pralle Männlichkeit wie eine Warnung davor wahr, wie die Nacht enden würde.

Er schien zu wissen, dass dieses Hinauszögern des Unvermeidlichen meine Erregung nur immer weiter steigerte. Bevor er mich nahm, vögelte er meinen Verstand.

»Mach weiter«, verlangte er, als er nur noch Boxershorts trug.

Mit einem unsteten Atemzug schob ich den Stoff über seine Hüften nach unten.

»Was jetzt?«, fragte ich, bewegte mich jedoch bereits vorwärts, nahm ihn in die Hand und massierte ihn vom Ansatz bis zur Eichel.

Er fühlte sich hart, weich und heiß an. Alles gleichzeitig.

Simon warf den Kopf zurück. Ein kehliges Stöhnen drang ihm von den Lippen, als er den Arm um meine Taille schlang.

»Du spielst mit dem Feuer, Göttin. Und dafür bist du noch lange nicht bereit.«

Ich genoss, wie sich sein stahlharter Schaft anfühlte.

Er schob meine Hände weg, hob mich hoch, senkte mich mit dem Rücken voraus aufs Bett und stieg über mich.

»Musst du immer alles kontrollieren?«

Er knabberte an meinem Kinn, jagte mir damit einen Schauder über den Rücken. »Ja. Anders kenne ich es nicht.«

»Das wird sich mit mir ändern«, murmelte ich und drehte den Kopf so, dass seine Stoppeln über meine empfindsame Haut reiben konnten.

»Niemals.«

Er bewegte sich nach unten zu meinen Brüsten, reizte

und liebkoste die Nippel, bevor er weiterwanderte und zart in meine Bauchmuskeln biss. Ich wimmerte und japste. Als seine Zähne über die Innenseite meines Oberschenkels schrammten, schrie ich auf.

Mein Innerstes zog sich unter dem Druck zusammen. Da wusste ich, dass ich gerade in ein Kaninchenloch fiel, das ich nie wieder mit einem anderen Mann erleben würde. Ich wollte, dass er mich biss. Woher, das konnte ich mir nicht erklären. Ich wusste es einfach.

Bevor ich ihn bitten konnte, meine Gedanken wahr werden zu lassen, streifte er mir den Slip von den Hüften und spreizte meine Schenkel, entblößte mich seinem Blick.

»Ich will schon die ganze Nacht von dir kosten. Jetzt kriege ich meine Chance.«

Bei den ersten Zungenschlägen schnappte ich atemlos nach Luft, bei den nächsten verlor ich mich in den herrlichen, neuentdeckten Empfindungen. Simon leckte, umkreiste und liebkoste meinen Klitoris, bis ich dachte, den Verstand zu verlieren. Dann schob er einen Finger in meine triefende Spalte und krümmte ihn.

Und als hätte mein Körper nur auf diese zusätzliche Stimulation gewartet, explodierte ich förmlich. Alles in mir zog sich zuckend zusammen. Mein Verstand fühlte sich wie in Watte gepackt, als Euphorie jede Zelle meines Körpers durchströmte.

Simon schob einen weiteren Finger in mich, bewegte die Hand rhythmisch vor und zurück. Gleichzeitig bearbeitete er mich weiter mit dem Mund. Er schraubte meinen Orgasmus höher, als ich es je für möglich gehalten hätte.

»Simon, ich kann nicht. Das ist zu viel.«

Er ignorierte mich und setzte die lustvolle Folter fort, ließ mich kaum herabschweben, bevor er mir eine weitere Welle der Ekstase bescherte.

Schweiß bedeckte meinen gesamten Körper, meine Atmung ging flach und japsend. Im Delirium zog ich an seinem Haar. Einerseits wollte ich, dass er aufhörte, andererseits war ich bereit, ihn umzubringen, wenn er es täte.

Als er splitterfasernackt mit aufgezogenem Kondom über mich kroch und einem Verlangen, wie ich es noch nie gesehen hatte, auf mich herabblickte, ging mir nur noch durch den Kopf, dass ich nichts bereute.

Es mochte nicht so begonnen haben, wie ich es wollte, aber er war kein totaler Arsch. Jedenfalls nicht im Bett.

»Wir gehen es langsam an«, ließ er mich wissen, als er die Eichel an meiner sehnsüchtigen, feuchten Spalte ansetzte.

Unwillkürlich lächelte ich zu ihm hoch. »Dir ist klar, dass ich es mir schon selbst besorgt habe, oder?«

Er verengte die Augen zu Schlitzen.

»Wie?« Ich packte ihn am Hinterkopf und zog ihn zu mir. »Mit Spielzeug.«

»Tatsächlich?« Er schob sich näher. Ein Wimmern entrang sich mir, als ein Beben durch mich ging.

»Ja.«

»Soll das heißen, du willst nicht, dass ich mich langsam vorarbeite?« Er drang ein Stück in mich ein und zog sich zurück, ließ mich unerfüllt.

Ich presste die Fersen in seine Oberschenkel und versuchte, ihn in mich zu schieben. »Verdammt richtig.«

»Dann bleibt wohl nur noch eins zu sagen.«

Ich starrte in seine smaragdgrünen Augen. »Und was?«

»Jetzt gehörst du mir, Göttin.«

Damit rammte er sich bis zum Anschlag in mich.

»Fuck!«, entfuhr es mir, als ich den Rücken durchwölbte.

Die Empfindungen, die Dehnung, die Wärme, das Pulsieren – es ließ sich überhaupt nicht mit einem Dildo vergleichen.

»Alles in Ordnung?« Simon packte mich am Kinn und zwang mich, ihn anzusehen.

»Gott, ja.«

Belustigt von meiner Antwort schüttelte er den Kopf. »Besser als Spielzeug?«

»Kann ich noch nicht beurteilen.«

»Dann sorgen wir mal dafür, dass dein Urteil zu meinen Gunsten ausfällt.«

Damit senkte er die Lippen auf meine und verfiel in einen Takt, der mich um den Verstand brachte. Als ich schon dachte, ich müsste ihn anflehen, mich kommen zu lassen, ließ er die Hüften genau richtig kreisen, und ich entlud mich zuckend und bebend mit ihm in mir.

»So ist's gut. Zeig mir, wie sehr es dir gefällt«, säuselte er mir ins Ohr. »Fuck. Du bist so eng. Verdammt. Ich kann's nicht länger zurückhalten.«

Seine Finger fädelten sich mit festem, fast brutalem Griff in mein Haar, während er mich mit der anderen Hand am Oberschenkel packte und an seine Taille presste. Der Takt veränderte sich, wurde härter und schneller, beinah so, als würde etwas in ihm zerreißen.

Aus irgendeinem Grund ließen sein Kontrollverlust und die Intensität in seinem Blick meinen verebbenden Orgasmus wieder anschwellen.

Als ich plötzlich das Schrammen seiner Zähne am Hals spürte, schrie ich: »Simon, ja, bitte. Gott, ich brauche mehr.«

Ich wölbte den Rücken durch und kratzte mit den Nägeln über seine Schultern, sehnte mich nach dem Wahnsinn, den er mit meinem Körper anstellte.

Er schob die Finger zwischen unsere Körper zu meiner Lustperle und drückte sie zwischen den Knöcheln. Der lustvolle Schmerz ließ eine weitere Welle der Ekstase über mich hereinbrechen und rang Simon seine eigene Entladung ab.

Bevor ich die Besinnung verlor, hörte ich noch: »Worauf hab ich mich nur eingelassen? Dir sollte nicht so gefallen, wie ich es mache.«

11

Simon

»Irgendwas Neues über die Lieferung?«, fragte ich Kasen beim Aussteigen aus meinem Flugzeug auf die Rollbahn für Privatjets am JFK.

Ich knöpfte meinen Mantel zu, um mich vor dem eisigen Wetter im späten Januar zu schützen, während ich zum wartenden Auto ging.

»Sie ist dort, wo du vermutet hast, dass unser Onkel und unser idiotischer Cousin sie verstecken würden. Unfassbar, dass sie dachten, wir würden der fehlenden Fracht nicht nachspüren.«

»Lass sie dort. Sie sollen glauben, ich wüsste nichts davon. Mykos lässt sie von seinen Männern im Auge behalten, indem er seine Unterstützung beim ›Schutz‹ anbietet.« Ich zeichnete Anführungsstriche in die Luft.

»Der alte Mykos scheint Alberts Kopf auf einem Silbertablett haben zu wollen.«

»Soweit ich weiß, hat es mit einer persönlichen Beleidigung aus vergangenen Jahren zu tun. Einzelheiten kenne ich nicht. Ich frage nicht nach. Mir genügt unser gemeinsames Interesse daran, dass Albert und Hal keine Macht erlangen. Niemals.«

»Apropos gemeinsames Interesse. Du willst vielleicht mehr Zeit in New York verbringen.«

»Wie meinst du das?«

»Den Leuten fällt allmählich auf, dass du in den letzten Monaten oft längere Zeit nicht hier warst. Du solltest keine Aufmerksamkeit auf deine Nebenaktivitäten lenken, schon gar nicht von ihrer Familie.«

»Dieses Wochenende fliege ich nirgendwohin. Ich bin anderweitig beschäftigt.«

Im Auto textete ich Nyx.

ICH: *Gelandet. Vergiss nicht die Regeln. Ich erfahre es, wenn du schummelst.*

NYX: *Ich halte mich nicht an Regeln. Hast du das noch nicht gemerkt?*

ICH: *Dann musst du mit den Konsequenzen leben.*

NYX: *Das kenne ich. Ohne Konsequenzen wäre ich nicht in der Lage, in der ich mit dir feststecke.*

ICH: *Du meinst den Dauerzustand orgiastischer Benommenheit in meiner Nähe?*

NYX: *Anscheinend ist dir die Mitteilung heute Morgen entgangen.*

ICH: *Ich war spät dran.*

NYX: *Lügner. Du bist lang genug geblieben, um zum Abschluss zu kommen, und hast mich dann hängen lassen.*

Lächelnd dachte ich an ihren vernichtenden Blick zurück, nachdem ich sie mit dem Mund kurz vor den Höhepunkt gebracht hatte, bevor ich mit einem Kuss auf die Innenseite ihres Schenkels aus dem Bett geglitten war und ihre Wohnung verlassen hatte, um meinen Flug zu erwischen.

»Wann kommt sie in die Stadt?«, fragte Kasen und lenkte mich damit vom Handy ab. Erst da wurde mir bewusst, dass ich ihn völlig ignoriert hatte.

»Heute Abend.«

An diesem Abend würden sich alle Mitglieder der Drakos- und Mykos-Clans sowie Leute, die wir als Verbündete betrachteten, zur offiziellen Verkündung meiner Verlobung einfinden. Höchstwahrscheinlich würde die Scharade in mir den Wunsch wecken, meinen Onkel zu erwürgen, weil er mich dazu gezwungen hatte. Aber wenigstens würde ich den Abend in Nyx vergraben beenden. Zuerst jedoch musste ich vorbei an der kleinen Armee von Wachleuten, die das Anwesen der Mykos in den Hamptons beschützten, um es zu Nyx' Gartenhaus zu schaffen.

»Ich hab dir ja gesagt, dass sie sich mit niemandem vergleichen lässt, den du kennst.«

Damit untertrieb Kasen noch. Nyx sollte nicht die Dinge wollen und mögen, nach denen ich mich sehnte. Ihr sexueller Appetit überstieg meine Erwartungen bei Weitem. Für jede meiner Forderungen hatte sie eine eigene auf Lager. Sie nahm alles, was ich ihr gab, und bettelte anschließend um mehr.

In meinem Schritt zuckte es beim Gedanken daran, wie sehr sie die Grenze zwischen Lust und Schmerz liebte, die zu oft ins Spiel kam. Noch nie hatte mir eine Frau ihren Körper so uneingeschränkt anvertraut.

Sie kehrte eine Seite aus mir hervor, die sie besitzen wollte. Wodurch ich mich zweifellos wie ein Psychopath anhörte.

Dann war da noch die Zeit, die wir es nicht miteinander trieben.

Und in der genoss ich ihre Gesellschaft. Wir redeten, lachten, diskutierten.

Hätte mir früher jemand gesagt, dass ich mich mal darauf freuen würde, einer Frau auf Augenhöhe zu begegnen, hätte ich ihm ins Gesicht geschlagen.

Vielleicht lag es daran, dass sich Nyx einen Dreck darum scherte, wer oder was ich war. Tatsächlich fand sie meinen Status in meiner Familie eher abtörnend. Für sie bedeutete er Einschränkungen und Regeln, an die es sich zu halten galt. Alles, was sie nicht ausstehen konnte.

Sie war in keiner Weise eine typische Frau.

Bis zu ihrem Umzug nach Las Vegas hatte sie genauso viel Entscheidungsgewalt im Familienunternehmen gehabt wie ihre Brüder. Deshalb kannte sie alle Facetten des Betriebs von Mykos Shipping. Alles andere als eine verwöhnte Prinzessin.

Sie glich vielmehr einer Göttin.

Mittlerweile hatte ich auch durchschaut, warum sie sich von allen Unterschätzen ließ. Dadurch warf nämlich niemand einen zu genauen Blick darauf, was sie sonst noch trieb.

Meiner Meinung nach eine ziemlich gewiefte Tarnung.

Überraschend fand ich, wie offen sie mit mir über ihr Glücksspielgeschäft sprach. Da ich mehr darüber wusste als die meisten Menschen und es nicht mehr zusätzlich gegen sie verwenden konnte, schien sie es förmlich zu genießen, kein Blatt vor den Mund nehmen zu müssen.

Obwohl ich wusste, was für ein Mistkerl ich war, indem ich sie damit erpresst hatte, verspürte ich keinerlei Schuld-gefühle.

»Sie ist definitiv anders.« Ich blickte auf ein geflochtenes schwarz-rotes Lederarmband hinab. Nyx hatte es einer älteren Dame abgekauft, die ihren handgefertigten Schmuck auf einem Handwerksmarkt am Stadtrand von Las Vegas anbot.

»Du musst etwas Abstand zwischen euch beide bringen.« Bei der Aufforderung runzelte ich die Stirn und warf Kasen einen finsteren Blick zu.

»Was geht dich das an?«

Er ignorierte die Frage und stellte eine eigene. »Ist dir aufgefallen, dass du an in den letzten Monaten an den Wochenenden und Feiertagen mehr Zeit bei ihr verbracht hast als hier in New York?«

Ich dachte über seine Worte nach und stellte fest, dass er recht hatte.

»Sag bloß, du bist immer noch sauer wegen Silvester.«

Ich hatte mich bei einem Ball in den Hamptons von Kasen vertreten lassen und beschlossen, das neue Jahr in Las Vegas zu begehen.

Vergraben in Nyx.

»Sie gehört dir nicht. Das solltest du lieber nicht vergessen.«

Zähneknirschend entgegnete ich: »Ein Jahr lang gehört sie mir sehr wohl. Und offiziell beginnt es heute Abend.«

»Trotzdem musst du auf Abstand achten. Vor allem, wenn die Sache zwischen euch geheim bleiben soll. Ihr verhaltet euch beide leichtsinnig.«

Damit hatte er nicht unrecht. Und ich musste zugeben, dass ich mir in den letzten Wochen keine allzu große Mühe gegeben hatte, meine Spuren zu verwischen. Normalerweise wäre ich zu verschiedenen Flughäfen gereist und zum endgültigen Ziel mit dem Auto gefahren.

Aber das Gespräch ging nicht nur darum, dass andere Verdacht über meine Beziehung zu Nyx schöpfen könnten. Wenn jemand anders als die Mykos-Brüder von uns erführe, würde niemand mit der Wimper darüber zucken, weil wir ja verlobt waren. Andererseits konnte es noch mehr Probleme verursachen, als ich ohnehin schon hatte, wenn jemand – vor allem Albert oder Hal – mitbekäme, dass Nyx' Bedeutung für mich über den rein geschäftlichen Aspekt der Verlobung hinausging.

Moment. Glaubte ich wirklich, dass Nyx mir mehr bedeutete? Verdammt. Ich musste Kasen aus dem Kopf bekommen.

»Lassen wir's drauf ankommen, Kasen. Warum willst du wirklich, dass ich auf Abstand zu ihr gehe?«

»Lass sie nicht zu deiner Schwäche werden. Du solltest sie nicht zu liebgewinnen. Belass es zwanglos. Geschäftlich, wie du's von Anfang an vorhattest. So wird es für euch beide leichter, wenn es endet.«

Sein ernster Ton ließ mich zu meinen Gedanken von vorhin zurückkehren.

Was Kasen befürchtete, war schlichtweg nicht möglich. Jedenfalls nicht auf meiner Seite. Nyx und ich hatten Spaß miteinander, mehr nicht.

Für eine Schwäche müsste mein Herz im Spiel sein.

Das hatte mir Gio Drakos vor langer Zeit ausgetrieben. Seine Worte hatten sich mir unauslöschlich ins Gedächtnis gebrannt.

»Junge, ich werd dafür sorgen, dass du mein Erbe nicht vernichtest wie dein Vater, indem er deine Mutter geheiratet hat. Sieh dir nur an, was es ihm gebracht hat. Er ist tot. Du wirst dir jemanden wie deine Yia Yia *aussuchen, eine Frau, die ihren Platz kennt. Nichts ist wichtiger als die Familie.«*

»Darüber musst du dir keine Sorgen machen«, beruhigte ich Kasen. »Nyx und ich haben völlig unterschiedliche Erwartungen ans Leben. Abgesehen davon, kannst du dir das Mykos-Teufelsweib wirklich als meine Frau vorstellen?«

»Auf jeden Fall. Und ich glaube, tief im Inneren du auch.«

»Tja da liegst du falsch. Ich kann's echt nicht gebrauchen, mich um ihre privaten Eskapaden zu kümmern, während ich versuche, die Kontrolle über die Familie und das Gebiet zu behalten. Zwischen uns *ist* es zwanglos – keine Komplikationen. Wir müssen nur darauf achten, dass unsere Affäre über das nächste Jahr unter dem Radar bleibt.«

»Mach dir ruhig weiter was vor. In dem Moment, als du vor drei Monaten nach Las Vegas geflogen bist, um sie zu sehen, ist sie zu deinem Verhängnis geworden.«

»Lass es mich so ausdrücken, dass du es verstehen kannst. Wir treiben es, haben Spaß miteinander und gehen danach getrennte Wege. Sie hält unser Leben für einen Käfig. Nyx will ihre Freiheit, und ich habe zugestimmt, sie ihr zu schenken. Ende der Geschichte.«

Warum störte mich der Gedanke so sehr, sie nach diesem Jahr nie wiederzusehen?

»Egal. Ich werde ja zur Stelle sein, wenn dir die Sache um die Ohren fliegt.«

12

Nyx

Kurz nach acht Uhr abends näherte ich mich dem Foyer, das zum Ballsaal im Haus meiner Eltern in den Hamptons wies. Ein besserer Ausdruck dafür wäre wohl »Mega-Villa«.

Alles daran war prunkvoll, von den großen Säulen bis hin zur opulenten Ausstattung. Ein Anwesen wie aus einer Zeitschrift mit Residenzen der Superreichen und der Elite New Yorks.

Dass Papa es dort nicht leiden konnte, brachte mich immer zum Lachen. Er hielt es für übertrieben prätentiös und für Geldverschwendung. Seit er es von meinem Pappous Steven geerbt hatte, drohte er immer wieder damit, es dem

Erdboden gleichzumachen und stattdessen ein Vogelschutzgebiet zu errichten.

Allerdings war es nicht wirklich so schlimm, wie Papa es fand. Auf den Bildern, die ich gesehen hatte, war es bloß zu knallig und protzig gewesen. Zum Glück hatte Mama ihn überredet, es zu behalten und zu renovieren. Mittlerweile war der Familiensitz, wie ich dazu sagte, zwar immer noch prunkvoll, aber auch einladend, völlig anders als das Ungetüm von früher.

Gut, zumindest der Hauptteil des Gebäudes war gemütlich.

Mit diesem Raum verhielt es sich für mein Empfinden anders, ging mir durch den Kopf, während ich mich dem Ballsaal näherte.

An meinem Platz konnte mich niemand sehen. Dadurch erhielt ich ein paar dringend benötigte Minuten, um mein Pokerface aufzusetzen.

Das Haus war mit seinem eleganten Kronleuchter und den elfenbeinfarbenen Vorhängen zur Betonung der raumhohen Fenster wunderschön. Der Schnee, der sanft durch die Schatten zwischen den Bäumen herabrieselte, vermittelte etwas Beruhigendes, die wollte er die Gäste auf die bevorstehende Feier einstimmen.

Allerdings wussten wir alle, dass es bloß eine Show war. Die Vorgeschichte zwischen den Familien Drakos und Mykos war im besten Fall turbulent, im schlechtesten Fall unbeständig gewesen.

Die Heuchelei, die sich ein Stockwerk tiefer abspielte, konnte ohne Weiteres mit preisgekrönten Theateraufführungen mithalten. Wenn nur nicht ich als Opfergabe bei diesem griechischen Spektakel vorgesehen wäre, hätte ich mich in meine Ecke gesetzt und darüber kaputtgelacht, wie lächerlich das Ganze war.

»Es wird alles gut, Kleines«, beruhigte mich mein Bruder Evan, als er zu mir trat und mir die Hand auf den Rücken legte. »Denk dran, dass alles nur gespielt ist.«

»Gespielt«, wiederholte ich. »Und wenn es vorbei ist, bin ich die mit dem ruinierten Ruf. Kriegt nicht immer die Frau die Schuld an einer geplatzten Verlobung?«

»Seit wann juckt es dich, was andere denken? Abgesehen davon, kann dein Ruf noch schlimmer werden als das Mykos-Teufelsweib?«

Ich legte den Kopf schief und schürzte die Lippen. »Unverblümt wie immer.«

»So bin ich halt.«

»Und wie sieht der Ablauf heute Abend aus?«

»Wärst du wie vorgeschlagen schon gestern gekommen, wüsstest du es.«

Wäre es ein Familienbesuch wie jeder andere gewesen, ich wäre früher eingetroffen und hätte jede wache Minute mit ihm oder einem meiner anderen Brüder verbracht, das wusste er. Evan und mich trennten nur zweieinhalb Jahre. Vielleicht auch deshalb war er der Bruder, der mich am besten verstand.

»Was soll ich sagen? Ich bin eben eine Rebellin. Anweisungen zu befolgen, ist nicht meine Stärke.«

Außerdem wollte ich bei so vielen Onkeln, Tanten und Cousins und Cousinen unter einem Dach keine Sekunde länger als nötig bei ihnen und ihrer Forderung verbringen, die Hochzeit durchzuziehen.

»Kannst du laut sagen.« Er musterte mich eingehend. »Irgendwas an dir ist anders.«

»Hm. Abgesehen davon, dass ich mit jemandem verlobt bin, den ich nicht heiraten will, meinst du?«

»Ja.« Kurz schwieg er, bevor er sich dicht zu meinem Ohr beugte und flüsterte: »Falls du jemanden gefunden hast, behalt's für dich. Lass nicht zu, dass es jemand herausfindet. Nicht mal Tyler, und schon gar nicht Drakos.«

Von all meinen Brüdern besaß Evan den empfindlichsten Radar. Vielleicht, weil er als Vollstrecker der Familie agierte und die Aufgabe hatte, auf alles zu achten.

»Soll das heißen, dir würde es nichts ausmachen?«

»Wieso sollte es? Das alles hier ist Schwachsinn. Ich kann Drakos nicht mal leiden, und selbst ihm gegenüber ist es nicht fair. Sein Onkel ist ein Arsch.«

Ich hängte mich bei ihm ein und schmiegte mich an ihn. »Hab ich dir schon mal gesagt, dass du mein Lieblingsbruder bist?«

»Ja. Und es wird ganze fünf Sekunden halten, bis Tyler dir ein neues Messer in die Hand drückt.«

»Damals war ich noch ein halbes Kind. Das wirst du mir wohl ewig vorhalten.«

»Und ob.«

»Na schön. Ich liebe alle meine Brüder gleich, aber dich heute ein bisschen mehr.«

»Du bist so ein Gör.«

»Natürlich bin ich das. Ich bin das Nesthäkchen.«

»Gehen wir.« Evan führt mich zur Treppe, die hinunter in den Ballsaal verläuft.

Als wir ihn betraten, musterte ich die in meine Richtung blickenden Gesichter. Viele davon kannte ich, den Rest würde ich später kennenlernen.

»Denk nicht mal dran, abzuhauen.«

»Ich bin keine, die wegläuft. Ich bin eine Mykos.«

»Verdammt richtig. Vergiss das nie.«

Mit hoch erhobenem Kinn ließ ich mich bereitwillig betrachten. Auf dieses Spiel der Regeln und Abstammung hatte man mich von meinem ersten Atemzug an vorbereitet. Ich konnte die Debütantin hervorragend mimen.

Und ich wusste, dass ich an dem Abend verdammt gut aussah. Ich hatte mir von einer von Akaris Lieblingsdesignerinnen ein maßgeschneidertes Kleid anfertigen lassen, und sie hatte mich nicht enttäuscht. Es schmiegte sich an den richtigen Stellen an meinen Körper, betonte meine langen Beine und Kurven, ohne zu viel zu preiszugeben.

Zudem bot es den Vorteil, Dinge zu verdecken, die ich nicht zu erklären gewusst hätte. Immerhin war ich von keinem Sex schlagartig über Wochen zu einem Ablauf übergegangen, der aus Vögeln, Essen, Schlafen und wieder Vögeln bestand.

Gut, dazwischen unternahmen wir auch anderes, doch den Großteil der Zeit verbrachten wir in meinem Penthouse. Eine Pause bekam ich nur während Simons unregelmäßigen Reisen nach New York.

Der Mann hatte sich als unersättlich erwiesen.

Mit einem tiefen Atemzug unterdrückte ich den Anflug von Erregung, der in mir aufsteigen wollte.

Herrgott, Simon hatte mich in eine Sexsüchtige verwandelt.

Wie um alles in der Welt sollte ich glaubhaft rüberbringen, dass wir Wildfremde füreinander waren, obwohl er mich schon in jeder erdenklichen intimen Stellung gesehen hatte?

Mit meinem Pokerface – so würde ich es hinbekommen. Damit hatte ich schon den bedeutendsten Profis der Welt die Taschen geleert. Warum sollte ich es also nicht auch dafür einsetzen?

Während wir uns durch die Menge bewegten und den Großteil unserer erweiterten Angehörigen ignorierten, sagte ich: »Nur fürs Protokoll, es gibt niemanden. Dafür hab ich keine Zeit.«

Evan schüttelte den Kopf. »Du musst lernen, auch mal ein bisschen zu leben. Was bringt es denn, in Vegas zu wohnen, wenn du nie Spaß hast?«

»Und wann hast du zuletzt Spaß gehabt, Ev?«

Er führte in Richtung unserer wartenden Eltern. »Das müssen wir Geschwister alle erst lernen.«

»Ich plädiere für Tyler als erstes Opfer in die Welt der Liebe und Ehe. Danach ziehe ich es vielleicht in Betracht.«

»Eher friert die Hölle zu.«

»Du bist wahrscheinlich ...« Abrupt verstummte ich, als ich den nüchternen Blick von Simons smaragdgrünen Augen auf der anderen Seite des Saals entdeckte.

Oder vielleicht auch nicht so nüchtern, denn mittlerweile kannte ich die Hitze, die sich hinter dem Eis verbarg. Und wie er mich von Kopf bis Fuß musterte, ließ das Verlangen von vor wenigen Momenten prompt wieder aufflammen.

Ich musste mich im Griff behalten.

Immerhin waren wir offiziell Fremde füreinander. Nicht zwei Menschen, die erst in der vergangenen Nacht gerammelt hatten wie die Karnickel.

»Wie ich sehe, hat der große böse Wolf deine Aufmerksamkeit erregt«, bemerkte Evan. Dann nahm er Haltung ein, als sich uns meine Familie näherte.

Ich musste mich zwingen, den Blick von Simon zu lösen. Der verdammte Kerl zog meine Sinne magnetisch an.

»Nyx, hättest du nicht schon ein paar Stunden früher kommen können? Dein Papa hatte solche Angst, dass du nicht aufkreuzt«, schalt mich meine Mutter auf Griechisch, bevor sie mich innig umarmte. *»Du hättest uns wenigstens begrüßen kommen können, bevor du dich in deiner Hütte versteckt hast.«*

Zu den Vorteilen des verrückten Anwesens gehörte meine Hütte im Garten, im Wesentlichen ein kleines Haus mit zwei Schlafzimmern, einem Wohnzimmer und einer vollwertigen Küche. Ursprünglich war das Häuschen als Wohnung für den Gärtner vorgesehen gewesen, aber Papa hatte es samt dem angeschlossenen Gewächshaus mir geschenkt, als ich damals mit der NYU begonnen hatte.

Tatsächlich hatten alle Geschwister eigene Häuser auf dem Grundstück. Dadurch beherbergte es eine Art Wohngemeinschaft, obwohl niemand von uns ständig hier lebte.

»Tut mir leid, Mama. Aber du weißt ja, dass ich nach den Ereignissen von Weihnachten lieber unter dem Radar bleibe.« Ich antwortete auf Griechisch, weil ich wusste, dass es sie beru-

higte, unsere Muttersprache zu verwenden.

In der Woche, die ich über die Feiertage bei meiner Familie verbracht hatte, fand unser jährlicher Mykos-Brunch statt. Dabei beschlossen meine zahlreichen Tanten, darunter auch Tante Teresa, mir Lektionen über das Leben zu erteilen. Was in einem Desaster gegipfelt hatte.

An Erfreulichem konnte ich darüber nur sagen, dass es hervorragendes Essen gab und nicht ich die Ursache für das Drama war.

Zumindest streng genommen nicht.

»Wir sind hier bei deiner Verlobung.« Mama schüttelte den Kopf. *»Also kannst du wohl kaum unter dem Radar bleiben. Du stehst im Mittelpunkt. Zurückhalten sollte sich eher dieser Trottel.«*

Sie zeigte auf Tyler und bedachte ihn mit einem mürrischen Blick. Gut, Griechisch zu sprechen, funktionierte also nicht.

»Sie hat es verdient«, warf Tyler mit einer Furche zwischen den Brauen ein.

Ich verdrehte die Augen. »Ich bin durchaus in der Lage, meine Ehre selbst zu verteidigen. Du hast die Situation nur verschlimmert.«

»Die alte Schachtel hat vorgeschlagen, du sollst den Arsch verführen, um die Ehe zu besiegeln. Was hätte ich denn sonst tun sollen?«

»Dich nicht auf eine Diskussion mit einer Verrückten einlassen.« Evan gab seinen Senf dazu, was Tyler mit den Zähnen knirschen ließ.

Tyler wäre völlig durchgedreht, wenn er erfahren hätte,

was am Wochenende vor meinem Besuch zu Hause passiert war – oder was über das nächste Jahr passieren würde.

Obwohl es nie mit einer Heirat enden könnte.

Ich war keine Gesellschaftsdame, und Simon war dafür zu sehr ... äh ... *Simon.*

»Hört auf, Unsinn zu reden, und lasst mich mein kleines Mädchen umarmen, bevor ich sie Drakos für ein Jahr übergeben muss.«

»Hi, Papa.« Als ich ihn umarmte, flüsterte ich ihm ins Ohr: »Das hier ist nicht echt, schon vergessen?«

»Aus der Sicht der restlichen Welt schon. Also musst du es echt wirken lassen.«

»Was verschweigst du mir? Ist irgendwas passiert?«

Er sah erst Tyler und Evan an, dann Nico, der inzwischen mit Damon eingetroffen war. »Das ist etwas zwischen Drakos und uns.«

Über Papas Züge huschte ein Anflug von Traurigkeit, den ich nicht verstand.

»Seit wann werde ich in die Diskussion nicht mehr einbezogen?«

»Seit du beschlossen hast, dass du raus aus der Diskussion und unserer Welt willst«, antwortete Tyler. »Du kannst nicht beides haben, Nyx. Entweder bist du dabei oder nicht.«

»Du musst nicht den Arsch raushängen lassen, Ty.« Damon kam zu mir herüber und ergriff meine Hand. »Deshalb wollten wir, dass du früher kommst.«

»Nein, ich versteh schon.«

Sie würden immer meine Familie sein. Aber die Welt, in der ich aufgewachsen war, würde nicht zu meinem Leben gehören, sobald das Jahr vorbei wäre. Daran würde ich mich erst gewöhnen müssen. So sehr ich die Regeln und Ärgernisse auch hasste, etwas anderes hatte ich nie gekannt.

»Heißt das, ich muss mich das nächste Jahr so verhalten wie die anderen Prinzessinnen?«, fragte ich Tyler grinsend.

Erleichterung trat in sein Gesicht. Da wurde mir klar, dass er besorgt gewesen war, wie ich auf die Neuigkeit reagieren würde. »Wir alle wollen auf keinen Fall, dass du irgendwas anderes bist als du.«

»Und was jetzt?«

»Wir lernen deinen Verlobten und seine Verwandten kennen.«

Ich hängte mich bei Tyler ein. »Führ mich hin.«

»Siehst du? Ich wusste ja, dass du ihm den Vorzug geben würdest«, sagte Evan.

Kurz hielt ich inne und warf einen Blick über die Schulter. »Willst du diesen irren Zirkus anführen?«

»Auf keinen Fall. Die Ehre kann gern Ty übernehmen.«

»Danke, Arschloch.«

»Nein, so nennt man ihren Verlobten.«

Gott, was liebte ich meine Familie. Außerhalb unseres siebenköpfigen Kreises hielt jeder meine Brüder und meinen Vater für Männer, bei denen es immer nur ums Geschäft ging, die nie lachten und lieber zuschlugen, als zu reden. Dabei waren sie in Wirklichkeit oft spaßverliebt und führten sich bescheuert auf. Na ja, mein Vater nicht, aber meine Brüder auf jeden Fall.

Als wir uns den Weg in Simons Richtung bahnten, löste er sich von der Gruppe um ihn herum und kam auf mich zu.

Er beobachtete mich beinah methodisch, als wäre ich ein Rätsel, das er lösen musste.

Als ich mich ihm näherte, leckte er sich leicht über die Lippen. Bei dem Anblick beschleunigte sich mein Herzschlag sprunghaft, und meine Atmung wurde flacher, weil mir einfiel, was sein verruchter Mund erst an diesem Morgen auf meinem Küchentisch mit mir angestellt hatte.

Verdammt. Der Mann hatte mich zu Sex erpresst, und mittlerweile war ich süchtig danach geworden. Was für ein Psychotrip.

Als wir mit nur einen halben Meter voneinander entfernt stehen blieben, krümmten sich seine Mundwinkel ein wenig nach oben, bevor er sagte: »Hallo, Olympia.«

Ich verengte die Augen zu Schlitzen. Er spielte schon wieder mit mir.

»Ich heiße Nyx, Arschloch.«

Tyler hüstelte, und ich konnte beinah spüren, wie meine anderen Brüder hinter mir stöhnten, während meine Eltern entsetzt dreinschauten.

Simon ergriff meine Hand und zog mich näher, ohne sich darum zu scheren, ob es sich schickte oder nicht.

Er beugte sich vor, als wollte er mich auf die Wange küssen, und flüsterte: »Das zahle ich dir heim, Göttin.«

»Du hast angefangen.«

»Trotzdem gibt's dafür Konsequenzen.«

»Dafür musst du es erst vorbei an den Wachen auf dem Grundstück zu meinem Häuschen.«

»Herausforderung angenommen.« Seinen Lippen hauchten über meine Wange. Seine Bartstoppeln schrammten zart über meine Kieferpartie und bescherten mir einen kribbelnden Schauder.

Er bot mir den Ellbogen an.

Nachdem ich mich bei ihm eingehängt hatte, fügte er in einem nur für meine Ohren bestimmten Ton hinzu: »Zeit, es offiziell zu machen. Und später heute Nacht wirst du dich dafür entschuldigen, dass du mich vor unseren Familien Arschloch genannt hast.«

»Die Hoffnung stirbt zuletzt.« Grinsend schaute ich zu ihm auf.

In dem Moment bemerkte ich, dass uns meine uns folgenden Brüder mit einer Mischung aus Neugier und Faszination in den Gesichtern beobachteten.

Mein Herzschlag beschleunigte sich.

Ich ging schneller und zwang Simon, mit mir Schritt zu halten, um etwas Abstand zwischen uns und meiner Familie zu schaffen.

»Gibt's ein Problem?«, fragte Simon mit unterschwelliger Belustigung im Ton.

»Ich glaube, wir gehen zu ungezwungen miteinander um. Vielleicht hätte ich dich zickiger behandeln sollen.«

»Willst du das? Wenn ja, spiele ich mit. Vergiss nur nicht, dass ich genauso gut austeilen kann wie du.«

»Nein. Zu anstrengend. Außerdem bin ich so nicht. Das mache ich nur, um mir die Geier vom Leib zu halten.«

»In einem Jahr musst du dir ihretwegen nie wieder Sorgen machen.«

»Wenn's nur so wäre.«

Er legte den Kopf schief, während er mich in den Hauptbereich des Saals führte, wo der Empfang stattfinden würde. »Erklärst du mir das näher?«

»Ich bin dann vielleicht nicht mehr zu Hause, aber andere wie du werden weiterhin um mich kreisen.«

»Wie meinst du das?«

»Simon, du würdest nicht nur meinen Anteil am Fonds kriegen, indem du mich heiratest. Hast du nicht über mich recherchiert?«

»Ich bin davon ausgegangen, dass du etwas von deinem Vater erbst, aber daran war ich nie interessiert.«

»Du bist wirklich wie niemand, den ich kenne. Ist eigentlich ein ziemlich offenes Geheimnis in unseren Kreisen.«

»Ich höre nicht auf Klatsch.«

»Wag es bloß nicht, auf dumme Gedanken zu kommen, wenn ich es dir sage. Ist das klar?«

»Ich breche nie mein Wort.« Ich merkte ihm an, dass ich ihn gekränkt hatte, aber ich musste mich vergewissern, dass er meinen Standpunkt verstand.

»Der Mann, den ich mal heirate, erlangt durch mich Zugriff auf einen Teil von Mykos Shipping.«

»Redest du von deiner Mitgift?«

»Gott, nein. Falls du's noch nicht gemerkt hast, meine Leute sind keine typische griechische Familie – so was wie Mitgift kommt in unserem Wortschatz nicht vor.«

Plötzlich blieb er mitten im Schritt stehen und drehte sich mir leicht zu. »Dir gehört ein Teil von Mykos Shipping, nicht wahr? Du willst nicht nur dem Gesellschaftsscheiß entkommen, sondern auch den Pennern, die an einen Teil der Firma deiner Familie ranwollen, indem sie dich in die Ehe ködern. Deshalb hast du mir dasselbe vorgeworfen.«

»Männer wie du haben höhere Ziele.« Ich schluckte. »Geld, Macht, Ansehen. Alles ist ein Geschäft. Du hast es selbst gesagt – du bist eine Nachbildung von Gio Drakos. Und der hatte den Ruf, sein Imperium um jeden Preis vergrößern zu wollen.«

Er verengte die Augen zu Schlitzen. »Wir haben bereits festgehalten, dass du nicht die Frau bist, die ich heiraten will. Und ich brauche die Firma deiner Familie nicht.«

»Dann verstehen wir uns ja.«

»Ich würde sagen, so ist es.«

»Wir treiben es miteinander, benutzen uns gegenseitig, und dann gibst du mich frei.«

»Genau.«

Zwei Stunden später trat ich in den Wintergarten, der den Rasen hinter dem Haus überblickte. Dass ich mich ständig verstellen, ununterbrochen plaudern und mir jedermanns Meinung meine Verlobung anhören musste, von Angehörigen bis hin zu willkürlichen Gästen, forderte seinen Tribut von mir.

Ich war nicht mehr mein jüngeres Ich mit der großen Klappe, dass den Leuten gesagt hätte, wohin sie sich ihre Gedanken stecken konnten. Der Umzug nach Las Vegas hatte mich gelehrt, mein von mir so getauftes Verkäuferinnenlächeln aufzusetzen und mir dabei genüsslich auszumalen, wie ich dem Gesprächspartner mit ein, zwei Messern den Kopf absäbelte.

Im Augenblick brauchte ich dringend einen steifen Drink. Aber da es sich für eine anständige Frau nicht schickte, in der Öffentlichkeit Hochprozentiges zu trinken, brauchte ich ein paar Minuten für mich allein, weg von den wachsamen Blicken meiner Tanten, der Gesellschaftsdamen, der Prominenten und aller anderen, die aus mir nicht schlau wurden.

Nicht alle Anwesenden hatten eine Abneigung gegen mich oder machten mir das Leben schwer. Jene Freunde konnten nicht verstehen, warum ich der Sache zugestimmt hatte. Zweifellos würden sie früher oder später versuchen, mich darüber zur Rede zu stellen. Ein weiterer Grund, sich abseits des Trubels der abendlichen Veranstaltungen zu verstecken.

Obwohl sich die Lage letztlich beruhigt hatte.

Simon und ich hatten die förmliche Verlobungsscharade abgespult, von der Vorstellung Angehöriger über das Essen bis hin zur abschließenden Zeremonie, bei der Simon mir einen Ring überreicht hatte.

Nach dem Gespräch über mein Erbe hatten wir uns distanziert zueinander verhalten, was in gewisser Weise gut so gewesen war. Dass ich ihn am liebsten abgestochen hätte, hielt meine Libido im Zaum.

Kopfschüttelnd blickte ich auf den Verlobungsring hinab. Mit seiner Schönheit und Einzigartigkeit hatte er mir den Atem verschlagen, als Simon ihn mir an den Finger gesteckt hatte.

Er entsprach genau dem, was ich selbst gewählt hätte – unkonventionell und anders als alles, was man an der Hand einer Frau erwartete. Ein Ring mit tiefblauen, birnenförmigen Diamanten, umringt von weißen.

Erst hatte der Arsch mich verärgert, dann hatte er mir etwas geschenkt, das ich mit Freuden getragen hätte, wenn die Sache zwischen uns echt gewesen wäre.

Eigentlich wollte ich ihn fragen, ob er ihn selbst gekauft oder Kasen damit beauftragt hatte. Aber ich hatte den Gedanken für mich behalten, weil ich die Wahrheit bereits kannte.

Ich sollte diesen Arsch nicht mögen. Nichts davon sollte mir Vergnügen bereiten. Ich sollte mich nicht auf ein Wiedersehen mit ihm freuen, wenn er unterwegs war.

Als sich ein Klumpen in meiner Magengrube bildete, stieß ich den Atem aus.

Worauf hatte ich mich bloß eingelassen?

Ich musste mehr Abstand zwischen uns bringen, durfte nicht die Perspektive verlieren. Er ging mir unter die Haut, was ich nicht zulassen durfte. Ich wusste es ja besser. Meine Zukunft bestand aus einem Leben fernab von all dem.

»Bewunderst du dein neues Schmuckstück?«, fragte eine Stimme an der Tür zum Wintergarten.

Als ich aufschaute, erblickte ich Camilla Santos mit einer Gruppe von Frauen hinter sich. Vermutlich ihr aktuelles Gefolge. Ihre Verachtung für mich zeigte sich bereits in den wenigen Worten von ihr, die mich sofort an ihr Verhalten während der gesamten Highschool erinnerten.

Nicht zuletzt deshalb war ich gegangen. Manche Leute mussten dringend erwachsen werden.

Vielleicht hätte ein kleiner Teil von mir ein wenig Mitleid dafür aufbringen können, dass sie dachte, sie hätte ihren zukünftigen Ehemann verloren.

Eigentlich sollte ich gar nicht wissen, dass Camilla die Braut verkörperte, auf die Simons Wahl in Wirklichkeit gefallen war. Es war nicht öffentlich bekannt. Aber damit ich nicht von unerwarteten Informationen überrumpelt werden konnte, hatten meine Brüder mich über alles im Zusammenhang mit Simon Drakos aufgeklärt, als unsere Verlobung zustande gekommen war. Unter anderem über sein Liebesleben und seine Zukunftsaussichten.

Ich richtete den Blick wieder auf meinen Ring. »Tu ich tatsächlich.«

»Ich an deiner Stelle würde mich nicht zu sehr darüber freuen. Ich erkläre dir mal, wie es mit den Drakos-Männern läuft.«

Okay, vielleicht würde ich doch kein Mitleid für sie aufbringen können.

13

Simon

Kurz vor ein Uhr morgens trat ich den Flur entlang den Weg zu Nyx' Schlafzimmer an. Das Geräusch von fließendem Wasser verriet mir, dass sie gerade unter der Dusche sein musste. Wenn ich Glück hätte, könnte ich mit noch zu ihr gesellen.

Ich hatte zwar damit gerechnet, dass es schwierig werden würde, die Sicherheitsvorkehrungen auf dem Mykos-Grundstück zu überwinden. Aber was ich vorgefunden hatte, übertraf meine kühnsten Erwartungen.

Der Ort wurde besser bewacht als Fort Knox.

Zum Glück waren meine Leute zur Stelle und wiesen mich an, wann ich vorrücken konnte. Danach halfen mir meine von ausgewählten Freunden erlernten Einbruchskenntnisse, mir Zugang zu Nyx' Haus zu verschaffen.

Als ich in ihr Schlafzimmer schlich, hörte ich, wie die Dusche abgedreht wurde und sie sich im Badezimmer bewegte. Einige Sekunden später betrat sie in ein Handtuch gehüllt das Zimmer und blieb abrupt stehen, eine finstere Miene im wunderschönen Gesicht.

»Was machst du in meinem Haus?«

Mit dieser Feindseligkeit hatte ich nicht gerechnet, als ich vor wenigen Augenblicken durch die Tür gekommen war.

Mit Überraschung – ja. Mit Wut – nein.

Was konnte bloß passiert sein, seit ich sie verlassen hatte, um ein paar Angelegenheiten mit meiner Familie zu regeln?

Vielleicht war sie noch sauer wegen unseres Wortwechsels zu Beginn des Abends.

Ich ignorierte ihre Frage und lehnte mich an einen der hohen Pfosten ihres riesigen Betts.

»Ich wiederhole: Was machst du in meinem Haus?«

»Verrätst du mir, warum du so sauer auf mich bist?«

Sie zog das Frotteetuch aus ihrem Haar, warf es auf einen nahen Stuhl und verengte die Augen zu Schlitzen. »Mit wie vielen Frauen treibst du es gerade?«

»Im Moment mit keiner aktiv.«

Ihre Kiefermuskulatur spannte sich an. »Mit wie vielen hast du geschlafen, seit wir es miteinander tun?«

Die Aasgeier kreisten bereits über ihr, hetzten sie gegen mich auf. Dabei befand sie sich erst seit ein paar Stunden in der Stadt.

»Spielt das eine Rolle? Die Verlobung ist ja nicht echt.«

Sie stapfte auf mich zu und stieß mich zurück. Gleichzeitig versuchte sie, sich das Badetuch an die Brust gedrückt zu halten. »Wenn du glaubst, du kannst ihn mir reinstecken, während du andere vögelst, hast du dich geschnitten.«

Bevor sie mich erneut schubsen konnte, packte ich sie und drückte sie mit dem Rücken an meine Vorderseite.

»Lass mich was klarstellen.« Ich griff nach dem Gürtel eines Bademantels, der über die Bettkante hing. »Mein Schwanz wird im Verlauf des nächsten Jahrs einen dauerhaften Abdruck in deiner Pussy hinterlassen.«

»Träum weiter, Arschloch.« Sie rammte mir den Ellenbogen in den Bauch.

»Muss ich nicht träumen. Es ist eine Tatsache.«

Bevor sie ahnte, was ich vorhatte, zog ich ihre Arme hinter sie und wickelte die Seide um ihre Handgelenke. Das Badetuch fiel zu Boden.

»Was zum Teufel soll das?« Sie starrte mich über die Schulter finster an und wehrte sich gegen meinen Griff. »Ich hasse dich gerade wirklich.«

Ihre Atmung wurde flach, ihre Pupillen weiteten sich, als ich ihr Gesicht in die Hände nahm und den Mund auf ihre Lippen zubewegte. »Das wirst du sicher noch ziemlich lange sagen.«

So wütend sie sein mochte, ich wusste, dass die Röte auf ihrer Haut nicht allein von Zorn herrührte.

Sie wollte Sex.

Das hatte ich schon in dem Moment erkannt, als sich unsere Blicke im Ballsaal begegnet waren.

Genau wie vor drei Monaten in Las Vegas, als ich sie zum ersten Mal überhaupt gesehen hatte.

Hunger, Erregung, Verlangen. Im Augenblick fand ich sie noch anziehender als sonst.

Das nasse Haar ergoss sich um ihren nackten, straffen, vom Duschen noch warmen Körper herum. Mit auf den Rücken gefesselten Händen funkelte sie mich an wie eine zornige Viper kurz vor dem Zustoßen.

Am liebsten hätte ich sie über das Bett gebeugt und sie genommen, bis sie sich jeder meiner Forderungen hingeben würde.

Ein leises Wimmern drang von ihren Lippen, bevor ihr klar wurde, was sie getan hatte, und sie sich zurückzog. »Simon, ich schwöre bei Gott, wenn du mich nicht losbindest, mache ich dich fertig.«

»Erstens« – herausfordernd begegnete ich ihrem Blick – »würde ich zu gern sehen, wie du das versuchst.«

Zähneknirschend setzte sie zu einer Erwiderung an, der ich zuvorkam. »Zweitens erregt es dich. Und denk nicht mal dran zu behaupten, es wäre anders. Ich habe dich inzwischen oft genug gehabt, um zu wissen, dass du es lieber hart als zart magst. Tatsächlich stehst du drauf, wenn ich deine Grenzen austeste. Oder warst es nicht du, die gebrüllt hat: ›Beiß mich, würg mich, tu irgendwas, damit ich komme‹?«

Sie schluckte schwer und presste die Lippen zusammen.

Die Erinnerung daran, wie sie gebettelt hatte, bescherte mir einen stahlharten Ständer.

»Und drittens mache ich dich erst los, wenn ich etwas unmissverständlich klargestellt habe.«

Ich hielt mit einer Hand ihre Arme fest, krallte die andere in ihr Haar und zog ihren Kopf zurück. »Du gehörst mir. Ich kann mit dir machen, was ich will. Das ist der Deal. Für mein Schweigen über deinen Club kann ich dich vögeln, wann, wo und wie ich will.«

»Von wegen. Versuch doch zu beweisen, dass ich irgendwas betreibe. Derzeit gibt es Silent Night nicht.«

»So willst du es also spielen?«

»Ja«, flüsterte sie.

»Der Kerl, dem du am Wochenende unserer ersten Begegnung ein Messer an die Kehle gehalten hast, würde sicher gern ein Liedchen darüber singen, was du so treibst. Dafür kann ich sorgen.«

»Träum weiter. Ich brauche nur die richtigen Worte in die richtigen Ohren zu flüstern, dann erlebt er keinen Sonnenaufgang mehr. Mit dem Scheiß kannst du mir keine Angst einjagen.«

»Damit würdest du ein noch größeres Risiko eingehen. Verhält sich so eine moralisch anständige Frau?«

»Eine moralisch anständige Frau würde dich nie auch nur auf hundert Meter an sich ranlassen.«

»Und wir wissen ja, wie tief ich schon in dir war. In jeder Öffnung. Mund, Pussy, Arsch.« Ich biss an eine Stelle ihres Nacken, an der sie noch Male von mir aufwies. »Ich hab mich in dich gerammt. Dich zum Betteln gebracht. Dich zum Kommen gebracht. Dich dazu gebracht, mehr zu wollen. Ich wette, du bist gerade heiß auf meine Finger, meinen Mund und meinen Schwanz.«

Ich ließ ihre gefesselten Hände los. Meine Handfläche

wanderte über ihre Taille und den straffen Bauch hinauf zum üppigen, nackten Busen.

Ein Stöhnen entrang sich ihr, als ich sie in einen Nippel kniff. »Ich hasse dich dafür, dass ich dich will, obwohl du's mit anderen treibst.«

»Wann hab ich dir je Grund zu der Annahme gegeben, dass ich jemanden außer dir vögeln will? Und wann glaubst du eigentlich, hätte ich dazu Zeit gehabt, seit ich heute Morgen aus deinem Bett gestiegen bin?«

»Du musst es mir nicht sagen. Deine künftige Braut und ihr Gefolge haben mir genug erzählt. Vielleicht sollte ich mir an dir ein Beispiel nehmen und dich das nächste Jahr lang als Nebenvergnügen behalten, während ich den Mann suche, den ich wirklich will, wenn ich in Vegas bin.«

Ich verstärkte den Griff um ihr Haar. Ein gequältes Wimmern drang von ihrem Lippen. »Der Einzige, mit dem du's treiben wirst, bin ich. Ist das klar?«

Meine Hand wanderte von ihrer Brust zwischen ihre Beine und legte sich auf ihre feuchte Spalte. Dazu fauchte ich: »Diese Muschi gehört mir. Wenn du auch nur dran denkst, jemand anderen mein Eigentum berühren zu lassen, lösche ich ihn aus. Dein Vater mag als Chirurg bekannt sein, aber ich bin die Dunkelheit. Wenn ich mit ihm fertig bin, wird nichts mehr übrig sein, was man finden könnte.«

Sie schwenkte die gefesselten Handgelenke zu mir, packte durch den Stoff meiner Hose meine Härte und sah mir tief in die Augen. »Und wenn du dich in einer anderen Pussy versenkst, bringe ich nicht nur sie um, sondern auch dich. Merk dir das besser.«

Das Lodern in ihren dunklen Augen und mein Wissen, dass sie die Drohung wahrmachen oder es zumindest versuchen würde, erregten mich mehr als jede andere Frau, der ich je begegnet war.

Man wusste bei ihr nie, womit man von einem Moment zum nächsten zu rechnen hatte.

Manchmal gab sie sich ruhig und süß, dann schlagartig so feurig wie die Hölle.

»Dann verstehen wir uns wohl.« Ich drehte uns, bis ich sie zum Bett ausgerichtet hatte, dann drückte ich sie so nach vorn, dass sie mit dem Bauch voraus auf die weiche Bettdecke fiel.

Sie schaute finster zu mir zurück, als ich über sie kletterte und ihre Beine zwischen meinen fixierte.

»Du bist so ein Arschloch.«

»Hab ich nie geleugnet.« Ich streifte die Schuhe ab, schälte mich aus dem Jackett, warf es auf den Boden und beugte mich vor, bis mein Mund ihr Ohr streifte. »Aber etwas solltest du nie vergessen. Du hast gerade das Exklusivrecht auf dieses Arschloch für das nächste Jahr beansprucht. Jetzt musst du mit den Begleiterscheinungen leben.«

»Hör auf zu labern und gib mir den Schwanz, auf den ich Anspruch erhoben habe. Hättest du's mir heute Morgen so besorgt, wie du solltest, hätte ich vielleicht bessere Laune und hätte mich mit diesem Miststück leichter getan.«

»Ich bin sicher, du hast sie angemessen abgefertigt. So, wie du alles hinkriegst. Außerdem« – ich strich mit den Bartstoppeln über ihren Hals, bescherte ihr damit eine Gänse-

haut und sorgte dafür, dass sich ihre Atmung beschleunigte –
»hast du meinen Schwanz nicht verdient.«

»Und ob ich das habe.« Sie wölbte den Rücken durch.
Ihre Lider senkten sich auf halbmast. »Immerhin bin ich
bei einer Verlobungsparty aufgetaucht, die ich nie wollte,
habe unsere beiden Familien ertragen und mich mit
deiner Liebsten und ihrem Gesocks auseinandergesetzt,
die mir in allen Einzelheiten beschrieben haben, was du so
treibst. Und das alles angespannt vor unerfüllter Geilheit.
Du solltest mich mit Diamanten dafür überhäufen, dass
ich heute Abend niemandem die Kehle aufgeschlitzt
habe.«

»Du willst Diamanten, Göttin?« Ich richtete mich auf,
befreite ihre Handgelenke, zog ihre linke Hand nach vorn
und legte sie in Sichtweite vor ihren Kopf. »Ist der dir nicht
groß genug?«

Einige Sekunden lang schwieg sie. »Er ist wunderschön.
Überrascht mich, dass er tatsächlich etwas ist, das ich gern
trage. Wer hat ihn ausgewählt? Du oder Kasen?«

Wie kam sie darauf, dass Kasen etwas für sie aussuchen
würde?

»Er hat meiner Mutter gehört.«

Verdammt. Was hatte mich geritten, ihr so etwas zu
gestehen?

»Warum schenkst du mir einen Ring, der für dich einen
sentimentalen Wert hat?«

Dasselbe hatte ich mich auch schon gefragt.

Aber wem wollte ich etwas vormachen?

Ich konnte mir Nyx nicht mit etwas Traditionellem am

Finger vorstellen, das jede andere Gesellschaftsdame tragen würde.

Als mir der Ring meiner Mutter eingefallen war, hatte ich auf Anhieb gewusst, dass er perfekt für Nyx war.

Mama hatte für Aufsehen gesorgt, als sie als unscheinbare, eigensinnige Bibliothekarin meinen Vater geheiratet hatte. Soweit ich mich an sie erinnerte, hatte sie sich von niemandem etwas gefallen lassen, auch wenn es einfacher für sie gewesen wäre, den Mund zu halten.

Mir erschien es nur logisch, den Ring einer Rebellin einer anderen zu schenken.

Er bestand aus einer Kombination eines seltenen kräftigblauen Diamanten und lupenreiner weißer Diamanten und war ein kleines Vermögen wert. Mein Vater hatte mir erzählt, dass er ihn beim Pokern gewonnen hatte.

Ein Ring wie für Nyx gemacht.

»Aus der Sicht der Welt ist die Sache zwischen uns echt«, ließ ich sie wissen. »Dir Mamas Ring zu geben, macht es glaubhafter.«

Wieder schwieg sie, ballte die Hand zur Faust und strich mit dem Daumen über die weißen und blauen Diamanten, bevor sie meinte: »Klingt einleuchtend.«

»Wir müssen noch mal zurück zu unserem vorigen Gespräch.«

Sie drehte mir den Körper zu und grinste mich an. »Du meinst darüber, mich mit Diamanten zu überhäufen?«

»Nein. Darüber, dass du dir meinen Schwanz verdienen musst.«

Die Röte in ihrem Gesicht vertiefte sich. Dazu bildete sich

zwischen ihren Brauen eine Falte, die mir verriet, dass sie etwas im Schilde führte. »Wir müssen was klarstellen.«

»Tatsächlich?«

»Ja. Ich muss mir gar nichts verdienen. Du bist nicht grundlos hergekommen. Komm entweder zur Sache oder hau ab. Vor dir hab ich's mir selbst besorgt. Das kann ich wieder tun.«

Ich packte ihr Haar und zog ihren Kopf zurück. Ein leises, verlangendes Wimmern drang von ihren Lippen. »Bevor ich zur Sache komme, wie du es ausdrückst, möchte ich dich noch an etwas erinnern, das du anscheinend nicht ganz begriffen hast.«

Ich schob die Knie zwischen ihre, schlang einen Arm um ihre Taille und zog sie hoch, ohne die andere Hand aus ihren feuchten Strähnen zu lösen.

»Ich werde nie ein Mann sein, den du kontrollieren kannst, Nyx Mykos.« Ich schrammte mit den Zähnen ihren Hals entlang und biss in die Stelle, die noch einen verblassenden Bluterguss von damals aufwies, als sie mich angefleht hatte, ihr wehzutun, während sie gekommen war.

»Oh Gott, Simon.« Sie legte mir eine Hand auf den Nacken, während sie mit der anderen die Muskeln meines Oberschenkels durch den Stoff meiner Hose knetete.

»Wenn ich nachgebe, dann nur, weil ich es will und etwas damit bezwecke. Merk dir das.« Ich ließ die Hand von ihrem Bauch zu ihren triefenden Schamlippen wandern. Mit zwei Fingern strich ich um ihre Spalte herum, geilte sie auf. »Du hast an Macht nur, was ich dir zugestehe.«

»Du ... du willst mir alles nehmen und nichts zurückgeben.« Nyx ließ den Kopf sinken und schloss die Augen.

Sie hatte keine Ahnung, was für Quatsch ich gerade von mir gegeben hatte. In Wirklichkeit besaß sie alle Macht. Was sie schon bald erkennen würde.

»Ich werd dir deine Freiheit geben.«

»Bitte brich dieses Versprechen nicht.«

Das Zittern ihrer Lippen bei den Worten ließ mich erkennen, wie sehr sie die Ehe als Falle betrachtete.

Verdammt.

Eigentlich sollte der Mist eher mir Kopfzerbrechen bereiten, nicht umgekehrt.

Ich tauchte die Finger knöcheltief in sie, bewegte sie vor und zurück. Sie wölbte den Rücken durch. Ein kehliges Stöhnen entrang sich ihr, und ihre langen Nägel kratzten über meinen Nacken.

»Da hast du nichts zu befürchten. Selbst wenn du dich in mich verliebst, breche ich mein Versprechen nicht.«

Wieso zum Geier fühlten sich die Worte in meinen Ohren wie eine Lüge an?

Irgendwie war ich an diesem Tag neben der Spur.

Ihre Handfläche senkte sich auf die Hand zwischen ihren Beinen und bremste meine Bewegungen. »Und was, wenn das dir passiert?«

Ich zog mich aus ihrem Körper zurück, packte sie an den Hüften und drehte sie auf den Rücken. Gott, war sie mit den geröteten Wangen, der flachen Atmung und den vor Lust und Erregung großen Augen wunderschön.

»Darüber musst du dir echt keine Sorgen machen. Das wird nie im Leben passieren.«

Sie hob das Kinn. »Wieso das?«

»Weil ich kein Herz habe. Wie gesagt, bin ich Gio Drakos' Schöpfung. Ein Herz zu haben, würde bedeuten, dass ich Schwächen habe.«

»Und die kannst du dir nicht leisten«, ergänzte sie. Etwas, das an Traurigkeit erinnerte, huschte über ihre Züge, verschwand jedoch sofort wieder.

Ich nickte.

»Dann hab ich ja nichts zu befürchten.« Sie krallte die Hand in mein Hemd und zog mich zu sich. »Das hier ist nur Sex.«

14

Simon

Ich sah tief in Nyx' vor Lust glasige Augen und verstand nicht, was mit mir geschah.

Wie unbekümmert sie sich damit abfand – dass ich mich nie in sie verlieben könnte, die Sache zwischen uns ein Enddatum hatte und nur aus Sex bestand –, bereitete mir Unbehagen.

Was zum Teufel stimmte nicht mit mir?

»Das hier ist mehr als Sex, Göttin.«

Eine Falte bildete sich zwischen ihren Brauen. »Wie würdest du es denn bezeichnen?«

Ich küsste sie und biss ihr dabei fest genug in die Unterlippe, um eine Schwellung zu verursachen. »Als heißen, verdorbenen Sex, der manchmal Male an dir hinterlässt, die du mit dafür geeigneten Kleidern verdecken musst.«

Ihr Stirnrunzeln verschwand. Ihre Mundwinkel krümmten sich nach oben, und sie berührte die Stelle, an der ich sie vor wenigen Minuten gebissen hatte. »Keine Ahnung, wie ich das meinen Eltern und Brüdern hätte erklären sollen.«

»Du hast darum gebeten.«

»Ja.« Sie wölbte mir den nackten Körper entgegen. »Mach's noch mal.«

Als ihre Stimme sinnlich vor Lust wurde, drohte mein Ständer, aus der Hose auszubrechen, und ich zog Nyx an mich.

Mit den Armen seitlich von ihr abgestützt starrte ich auf sie hinab. »Ich werde nicht schlau aus dir, Olympia Nyx Mykos. Mir ist noch nie eine Frau wie du begegnet. Du bist verdammt faszinierend.«

Als ein breites Lächeln in ihre Züge trat, verwandelte sie sich von der Schönheit, die sie immer war, in die Göttin, als die ich sie bezeichnete. »Ich glaube, das ist das schönste Kompliment, das ich je gekriegt habe.«

»Du bist lieber faszinierend als schön?«

»Scheiße, ja. Schönheit ist vergänglich. Ich bin lieber berüchtigt und unvergesslich.«

Während ich auf sie hinabblickte, spürte ich, wie sich der Knoten in meinem Magen fester zusammenzog. Für den Bruchteil einer Sekunde hörte Kasens Warnung im Hinterkopf. *Sie gehört nicht dir.*

Von wegen.

Ich verdrängte alle Gedanken und konzentrierte mich ganz auf die Frau in meinen Armen. »Dann hast du dein Ziel definitiv erreicht. Es gibt niemanden sonst wie dich. Können wir jetzt aufhören zu reden?«

Sie schürzte die Lippen im Versuch, ein weiteres Lächeln zu unterdrücken, dann nickte sie und schlang die Arme um meinen Nacken.

Ohne weitere Worte verloren wir uns im Rausch unserer Münder, kosteten, schmeckten, genossen uns gegenseitig.

Ihre Finger zerrten an meiner Kleidung, suchten nach Haut, brachten mich zum Keuchen, als ihre Nägel über meine Bauchmuskeln kratzten.

»Wenn ich Blutergüsse und Bisse verkrafte, kannst du ein paar Kratzer verkraften.«

»So funktioniert das nicht. Außerdem hast du darum gebettelt.«

Ich packte ihre Hände, wickelte ihr den Gürtel des Bademantels um die Handgelenke und band ihn dann an einem der Bettpfosten fest.

Als ich von der Matratze stieg, starrte sie mich mit einer Mischung aus Verlangen und Verärgerung an.

»Wag's ja nicht, mich noch mal unbefriedigt hängen zu lassen.«

Ich begann, mich auszuziehen, und unterdrückte dabei ein Grinsen. »Weißt du, ich musste mich an einer Armee von Sicherheitsleuten vorbeischleichen, um es zu deiner Tür zu schaffen. Ich gehe sicher nicht, ohne es dir besorgt zu haben.«

»Dann mal los, Drakos.«

Nur sie schaffte es, gebieterisch zu wirken, obwohl sie gefesselt und ausgestreckt wie ein Opferlamm auf einem Bett lag.

Noch nie hatte mich eine Frau beim Sex zum Lachen gebracht. Bei ihr erlebte ich ständig Premieren.

Wieder hallte Kasens Stimme durch meinen Kopf. *»Lass sie nicht zu deiner Schwäche werden. Du solltest sie nicht zu liebgewinnen. Belass es zwanglos. Geschäftlich, wie du's von Anfang an vorhattest. So wird es für euch beide leichter, wenn es endet.«*

»Simon? Warum starrst du mich so an?«

Abrupt kehrte meine Aufmerksamkeit zu der Göttin vor mir zurück. Ich kroch über sie, ergriff ihre Fußgelenke und setzte den Schaft an ihrer Spalte an.

»Oh Gott.« Ein Stöhnen drang von ihren vollen Lippen, und sie warf den Kopf zurück.

Ich beugte mich vor, stützte einen Arm neben ihrer Schulter ab und legte ihr die andere Hand um die Kehle. »Du gehörst mir, Göttin.«

Sie bewegte die Hüften, rieb ihre feuchte Spalte an meiner sehnsüchtigen Eichel. »Genug geredet. Nimm mich.«

»Hast du mich verstanden?« Ich kreiste um ihre Pforte, ohne in sie einzudringen, wie sie es wollte.

Ein klägliches Wimmern entrang sich ihr, bevor sie flehte: »Simon, bitte.«

»Erst antwortest du mir.«

Ihr Blick begegnete dem meinen. Etwas rührte sich in den dunklen Tiefen ihrer Augen, bevor sie den Kopf schüttelte. »Das ist nur vorübergehend.«

Ich erhöhte den Druck um ihren Hals und beobachtete,

wie sich ihre Pupillen weiteten und ihre Atmung flacher wurde.

»Vorerst gehörst du mit Körper, Geist und Seele mir.«

»Nein. Du kriegst nur meinen Körper. Die Schleife um unsere Vereinbarung ist Erpressung, schon vergessen?«

Als ich ihr gerade erklären wollte, wie es in dieser Beziehung lief, hakte sie die Beine um meinen Rücken und pfählte sich mit einer schnellen Bewegung ihres Beckens mit meiner Härte.

»Göttin«, entfuhr es mir zähneknirschend.

Diese Frau würde mich noch umbringen.

»Ich hab gesagt, du sollst aufhören zu reden.«

Ich senkte die Stirn auf ihre. Mein Griff um ihre Kehle verstärkte sich, als ich mich bis zur Eichel aus ihr zurückzog. »Du willst vögeln?«

»Ja.«

»Dann machen wir das.« Damit rammte ich mich in sie und ließ sie nach Luft schnappen. »Wenn wir fertig sind, wirst du mich bei jedem Schritt spüren.«

»Bitte«, wimmerte sie. Ich schloss die Augen und fragte mich, warum nichts, was ich sagte, sie abtörnte.

Statt mich zu sehr darauf zu konzentrieren, verlagerte ich das Gewicht, packte sie an den Hüften, bis der Winkel perfekt war und verfiel in einen harten, gnadenlosen Takt.

Als hätte sie nur darauf gewartet, presste sie die Lider zu und schrie: »Ja, Simon. Mehr. Gib mir mehr.«

Gott, war sie so wunderschön. Das Gesicht gerötet, die Nippel zu festen Knospen aufgerichtet, der Körper vor Schweiß glänzend. Ich könnte sie ewig beobachten.

»Was willst du, Göttin?« Ich ließ die Hüften so kreisen, wie sie es mochte, allerdings gerade genug, um sie anzuheizen.

Ihre Muschi bebte und benetzte meinen Schaft mit ihren Säften, während ihre an den Bettpfosten über ihrem Kopf gefesselten Arme zuckten.

»Egal was, nur bring mich zum Kommen. Hör auf, mich auf die Folter zu spannen.« Sie bohrte die Fersen in die Matratze, warf den Kopf hin und her.

Ich streckte mich nach vorn und band ihre Hände los. Sofort schlang sie die Arme um meine Schultern und wölbte sich mir entgegen. Ich krallte wieder die Finger in ihr Haar, neigte ihren Kopf zurück und streifte mit den Zähnen die Stelle, an der sie mich so gern zubeißen ließ.

»Scheiße, Simon, tu's einfach.«

Als ich der Aufforderung nachkam, schob ich die Finger zwischen ihre Schamlippen und kniff sie in die pralle Klitoris, um ihr den zusätzlichen Lustschmerz zu bescheren, auf den sie so stand.

Ihr Körper reagierte explosiv. Sie schnappte nach Luft, stöhnte unverständliche Worte und krallte mit den Nägeln über meine Arme und meinen Rücken. Die Säfte ihrer Erregung benetzten mich, während mich ihre Scheidenwände so fest umklammerten, dass ich mich kaum noch in ihr bewegen konnte.

Ich stieß weiter in sie und katapultierte sie noch zwei Mal über die Ziellinie, bevor ich meine innere Bestie entfesselte und mich nicht darum scherte, ob uns die draußen patrouillierenden Wachleute hörten.

Als ich schließlich kam, ging mir zweierlei durch den Kopf.

Zum einen musste ich Nyx dazu bringen, mich von dem Versprechen zu entbinden, das ich ihr gegeben hatte. Ich hatte nämlich plötzlich vor, sie zu behalten.

Zum anderen hoffte ich inständig, dass ich keinen langwierigen Krieg auslösen würde, wenn am Ende alles herauskäme.

Kurz vor dem Morgengrauen informierte mich eine Nachricht auf dem Handy darüber, dass der Schichtwechsel der Sicherheitskräfte auf dem Mykos-Anwesen anstand. Das bedeutete, ich musste raus aus Nyx' Bett und runter vom Grundstück.

Ich blickte auf Nyx' an meine nackte Brust geschmiegten Kopf hinab, auf ihren zierlichen nackten Körper dicht an meinem.

Die Vorstellung, sie zu verlassen, schmeckte mir überhaupt nicht. Vielleicht, weil ich mich daran gewöhnt hatte, so viel Zeit mit ihr zu verbringen, dass es zu Routine geworden war.

Nein. Unsere Routine bestand darin, dass ich sie besinnungslos fickte, bevor wir uns dem jeweiligen Tagesablauf widmeten. Sie im botanischen Garten, ich in ihrem Büro im Penthouse.

Ich strich ihr eine verirrte Strähne hinters Ohr und schüttelte den Kopf.

Nyx war wirklich ein Teufelsweib, nur nicht so, wie alle Welt sie darstellte. Sie passte in keine Schublade. Bei der Party war offensichtlich geworden, dass sie durch ihre Weigerung, sich anzupassen, eine Zielscheibe verkörperte.

Und ich konnte mir nicht erklären, warum Camilla ihr eingeredet hatte, ich würde es nebenher noch mit anderen treiben. Offiziell war vorgesehen, dass Nyx und ich heiraten würden und Camilla keine Chance hatte. Hinter dem Mist musste sich irgendeine Absicht verbergen.

Mein Bauchgefühl sagte mir, dass ihr Vater Kes Santos dahintersteckte. Ich würde meine Leute damit beauftragen, den Mistkerl unter die Lupe zu nehmen, sobald ich weg von hier wäre.

Nyx rührte sich. Ihre Hand glitt von meiner Brust über den Bauch bis knapp über meinen Schritt. Unwillkürlich schloss ich die Augen, als mein bestes Stück zum Leben erwachte.

Aber es war der falsche Zeitpunkt dafür.

Mein Telefon piepte erneut. Ich wusste, dass ich mich beeilen musste, bevor jemand von den Mykoses auftauchen würde. Meine Leute hatten mich informiert, dass sich alle Brüder an diesem Vormittag zum Brunch mit ihren Eltern einfinden würden.

Vielleicht war Nyx deshalb anders, weil dasselbe für ihre Familie galt. Der Mykos-Clan verbrachte wie gewöhnliche Familien viel Zeit miteinander. Und nicht, weil sie wegen eines Befehls oder durch Pflichten dazu gezwungen waren.

Sie fühlten sich einfach wohl miteinander. Vielleicht übertrieb Nyx ja, aber sie behauptete, dass es ihren Vater kränkte, wenn sie ihn nicht mindestens einmal im Monat besuchte. Womit ich beim Mykos-Chirurgen nie gerechnet hätte.

Ich konnte die enge Verbundenheit dieser Familie nicht nachvollziehen.

Nein, das stimmte nicht. Bis zur Ermordung meiner Eltern hatte ich selbst ein einigermaßen normales Leben geführt. Ganz normal war mit Gio als Großvater schlicht unmöglich gewesen. Aber meine Mutter hatte ihr Bestes getan, damit einfache Dinge in unserem Leben blieben, vom täglichen gemeinsamen Abendessen bis hin zu außerschulischen Aktivitäten, die meine beiden Eltern besucht hatten.

Mein Handy zeigte eine eingehende Nachricht an.

KASEN: *Hoch den Hintern. Du musst packen. Wir müssen uns um Mist kümmern, der deiner ungeteilten Aufmerksamkeit bedarf.*

Gleich darauf erschien ein Foto eines brennenden, halb fertiggestellten Schiffs auf dem Display.

Na, einfach nur großartig.

ICH: *Sag dem Piloten, er soll den Jet vorbereiten. Bin unterwegs. War es Albert?*

KASEN: *Entweder er oder Hal, sagt mein Bauchgefühl. Wir müssen dich sofort nach Griechenland bringen.*

ICH: *Unterwegs.*

Seufzend legte ich das Handy weg, löste mich von Nyx' Wärme und erhob mich aus dem Bett.

»Wann kommst du wieder nach Vegas?«

»Weiß nicht genau. Ich melde mich, sobald ich mich um

was Geschäftliches gekümmert habe. Kann ein, zwei Wochen dauern, vielleicht auch länger.«

»Probleme.« Nyx setzte sich auf und wickelte sich ins Laken. »Verstehe.«

Ihr kühler Ton ließ mich innehalten.

»Was verstehst du?«

»Ich soll glauben, dass du nicht herumhurst.«

»Ja.«

Sie schloss die Augen und wandte das Gesicht von mir ab. »Lüg mich nicht an, Simon. Mir wäre es lieber, du sprichst es offen aus. Ich weiß, wie Männer wie du ticken.«

»Erklärst du mir, was du mit Männer wie ich meinst?«

»Ich bin in dieser Welt aufgewachsen, habe alles gesehen und gehört.«

Ich kletterte zurück aufs Bett und senkte den Körper über ihren. »Haben wir das nicht letzte Nacht geklärt? Die Einzige, mit der ich es treiben will, bist du. Und der Einzige, mit dem du es treibst, bin ich.«

»Du willst über zwei Wochen enthaltsam sein?«

»Nein, will ich nicht.«

Sie verengte die Augen zu Schlitzen, doch bevor sie etwas sagen konnte, fuhr ich fort. »Ich habe nicht vor, auf deine enge Möse länger als zwei Wochen zu verzichten. Wenn überhaupt so lange.«

»Willst du damit sagen, du kommst zwischendurch hergeflogen, um mich zu vögeln?«

»Genau das will ich damit sagen.«

»Könnte anstrengend werden. Vor allem bei deinem vollen Terminkalender.«

»Ist das eine Herausforderung, Ms. Mykos?«

»Ist es, Mr. Drakos.«

»Herausforderung angenommen.«

»Und wie willst du der Welt deine Reisen erklären?«

»Ich werde sie glauben lassen, ich hätte eine Affäre. Nur habe ich sie eben mit meiner Verlobten.«

15

Nyx

»**E**ntschuldigen Sie, Miss Mykos. Ein Mr. Drakos fragt nach Ihnen.«

Ich schaute von meinen Bestellformularen auf und richtete die Aufmerksamkeit auf eine der Mitarbeiterinnen des botanischen Gartens im *Ida*, die an der Tür zu meinem Büro stand.

»Danke, Janice. Sag ihm, ich komme gleich.«

Sie nickte, bevor sie ging.

Mit gerunzelter Stirn warf ich einen Blick aufs Handy, wusste jedoch bereits, dass ich keine Nachricht und keinen Anruf von Simon verpasst haben konnte. Andererseits war unsere Kommunikation in den letzten fünf Wochen von langen Telefonaten auf null geschrumpft. Und das Austauschen erotischer Nachrichten, an das ich mich so gewöhnt hatte, war zu knappen Einzeilern verkommen, in der keine Besuche erwähnt wurden, höchstens formelle künftige Anlässe.

Die versprochenen Abstecher zu mir alle zwei Wochen hatten nie stattgefunden. Als einzige Erklärung hatte er mir Blödsinn über Verhandlungen aufgetischt, die seine durchgehende Aufmerksamkeit erforderten, weil sie sonst scheitern würden.

Was für Verhandlungen dauerten bitte fünf Wochen?

Wir hatten uns nicht mal gesehen, als ich für den monatlichen Besuch meiner Familie in New York gewesen war.

Irgendetwas hatte sich verändert, und ich konnte mir nicht erklären, was. Er hatte eine Grenze zwischen uns gezogen und damit verdeutlicht, dass er beschlossen hatte, es wäre besser, den körperlichen Aspekt unserer Beziehung einzustellen.

Was mir der Arsch offenbar nicht mal direkt ins Gesicht sagen konnte.

Mistkerl.

Vielleicht war es ja gut so.

Die Anziehungskraft zwischen uns hatte mir allmählich den Verstand vernebelt. Und ich durfte nicht zulassen, dass er mir ans Herz wuchs. Immerhin hatte ich ein Ziel vor Augen, das zu erreichen durch ihn nur komplizierter würde.

Ich holte mein Handy heraus und textete Simon.

ICH: *He, Arschloch. Wann hast du Manieren gelernt und meldest dich dafür an, mit mir zu reden? Marschierst du sonst* nicht einfach in den Garten rein und verlangst meine Aufmerksamkeit?

Fast sofort erschienen drei animierte Punkte und zeigten an, dass er schrieb.

SIMON: *Keine Ahnung, wovon zum Teufel du redest. Ich bin seit fünf Stunden in Verhandlungen.*

ICH: *Welcher Mr. Drakos ist dann hier und will mit mir reden?*

SIMON: *Keinen Schimmer, aber ich finde es raus. Geh bloß nicht darauf ein.*

ICH: *Haben wir nicht schon festgestellt, dass ich schlecht darin bin, Anweisungen zu befolgen? Vor allem, wenn sie von Idioten mit einem Stock im Arsch kommen, die einfach so die Kommunikation kappen und meinen, ich wäre ihre Zeit nicht wert.*

SIMON: *Wenn du dich auch nur einen Schritt aus der Sicherheit deines Gartens wegbewegst, versohle ich dir den Hintern knallrot, verlass dich drauf.*

Bei der Vorstellung, dass er meinen Hintern anfasste, durchströmte Hitze meinen Körper.

Reiß dich zusammen, Nyx. Es ist vorbei.

ICH: *Dafür müsstest du erst mal am selben Ort wie ich sein. Was du nicht bist.*

SIMON: *Stell mich nicht auf die Probe, Göttin.*

ICH: *Ich bin nicht deine Göttin. Ich bin gar nichts für dich. Und nur fürs Protokoll – wenn ich einen Drakos-Arsch um den Finger wickeln kann, schaffe ich es auch bei einem anderen.*

SIMON: *Das denkst du also? Dass du mich um den Finger gewickelt hast?*

ICH: *Tatsächlich ist mir die Lust daran vergangen. Ich will überhaupt nichts mehr mit dir zu tun haben.*

SIMON: *Du wirst aber eine Menge mit mir zu tun haben, sobald ich bei dir bin. Vor allem, wenn du jetzt nicht auf mich hörst.*

ICH: *Wir texten und reden nicht. Also kann ich gar nichts von dir hören, Arschloch.*

Fast sofort klingelte mein Telefon. Ein gehässiger Teil von mir wollte den Anruf auf die Mailbox gehen lassen, aber mein idiotischer Teil ging ran.

»Was willst du?«, fauchte ich ins Handy.

»Du wirst tun, was ich sage, Göttin.« Wie er die Worte aussprach, erinnerte mich an eine andere Gelegenheit, bei der er mir mit demselben Satz befohlen hatte, auf die Knie zu gehen und ihn zu blasen.

Prompt reagierte mein verräterischer Körper. Ich biss mir auf die Innenseite der Wange, statt darauf zu achten, wie sich meine Nippel aufrichteten und mein Schritt feucht wurde.

Zwischen zusammengebissenen Zähnen presste ich hervor: »Nicht.«

»Was nicht?« Er setzte diesen Tonfall ein, der bewirkte, dass sich das Verlangen tief in mir steigerte.

»Du hast bereits verdeutlicht, dass du mit mir fertig bist. Also hör auf, mit mir zu spielen.«

»Das also denkst du?«

»Das weiß ich. Weißt du, ich bin ein großes Mädchen und kenne mich damit aus, wie es läuft.«

»Überrasch mich. Immerhin war ich der Erste, der dich je berührt und gevögelt hat und in dir gekommen ist.« Ich schloss die Augen und hasste es, wie sehr ich den Mistkerl wollte. »Wie kommst du darauf, dass ich auch nur annähernd mit dir fertig bin?«

Ich verlagerte das Handy zum anderen Ohr. »Durch dein Verhalten.«

»Ich kümmere mich um geschäftliche Angelegenheiten. Die ich nur zu gern jemand anderem überlassen würde, wenn es ginge, ohne noch mehr Chaos zu verursachen.«

»Ist mir egal.«

»Lügnerin. Du fragst dich, in wen ich ihn die letzten fünf Wochen reingesteckt habe. Willst du die Antwort wissen?«

»Ich hab keine Zeit für deine Psychospielchen.« Ich kniff mir den Nasenrücken. »Lass mich zufrieden. Ich habe Arbeit und muss noch einen anderen Drakos loszuwerden.«

»Du wirst ihn nicht sehen. Das ist ein Befehl.«

Mein Temperament flammte auf. »Jetzt hör mal gut zu, Arschloch. Ich nehme keine Befehle von dir entgegen. Du bist nicht mein Vater. Du bist keiner meiner Brüder. Du bist mein unechter Verlobter, den ich zum Vögeln benutze. Hast du gehört? Ich *benutze* dich zum Vögeln. Du hast in meinem Leben nichts zu sagen. Und jetzt verpiss dich, Drakos. Ich habe was zu erledigen.«

Damit legte ich auf, steckte das Telefon weg und schloss kurz die Augen in dem Wissen, dass mir genau das passiert war, was nicht hätte passieren sollen. Ich hatte ihn an mein Herz rangelassen.

Verdammt. Verdammt. Verdammt.

Ich hatte den Mistkerl an mein Herz rangelassen, und deshalb tat es höllisch weh, dass er mich ghostete.

Deshalb erschien es mir besser, sofort die Handbremse zu ziehen, als später alles in Frage zu stellen. Ich musste mir vor Augen halten, dass er für alles stand, was ich an der Welt hasste, in der ich aufgewachsen war. Regeln, Erwartungen, Heuchelei.

Ich wollte ein normales Leben, einen normalen Job, etwas abseits des Wahnsinns, in dem ich aufgewachsen war. Und das mit jemandem, der mich so akzeptierte, wie ich war, der mich nicht verändern und um meiner selbst willen wollte. Jemandem, für den ich an erster Stelle oder zumindest weit oben auf der Prioritätenliste stand.

Vielleicht hatte ich durch das Beispiel meiner Eltern zu hohe Erwartungen. Papa und Mama hatten sich als Teenager ineinander verliebt, sollten aber eigentlich beide jemand anders heiraten. Am Tag der Hochzeit meiner Mutter, hat mein Vater sie praktisch entführt. Was zu einem gewaltigen Skandal geführt hat. Aber am Ende hat ein anderer den ihren überschattet, und er war in Vergessenheit geraten.

Abgesehen davon, dass Mama die größte Schwäche des Mannes verkörperte, den man als Mykos-Chirurg kannte. Mein Vater scheute sich nie zu betonen, dass er die Welt in Schutt und Asche legen würde, wenn meiner Mutter etwas zustieße. Wahrscheinlich achtete er deshalb penibel darauf, dass sie rund um die Uhr beschützt wurde. Manchmal fand ich, dass er es übertrieb, aber Mama schien immer Wege und Mittel zu finden, sich der Dauerüberwachung bei Bedarf zu entziehen.

Tatsächlich hatte ich einige meiner Tricks von ihr gelernt.

Bei dem Gedanken fiel mir ein, dass ich herausfinden

musste, wer aus dem Drakos-Clan mich sehen wollte. Simon hatte ziemlich deutlich zum Ausdruck gebracht, dass er es nicht wusste.

Ich erhob mich vom Schreibtisch und trat den Weg durch den hinteren Teil der Gärten an. Neben einer Gruppe hoher blühender Hibiskusbäume stand ein Mann ähnlicher Größe und Statur wie Simon. Auch der Kleidungsstil wirkte beinah gleich. Nur schien dieser Kerl etwas eitler zu sein, weil die Schuhe und der Gürtel unübersehbare Designerlogos aufwiesen. Simon hingegen kleidete sich so, dass man die Maßanfertigung auf den ersten Blick auch ohne Logo erkannte.

Als die Züge des Mannes in Sicht gerieten, erkannte ich ihn als Simons jüngeren Cousin Hal. Das ergab keinen Sinn. Tyler hatte mir über Simons Cousin erzählt, dass sich die beiden selbst an besten Tagen gegenseitig hassten. Bei der Verlobungsfeier hatte Simon mich weder ihm noch seinem Onkel Albert vorgestellt.

Irgendwie wirkt er unruhig, als wusste er genau, dass er nicht mal in meiner Nähe sein sollte. Sein Blick wanderte unablässig suchend umher. Dann fiel mir ein Pokerchip auf, den er zwischen den Fingern drehte, und mein Herzschlag beschleunigte sich.

Es handelte sich um einen von der Silent Night. Der Chip wies das unverwechselbare Logo mit Mond und Sternen auf, das für die antike Göttin der Nacht stand.

Am Ende jeder Veranstaltung wurden sämtliche Chips penibel eingesammelt. Keine Spuren nach außen dringen zu lassen, hatte für uns höchste Priorität. Ich organisierte diese

Veranstaltungen bereits, seit ich achtzehn Jahre alt gewesen war. In all der Zeit war ein einziges Mal ein Chip abhandengekommen, und zwar in der Nacht, in der David wider meine ausdrückliche Warnung gegen arabischen Adel gespielt und verloren hatte.

Und nun hatte Hal Drakos den Chip. Was nur bedeuten konnte, dass er etwas von mir wollte.

Mist.

Ich holte mein Handy heraus und schickte Stevie eine Nachricht, um ihr mitzuteilen, dass der fehlende Chip aufgetaucht war. Ihre Antwort traf sofort ein.

STEVIE: *Sag entweder deinem Verlobten, er soll sich darum kümmern, oder beichte deinen Brüdern die Wahrheit. Ich bin mir sicher, sie würden die Sache mit Freuden auf ihre Weise regeln.*

ICH: *Wenn ich meine Probleme von ihnen lösen lasse, bin ich wieder an ihre Welt gebunden.*

STEVIE: *Wann begreifst du endlich, dass es auch deine Welt ist? Aus der kann man nicht einfach aussteigen, und wenn du es noch so sehr glaubst. Abgesehen davon ist ja auch nicht legal, was du stattdessen machst. Wenn du wirklich ach so sehr ein normales Leben wolltest, hättest du einen Blumenladen eröffnen oder vielleicht Hochschulprofessorin werden sollen.*

ICH: *Können wir die Moralvorträge im Moment auf ein Minimum beschränken? Wir müssen uns gerade dringend auf anderes konzentrieren. Vielleicht sollte ich mit ihm reden und herausfinden, was er eigentlich will.*

STEVIE: *Kolossal schlechte Idee.*

Ich seufzte. Keine Sekunde später ging eine weitere Nachricht ein.

STEVIE: *Ich schicke Tony rüber. Er behält den Kerl im Auge. Schwing du deinen Hintern wieder hier rein.*

Verdammt. Im Beschützermodus konnte Stevie ungemein herrisch sein.

Keine halbe Minute später stand Tony vor mir und schirmte mich vor Hals und sonstigen Blicken ab. Die Besorgnis in seinen Zügen ließ mich die sarkastische Bemerkung runterschlucken, die mir auf der Zunge lag.

»Nyx, halte dich an die Anweisungen und geh wieder rein. Bei dem Mist, der gerade beim Drakos-Clan abgeht, können wir nicht riskieren, dass du zur Zielscheibe wirst.«

Gern hätte ich versucht, mehr an Informationen aus ihm herauszuholen, aber ich kannte ihn gut genug, um zu wissen, dass es vergeblich wäre. Vor allem, wenn Tyler oder mein Vater ihm aufgetragen hatten, dicht zu halten.

Mein Magen krampfte sich zusammen.

So würde es weitergehen, wenn ich mich von allem entfernte. Ich würde zwar ein Mitglied der Familie bleiben, allerdings ein abgekapseltes. In den inneren Kreis könnte ich nie zurückkehren. Ich könnte bei meinem Vater oder meinen Brüdern nie wieder eine frische Perspektive von außerhalb des Tagesgeschäfts der Organisation einbringen.

Seufzend drängte ich die Melancholie zurück. Ich wandte mich wieder dem Büro zu und verschwand hinein, dicht gefolgt von Tony.

»Du kannst deine Meinung immer noch ändern.« Seine sanften Worte versetzten mir einen Strich ins Herz.

»Ich weiß nicht mehr, was ich will.«

»Wegen Drakos oder deiner Familie?«

»Drakos hat damit nichts zu tun. Zwischen uns ist es vorbei.« Allein, es auszusprechen, hinterließ einen sauren Geschmack in meinem Mund.

»Da wäre ich mir nicht so sicher.«

Ich warf ihm über die Schulter einen finsteren Blick zu. »Bin ich aber. Kannst du einen Jet organisieren, der mich nach Hause bringt? Ich will zu meiner Familie.«

»Beichtest du endlich alles? Wäre vielleicht das Beste.«

»Nein.«

»Dann erzähl Drakos von dem Chip.«

Ich schüttelte den Kopf. »Nichts an dem Chip kann direkt zu mir zurückverfolgt werden. Es ist nur das Logo des Clubs drauf. Soll er ihn ruhig behalten. Wenn ich mir schon von dem Drakos nichts gefallen lasse, mit dem ich verlobt bin, dann erst recht nicht von dem anderen da.«

»In der Zwischenzeit verdopple ich dein Wachpersonal. Ich gehe lieber auf Nummer sicher.« Tony sprach es so nüchtern aus, dass ich beinah darüber lachen musste.

Ich fügte mich und nickte. »Wieso hab ich das Gefühl, dass du mich rund um die Uhr so streng überwachen lassen willst wie damals, als ich mich davongeschlichen habe, um Teresa zu erschrecken, weil sie meine Brosche gestohlen hatte?«

Tony behielt seine stoische Miene bei, abgesehen von einem leichten Zucken der Lippen. »Weil du heute noch genauso leichtsinnig bist wie damals.«

16

Nyx

Vierundzwanzig Stunden, nachdem ich Las Vegas verlassen hatte, betrat ich die beheizte Terrasse, die zu dem mit meinem Haus verbundenen Gewächshaus führte. Es war kurz nach ein Uhr nachts. Aber so sehr ich mich bemühte, der Schlaf entzog sich mir.

Dämliche Zeitzonen.

Ein bisschen Arbeit mit Erde half mir normalerweise, mich zu beruhigen und ausreichend zu entspannen, damit ich vor dem üppigen Brunch, den meine Eltern immer veranstalteten, wenn alle fünf Kinder gleichzeitig in der Stadt waren, ein paar Stunden schlafen konnte.

Ich öffnete die Glastüren und betrat den angenehm warmen Raum, wo ich tief die satten Erdaromen in der Luft einatmete. Es ging wirklich nichts über den Geruch von Pflanzen, Blumen und Natur. Meine Brüder hatten meine Faszination dafür nie verstanden, aber solange ich zurückdenken konnte, hatte ich es immer geliebt, etwas beim Wachsen zuzusehen.

Ich trat den Weg dorthin im Gewächshaus an, wo ich mein Arbeitsmaterial aufbewahrte. Dann zog ich die äußeren Schichten meiner Kleidung aus, bis ich nur noch einen Bademantel und mein Nachthemd trug.

Mit von mir gestreckten Armen drehte ich mich im Kreis. Gott, liebte ich es hier.

Wenn ich wollte, könnte ich Purzelbäume schlagen oder splitternackt herumlaufen, und niemand würde mit der Wimper zucken. Es war mein sicherer Hafen, meine Zuflucht. Ein Ort zum Nachdenken und Kräftesammeln.

Und genau das brauchte ich im Augenblick.

Vorhin am Abend hatten sich einige meiner alten Freunde in einem örtlichen Club zu einem vergnüglichen Abend getroffen. Wir hatten in Erinnerungen an Begebenheiten am College geschwelgt. Dabei wurde entschieden zu viel getrunken und zu ausgelassen gelacht. Es hatte sich befreiend angefühlt. Trotzdem hatte sich der Knoten in meinem Magen nicht gelöst.

Statt mich wegen Hal zu sorgen, der den von David bei einer meiner Veranstaltungen gestohlenen Pokerchip hatte, kreisten meine aufgewühlten Emotionen um einen Mann, der gerade weiß Gott was tat.

Verfluchter Simon.

Die Situation fühlte sich so falsch an. Und obwohl ich

wusste, dass aus uns nichts werden konnte, ärgerte ich mich darüber, wie er mich behandelt hatte.

Arschloch.

Ja, genau das war er. Ein verfluchtes Arschloch, weil er nicht ehrlich zu mir sein konnte.

Wenn ich Akari das nächste Mal sähe, würde ich ihr sagen, sie könnte sich ihren Rat in den Hintern schieben.

Ich erschrak, als plötzlich die Tür zum Gewächshaus hinter mir knarrte. Instinktiv schnappte ich mir ein Messer vom Hackblock neben mir und warf es in Richtung des Eingangs, wo es in den Türrahmen einschlug.

»Scheiße, Göttin. Begrüßt du jeden Gast so?«

Mein Herzschlag dröhnte mir durch die Ohren, als ich in Simons Gesicht starrte. »Nur unerwünschte. Ich hätte auch treffen können.«

Wut breitete sich durch jeden Nerv meines Körpers aus. Wie konnte er es wagen, nach fünfwöchiger Abwesenheit einfach so in meinem Gewächshaus aufzutauchen?

Und wieso zum Teufel musste er so verdammt gut aussehen?

»Glaub ich sofort.« Simon trat ein, schloss die Tür und verriegelte sie hinter sich. »Bin froh, dass du's nicht getan hast.«

»Ich will dich hier nicht haben.« Ich setzte mich in Bewegung, wich ein wenig zurück.

»Seh ich so aus, als ob mich das interessiert?«

»Sollte es aber. Sonst könnte es böse enden.«

»Und wieso? Hast du vor, mich mit weiteren Messern zu bewerfen?« Lust trat in seine Augen. Der Anblick jagte mir einen knisternden Schauder über den Rücken. Am liebsten hätte ich mich dafür geohrfeigt, dass ich immer irgendeine körperliche Reaktion auf ihn zeigte.

Meine Atmung verflachte, als ich einen weiteren Schritt zurückwich. »Wenn meine Familie dich hier bei mir findet, bist du tot.«

»Wohl kaum, und das weißt du auch.« Seine Mundwinkel krümmten sich nach oben. »Welcher Drakos ist zu dir gekommen?«

Es lag mir auf der Zunge, doch ich beschloss spontan, es für mich zu behalten. Der Chip war unbedeutend, und ich würde mich nicht zum Spielball zwischen Simon und seinem Cousin machen lassen.

»Ich habe mich nicht mit ihm getroffen.«

»Du hast tatsächlich auf mich gehört?«

»Manchmal kann ich auch entgegenkommend sein.«

Er nickte. Ich war mir nicht sicher, ob er mir auch nur ein Wort glaubte. »Ich bin nach Vegas geflogen. Dort warst du nicht.«

»W-Warum bist du dort gewesen?« Ich konnte die Verwirrung in meiner Stimme nicht verbergen.

Das ergab keinen Sinn. Simon hatte mich doch fallen gelassen.

Als er auf mich zustapfte, trat in seine grünen Augen ein Lodern wie bei einem Raubtier, das sich auf Beute stürzen wollte.

»Ursprünglich wollte ich hier einen Zwischenstopp einzulegen, um mich frisch zu machen. Danach wollte ich zu dir fliegen. Aber unser Telefonat hat alles geändert.«

Ich hob die Hand zum vergeblichen Versuch, ihn abzuwehren, und bewegte mich weiter rückwärts. »Du hast deutlich gemacht, dass es mit uns vorbei ist, schon vergessen?«

»Habe ich das? Oder hast du das nur angenommen?«

Ich reckte das Kinn vor. »Das war eine begründete Folgerung.«

»Tja, dann lass uns was klarstellen.«

Er bewegte sich blitzschnell, stürzte auf mich zu und drückte mich gegen das Eisengitter an der Wand. Mir rutschte ein spitzer Laut heraus, und ich japste.

Instinktiv packte ich ihn an den Unterarmen. Zu mehr war ich nicht fähig, weil die Intensität seiner Gegenwart meine Sinne überwältigte.

»Weißt du, was ich wollte, nachdem ich über einen Monat lang fast jede wache Stunde in Thessaloniki damit verbracht habe, mich mit einer Scheiße nach der anderen auseinanderzusetzen?«

Seine Verhandlungen fanden in Griechenland statt? Dann musste es um die Häfen und den Schiffbau gehen. Warum hatte er mir das verheimlicht?

Statt ihm meine Fragen zu stellen, ging ich auf seine ein. »Was?«

»Ich wollte mich in deinem Körper verlieren. Wollte mit dir über albernen Mist reden und mit dir streiten, bis du drohst, mir die Kehle aufzuschlitzen.«

In seinen Worten schwang ein Hauch von Panik mit.

»Das ist keine echte Beziehung, Simon. Wir haben es miteinander getrieben, mehr nicht.«

»Du gehörst mir, Göttin. Das habe ich schon in unserer

ersten gemeinsamen Nacht vor über vier Monaten klargestellt. Und die Vergangenheitsform ist völlig falsch. Die Vereinbarung gilt für ein Jahr ab der Verlobung.« Er legte mir eine Hand an den Hals, die andere um die Taille schlich. Mein Atem beschleunigte sich, und Verlangen flutete meine Mitte. »Die etwa neunzig Tage davor zählen nicht. Das heißt, ich habe noch elf Monate, um mit dir anzustellen, was immer ich will.«

»Wenn das so ist, solltest du diesen Mist überdenken, mir abwechselnd kalt und warm zu geben. Den lasse ich mir nämlich nicht bieten.«

»Tatsächlich?« Er neigte meinen Kopf zur Seite, streifte mit den Zähnen über meinen Hals und biss dann zu, bescherte mir den Lustschmerz, nach dem ich mich so sehnte.

Nach einem Aufschrei flüsterte ich ihm zu: »Ich hasse dich dafür, dass du meinen Körper gegen mich einsetzt, obwohl ich dir nichts bedeute.«

»Soll das heißen, ich bedeute dir schon etwas?« Er hob meine Hände von seinen Armen und wickelte meine Finger um das Metallgitter über meinem Kopf.

»Das lasse ich nicht zu. Die Sache zwischen uns ist rein körperlich, mehr nicht.«

»Körperlich«, wiederholte er und ließ die Hand meinen Hals hinab zur Brust gleiten, bevor er einen Nippel zwischen seinen Daumen und Zeigefinger klemmte.

»Oh Gott, Simon.«

Er schob sich näher, seine pralle Härte wie ein heißes Brandzeichen zwischen uns.

»Sag mir, Göttin«, forderte er mich auf und erhöhte den Druck. »Hast du dich nach mir gesehnt – nach meinen Berührungen, meinem Mund, meinem Schwanz?«

Unwillkürlich wimmerte ich.

Seine Hand wanderte nach unten zwischen meine Beine und bauschte den Stoff des Nachthemds.

Ich brauchte das so sehr.

Er leckte über mein Ohr. Eine Gänsehaut breitete sich über meinen gesamten Körper aus. »Hast du eine Antwort für mich?«

Wenn ich seine Worte leugnete, würde er es merken. Ich verging mich mit jeder Faser nach ihm und hasste ihn dafür. Wie er sich anfühlte, wie er mich berührte, wie er roch – seine gesamte Gegenwart. Er ging mir unter die Haut wie niemand sonst.

Ich war süchtig nach ihm geworden.

»Das ist nur etwas Vorübergehendes. Deine Bedingungen« – ich löste eine Hand vom Gitter und fädelte die Fingern in sein Haar – »für meine Freiheit. Waren das nicht deine Worte?«

Langsam legte er die Haut meiner Beine frei, bis er meine Hüften erreichte. »Du verabscheust dieses Leben, nicht wahr, Nyx?«

»Ich liebe meine Familie.« Ich schloss die Augen und wölbte den Rücken durch, als sein Mund von meinem Hals zur Vertiefung zwischen meinen Brüsten wanderte. Gleichzeitig schob er die Finger unter meinen Slip und tastete sich zu meiner feuchten Spalte vor.

»Danach habe ich nicht gefragt.« Kreisend, reibend reizte er meine pralle Lustperle. »Warum hasst du es so sehr?«

»Ich bin nur eine Spielfigur für alle anderen. Auch für dich und deine Familie.«

Mit einem Ruck zog er mir den Slip runter und ließ ihn meine Beine hinabgleiten. Ohne nachzudenken, stieg ich heraus und trat ihn beiseite. Als Nächstes hörte ich, wie sein Gürtel geöffnet wurde. Prompt zog sich meine Mitte zusammen und sehnte sich nach seiner prallen Härte in mir.

»Aber meine Spiele magst du sehr.« Er löste den Griff von mir. »Gib mir deine Handgelenke.«

Als ich seiner Aufforderung nachkam und die animalische Lust in seinen dunklen Augen sah, hatte ich das Gefühl, einen griechischen Gott zu betrachten, der gleich über mich herfallen würde.

Fuck. Dieser Mann entfesselte mit einem Blick oder einer Berührung ein Inferno in mir. Und er bedrängte Teile von mir, die ich ihn nicht erreichen lassen durfte, ohne qualvollen Kummer zu riskieren.

Ich musste mir vor Augen halten, dass es sich lediglich um etwas Vorübergehendes handelte. Seinen Weg spickten Ketten.

Er hob meine Arme, legte meine Finger wieder um das Gitter und fesselte dann meine Handgelenke daran.

Schließlich trat er zurück, leckte sich über die Lippen und strich mit dem Daumen über meinen. »Du bist die Königin in diesem Spiel, Göttin. Hast du das noch nicht durchschaut? Deshalb haben Leute wie Camilla solche Angst vor dir. Deshalb machen sie dir das Leben schwer.«

»Ich bin die Anomalie, aus der niemand schlau wird.«

Er zog sich das Hemd über den Kopf und warf es auf den Boden. Dann knöpfte er die Jeans auf. Seine wunderschöne Erektion wippte mit einem Lusttropfen an der Eichel heraus. Er schob mir das Nachthemd um die Taille hoch und schlang sich meine Beine um die Hüften.

»Das wird jetzt hart und schnell. Bist du dabei?«

»Simon, ich bin immer dabei. Du weißt, wie ich es mag.«

Als er den prallen Schaft durch meine feuchten Schamlippen schob und an meiner Pforte in Position ging, fragte er: »Wär's wirklich so schlimm, mich zu heiraten?«

Mir stieg ein Kloß in den Hals, und ich verspürte Druck um mein Herzen, als ich tief in seine leidenschaftlichen smaragdgrünen Augen sah.

»Ja«, flüsterte ich und spürte das Brennen seiner Frage tief in der Brust. »Du würdest wollen, dass ich jemand werde, der ich nicht bin.«

Flüchtig huschte ein beinah an Schmerz erinnernder Ausdruck über seine attraktiven Züge, bevor er sich in mich rammte. Ich schnappte nach Luft und wölbte mich durch.

»Simon.«

»Glaubst du das wirklich – oder willst du es bloß glauben?« Er zog sich bis zur Eichel zurück und stieß wieder zu.

Ich wogte ihm entgegen, brauchte die Reibung bei jedem Stoß seines Beckens. »Spielt das eine Rolle? Wir wollen unterschiedliche Dinge.«

»Wirklich?«

Er besorgte es mir hart und unerbittlich. Etwas veränderte sich zwischen uns, und ich durfte nicht zulassen, dass es eine Rolle spielte.

»Mach die Augen auf«, befahl er, und mir wurde klar, dass ich versucht hatte, alles außer den Empfindungen in meinem Körper auszusperren.

Wir sahen uns gegenseitig an, während er rhythmisch zustieß. Sein Atem ging unregelmäßig, sein Gesicht war gerötet, seine Pupillen hatten sich dermaßen geweitet, dass die Augen durchgehend schwarz wirkten. Das Gitter hinter mir bohrte sich in meinen Rücken und verursachte einen erlesenen Schmerz, den ich genoss, obwohl ich es mir nicht erklären konnte. Jeder von Simons Stößen traf in mir Stellen, die meine Ekstase höher und höher schraubten.

»Bitte«, stieß ich flehentlich hervor. »Ich brauche ...«

»So ist's gut. Bettle darum.«

Ich krümmte und wand mich, zuckte mit gefesselten Armen. »Bitte, Simon, lass mich kommen.«

Ich presste die Fersen in seinen Hintern und versuchte, ihn näher zu mir zu ziehen, um mir die zusätzliche Reibung zu verschaffen, die ich brauchte, um es über die Ziellinie zu schaffen.

Er ließ eine meiner Hüften los. Seine Handfläche glitt seitlich an meinem Körper nach oben, bis er die Finger in mein Haar krallte und meinen Kopf zurückzog.

»Ist es das, was du willst?« Er ließ die Hüften genau so kreisen, wie ich es liebte.

Meine Scheidenwände erbebten und zogen sich zusammen. »Ja. Härter. Du weißt, dass ich es härter brauche.«

»Wenn ich es dir so besorge, wie du es willst, wird dich

deine Familie hören.« Er senkte den Mund auf meinen und knabberte an meiner Unterlippe, während seine Stöße härter wurden. »Sie werden hören, wie ich dich ficke. Sie werden hören, wie du darum bettelst. Dann kriegen sie mit, dass du nicht das Unschuldslamm bist, für das sie dich halten. Dass ich dich verdorben habe. Dass sich deine Möse nach meinem Schwanz sehnt. Du wirst keine Wahl mehr haben.«

Ich schnappte nach Luft, als sich meine Mitte um seinen dicken Schaft herum zusammenkrampfte. »Hör auf, solchen Scheiß zu labern, und besorg's mir einfach. Ich bin nicht die Frau, die du heiraten willst. Die Rolle gehört jemandem wie dieser Schlampe Camilla.«

»Ich entscheide, wem die Rolle gehört, nicht du.« Seine Stöße wurden brutaler. Er schraubte mich höher und höher dem Gipfel entgegen, nach dem ich mich so verzweifelt sehnte. »Deine Zukunft liegt in meinen Händen.«

»Wir wissen beide, dass ich eine fürchterliche Ehefrau wäre. Weil ich mich nicht anpasse. Ich würde dir zu viel Schwierigkeiten machen. Außerdem hast du mir was versprochen.«

Der Blick seiner grünen Augen bohrte sich in mich. Dann nickte er und murmelte: »Du kannst mich jederzeit davon entbinden.«

An der Stelle traf er das Nervenbündel tief in mir, und ich explodierte. Simon presste den Mund auf meine Lippen und dämpfte meinen Aufschrei. Meine Mitte bebte und zog sich um seinen Schaft herum zusammen, während Ekstase jede Faser meines Körpers flutete.

Simon rammte sich weiter in mich. Eine Hand blieb

eisern in mein Haar gekrallt, während sich die Finger der anderen in meine Hüften und meinen Hintern bohrten. Seine Atmung wurde abgehackt, und ich spürte, wie er in mir noch praller und härter wurde. Sekunden später entlud auch er sich und presste dabei meinen Namen zwischen zusammengebissenen Zähnen hervor.

17

Simon

»Wir müssen uns unterhalten, Drakos«, bekam ich als Erstes zu hören, als ich das *Ida Resort & Casino* betrat.

Hagen Lykaios stand vor mir. Seine finstere Miene vermittelte mir, dass er mich entweder verprügeln oder umbringen wollte.

Nur was davon? Ich wusste es nicht.

Eine weitere Komplikation zwischen Nyx und mir war so ziemlich das Letzte, was ich brauchen konnte. Seit meiner Rückkehr aus Griechenland sorgte das Universum mit einem Stolperstein nach dem anderen dafür, dass ich so wenig Zeit wie möglich mit ihr verbrachte.

Zuerst gab es weitere Schwierigkeiten mit den Lieferanten für meine Werften, dann musste ich mich um Penner kümmern, die mein Geschäft untergraben wollten.

Dabei wollte ich nur eine verdammte Pause.

Und nun stand mir auch noch ein Vortrag ihres überfürsorglichen Cousins bevor.

Der Mann war ein Hüne mit der Statur eines Rausschmeißers und hätte jeden eingeschüchtert, der nicht von einem genauso furchteinflößenden Mistkerl großgezogen worden war.

Dass sich Penny Lykaios, seine zierliche, kaum 1,60 Meter große Ehefrau gegen ihn behauptete, zeugte von ihrer Stärke und Willenskraft. Laut Nyx hatte Penny im Hause Lykaios die Hosen an, auch wenn Hagen nach außen hin so tat, als hätte er die Kontrolle über alles.

»Lykaios«, begrüßte ich ihn, bevor ich hinzufügte: »Erst muss ich mich um was anderes kümmern.«

Nämlich um meine Göttin, die in ihrer Badewanne auf mich wartete.

Das Foto, das sie mir geschickt hatte, kurz bevor ich ins Hotels gekommen war, brannte mir ein Loch in die Tasche.

»Das kann warten.«

Ich zog eine Augenbraue hoch. »Ich bin kein Normalo, den du herumkommandieren kannst.«

»Und mir gehört die Anlage hier. Wenn du auch nur in die Nähe meiner kleine Cousine willst, schlage ich vor, du nimmst dir die Zeit für ein Gespräch mit mir.« Hagen schmunzelte. »Oder würdest du dich stattdessen lieber mit ihren Brüdern unterhalten? Meiner Ansicht nach bin ich das geringere Übel.«

Einen Moment lang begegnete ich schweigend seinem Blick, bevor ich nickte. »Du hast zehn Minuten.«

»Gehen wir.« Hagen wandte sich ab und setzte sich zum Casino in Bewegung.

»Weiß Nyx, dass du dich als ihr großer Beschützer aufspielst?«, fragte ich, während meine Sicherheitsmannschaft und ich Hagen ins Casino folgten.

»Liegt an dir, es ihr zu sagen. Immerhin ist sie deine Verlobte.« Hagen nickte einem Mitarbeiter zu, der neben einer Glasfront Wache stand.

Der Mann nickte knapp und schwenkte eine Schlüsselkarte über eine Nahtstelle. Ein Abschnitt der falschen Wand öffnete sich und gab den Blick auf einen Flur frei, der in einen riesigen Empfangsbereich mit Büros führte.

Alles an diesem Ort war verdammt modern und schick. Durch die in den Bereich gestopfte Technik kam man sich mehr wie in einer IT-Firma als in der Schaltzentrale eines Hotels und Casinos vor.

»Gehen wir in mein Büro. Dort sind wir ungestört.« Als wir es erreichten, erkundigte sich Hagen: »Willst du was trinken?«

»Nein, danke. Mir wäre lieber, du kommst gleich zur Sache.«

»Wie du willst.«

Wir ließen uns in einem salonähnlichen Bereich nieder. Die Fensterfront daneben überblickte einen gepflegten Garten mit strategisch platzierten Springbrunnen und Lichtern. Dadurch entstand die Illusion, sich in einem Freiluftnachtclub zu befinden, nur ohne laute Musik.

Kaum hatte Hagen Platz genommen, beugte er sich vor und bedachte mich mit einem finsteren Blick. »Ich weiß, dass du mit ihr schläfst. Heißt das, du hast vor, die Hochzeit durchzuziehen?«

Oh Mann, das war direkt.

Andererseits hätte ich von Dracos ehemaligem Vollstrecker nichts anderes erwartet. Der Mann stand im Ruf, nicht lange zu fackeln.

Hagen war mit Nyx' Mutter verwandt. Deshalb fragte ich mich, warum er ihrer Familie nicht die Wahrheit über meine Beziehung mit ihr verraten hatte. Vielleicht aus Respekt vor Draco oder Nyx selbst – oder beiden.

»Ich werde sie nicht dazu zwingen.«

Nun, womöglich doch, nur würde ich es ihm nicht auf die Nase binden.

Aber wem wollte ich etwas vormachen? Niemand konnte Nyx zu irgendetwas zwingen.

»Danach hab ich nicht gefragt.«

»Es ist ihre Entscheidung.«

»Heißt das, du gibst sie frei, wenn sie ablehnt?«

Bei der bloßen Vorstellung krampfte sich mein Magen zusammen, dennoch blieb ich so emotionslos wie möglich. »Ich würde tun, was ich kann, um sie umzustimmen.«

Hagen schmunzelte. »Viel Glück dabei. Ist bei ihr nicht so einfach.«

»Das weiß ich besser, als du glaubst. Wenn sie sich mal was in den Kopf gesetzt hat, ist sie unbeirrbar.«

»Dann lass mich dir einen Rat geben.«

Ich wartete darauf, dass er fortfuhr.

»Tu, was meine Starlight für mich getan hat. Meine Frau hat mich so akzeptiert, wie ich bin. Sie hat meine Vergangenheit gekannt und verstanden, dass bestimmte Aspekte davon nie völlig aus meinem Leben verschwinden werden.«

Er meinte die Mafia.

Nyx war in diese Welt hineingeboren worden und wollte raus, während Penny sich dafür entschieden hatte, sie zu betreten.

»Ich will gar nicht, dass sie sich ändert.« Hagens blaue Augen musterten mich nüchtern. Ich hielt seinem Blick stand. »Und ich habe es nie von ihr verlangt.«

»Was ist mit der perfekten Debütantin, die du angeblich vor der Verlobung für dich ausgesucht hast? Soweit ich gehört habe, erfüllt sie alle Punkte deiner Checkliste, und es war praktisch schon beschlossen, bis dein Onkel deine Pläne torpediert hat.«

Ich dachte an mein ursprüngliches Vorhaben und daran zurück, wie ich mir den weiteren Verlauf meines Lebens vorgestellt hatte. Camilla kam aus dem richtigen Umfeld, besaß die nötigen gesellschaftlichen Verbindungen und kannte die Regeln. Sie wäre die perfekte Ehefrau gewesen.

Aber die Vorstellung, nach all der Zeit mit Nyx mit jemandem wie ihr zusammen zu sein, fühlte sich wie die Wahl zwischen einem Leben voller Einschränkungen und Verpflichtungen und einem voller Lachen und Freiheit an.

Freiheit.

Empfand Nyx so? Wollte sie deshalb so sehr weg? Warum hatte sie sich für Las Vegas entschieden?

Gott, könnte ich sie dazu bringen, sich für mich zu entscheiden?

Ein besserer Mensch würde nein sagen.

Fuck.

Ich konnte sie nicht gehen lassen.

»Ich akzeptiere Nyx so, wie sie ist. Mir ist eine Frau lieber, die jemanden abstechen kann, als eine, die ständig gerettet werden muss.«

»Dann kann ich nur sagen, viel Glück.« Hagen erhob sich von seinem Sitz. »Du wirst es brauchen. Schon eine Mykos ist eine Herausforderung – du hast es mit einer ganzen Familie zu tun.«

FÜNFZEHN MINUTEN, nachdem ich Hagen verlassen hatte, erreichte ich Nyx' Penthouse im Wohnturm des *Ida*.

Tony und Stevie standen vor ihrer Tür. Die beiden unterhielten sich miteinander, als wollten sie über etwas entscheiden. Sie patrouillierten selten zusammen in Nyx' Etage, sondern wechselten sich normalerweise ab. Eine Ausnahme bildeten nur Nyx' Pokernächte, und die nächste stand erst in einem Monat an.

Stevie seufzte mit angespannter Kieferpartie, bevor sie nickte.

Okay, das war interessant.

Dann richteten beide die Aufmerksamkeit auf mich und näherten sich mir.

Was sollte das denn?

Wie viele Leute in diesem verdammten Hotel wollten mich noch von Nyx fernhalten?

»Wir würden gern reden.« Stevie nahm ihre Haltung für todernste Situationen ein.

Normalerweise hätte ich etwas von mir gegeben, das die ehemalige MMA-Kämpferin provoziert hätte. Aber irgendwie hatte ich das Gefühl, die beiden hatten mir etwas zu sagen, das Nyx mich nicht erfahren lassen wollte.

»Ist was passiert?«, fragte ich.

»Könnte man so sagen.« Stevie holte ihr Handy heraus und zeigte mir ein Überwachungsvideo einer Deckenkamera des Hotels.

Es zeigte Hal im botanischen Garten, wo er auf und ab lief. Dabei drehte er etwas zwischen den Fingern, das wie einer der speziellen Pokerchips von Silent Night aussah.

In der Ferne näherte sich Nyx aus dem Angestelltenbereich des Gartens.

Wie zum Teufel war er an einen dieser Chips gekommen?

Als Nyx an dem Tag, als ich aus Griechenland zurückgeflogen war, den anderen Drakos erwähnt hatte, war mir auf Anhieb klar gewesen, dass es sich um Hal handeln musste. Niemand sonst wollte mich fertigmachen oder sich an jemanden ranmachen, den ich als mein betrachtete.

Albert hasste mich aus Prinzip, weil ich ihm beim Familienerbe im Weg stand. Wäre ich der Sohn eines jüngeren Bruders gewesen, hätte er sich nicht mit mir abgegeben, davon war ich überzeugt. Mit Hal hingegen verhielt es sich anders. Der Drecksack hatte mich schon vor dem Tod meiner Eltern gehasst. Uns trennten nur wenige Monate, und ich konnte mich an keine Zeit erinnern, in der nicht alles zwischen uns ein Wettbewerb gewesen war.

Was vielleicht auf Gio zurückging, weil er Perfektion von seinen Enkelkindern erwartet hatte.

Aber nein, das war nicht der einzige Grund. Hal trieb immer alles auf die Spitze. Ob beim Kleidungsstil, bei Mädchen an der Highschool oder beim Studiengang an der Uni. Er wollte stets alles größer, schneller, besser als ich hinbekommen.

Und er legte sich schon wieder mit mir an.

Stevie schaltete zum nächsten Video weiter.

Diesmal zeigte es Hal in der Ferne, Nyx näher und im Mittelpunkt. Man merkte ihr an, dass sie ihn erkannte. Sie drehte sich um, hielt inne und rief jemanden an. Wenig später erschien Tony im Bild.

Wieso um alles in der Welt hatte sie mir nichts davon erzählt? Wir redeten jeden Tag miteinander. Herrgott, steckte sie tief in der Tinte.

Ich hob den Kopf. »Ich hab genug gesehen.«

»Noch nicht mal annähernd. Das ist von einem der Leute, die ich ihn habe beschatten lassen. Ich habe es für besser gehalten, den Lykaios-Clan außen vor zu lassen. Sonst hätte ich erklären müssen, warum ich Aufnahmen von jemand anderem als Nyx brauche.«

Wieder schaltete sie weiter.

Das nächste Video zeigte, wie Hal wütend wurde, weil Nyx nicht auftauchte. Danach verfolgten zusammengeschnittene Bilder seinen Weg durch das Hotel zum Wohnturm hat, wo ihn der Sicherheitsdienst abwies.

»Du musst dich darum kümmern.« Tony stellte sich neben Stevie. »Ich passe seit ihrer Geburt auf sie auf und lasse nicht zu, dass sie zum Spielball in dem Krieg wird, den du mit deiner Familie führst.«

Einige Sekunden lang starrte ich schweigend auf das Display. Plötzlich gerieten mir das Datum und die Uhrzeit zu Bewusstsein.

Die Aufnahmen waren vor einem Monat entstanden. Ich knirschte mit den Zähnen.

Sie hatte mir erzählt, dass sie sich nicht mit dem anderen Drakos getroffen hatte. Damit hatte sie zwar nicht gelogen, aber sie hatte gewusst, wer er war und was er bei sich hatte. Und sie hatte es mir verschwiegen. Warum?

Meiner Ansicht nach hatten wir es mit unserer Beziehung weit gebracht, dennoch verweigerte sie mir nach wie vor auch nur das geringste Entgegenkommen.

Hal würde jedes Mittel recht sein, um ihren Ruf zu ruinieren oder sie zu vernichten, wenn er dadurch in der Familie aufsteigen könnte.

Ich war der Einzige, der sie vor ihm beschützen konnte. Seine Körpersprache verriet, dass er eine Heidenangst hatte, erwischt zu werden.

Warum konnte sie mir nicht vertrauen?

Hätte sie es nur getan. Dann hätte ich den verdammten Chip längst in der Hand.

Ich verdrängte die aufgewühlten, in mir aufsteigenden Emotionen und fragte: »Kannst du mir erklären, warum es niemand für nötig gehalten hat, mir davon zu erzählen?«

»Jetzt weißt du ja Bescheid«, erwiderte Stevie.

»Blödsinn. Was ist passiert?«

»Das hier ist eingetroffen.« Tony reichte mir ein kleines Paket.

Es enthielt den Chip von einer von Nyx' Pokerveranstaltungen und ein Foto, das Nyx in jüngeren Jahren mit diesem David zeigte. Hinter ihnen lagen dieselben Chips auf einem Tisch. Nyx schien nichts von der Aufnahme mitbekommen zu haben. Und soweit ich wusste, musste man bei ihren Veranstaltungen sämtliche elektronischen Geräte am Eingang abgeben.

Sie hatte diesem Mistkerl vertraut. Er war ihr Freund und hatte sie verraten.

»Eine Nachricht ist auch dabei.«

Du hättest mich nicht ignorieren sollen. Was würde dein Verlobter wohl tun, wenn er von deinen Aktivitäten wüsste? Lass uns verhandeln.

H

Rasende Wut erfüllte mich. Es kostete mich alle Selbstbeherrschung, nicht sofort den Befehl zu erteilen, das ganze Gesocks auszuschalten. Hal wollte Nyx für etwas Größeren benutzen.

Nur über meine Leiche.

Nein.

Über *seine* scheiß Leiche.

Ich würde ihn umbringen, bevor er sie anfassen könnte.

Ich schaute zu Stevie und Tony auf. »Hat sie das schon gesehen?«

»Noch nicht. Es ist vor einer Stunde angekommen. Wir haben die Sicherheitsvorkehrungen verschärft und öffnen deshalb alles, was an sie adressiert eintrifft«, erklärte Stevie.

»Ich stelle euren Leuten zusätzlich meine eigenen zur Seite.«

»Dafür wird sie dir die Hölle heiß machen. Vor allem, da wir ihren Schutz schon verstärkt haben.«

»Wird sie zweifellos, aber sie wird damit leben müssen.«

»Viel Glück dabei, es ihr beizubringen.«

Das Grinsen in Stevies Gesicht verriet mir, dass sie glaubte, ich könnte mich auf etwas gefasst machen. Nur hatte sie keine Ahnung, wie wütend ich in dem Moment war.

Ich schnappte mir den Chip und steuerte auf Nyx' Tür zu. »Oh, das werde ich.«

Als ich ihr Apartment betrat, knöpfte ich das Jackett auf, zog es aus und warf es über die Rücklehne der Couch in Nyx' Wohnzimmer, während ich auf ihr Schlafzimmer zusteuerte.

Die Tür erwies sich als angelehnt. Musik von ihrem bevorzugten Satellitenradiosender dudelte heraus. Ich trat ein. Der Duft von Lavendel und Eukalyptus lag in der Luft. Über der Armlehne eines Sessels hing ein Handtuch.

Als ich ins Badezimmer spähte, schüttelte ich angesichts der riesigen Wanne in der Mitte des Raums unwillkürlich den Kopf.

Die Frau liebte ausgiebige Bäder. Anscheinend brauchte sie deshalb eine Wanne, die locker genug Platz für fünf Personen bot. Bis ich Nyx kennengelernt hatte, war ich nie jemand gewesen, der sich genüsslich in einer Wanne aufgeweicht hatte. Das hatte ich immer als Zeitverschwendung betrachtet.

Duschen, und zurück an die Arbeit. Viel effizienter.

Mittlerweile hatte ich es genießen gelernt, vor allem zusammen mit einer nassen, nackten Nyx an meiner Seite.

Wegen der zahlreichen Störungen musste ich bereits seit einer ganzen Weile darauf verzichten.

Was mich wieder auf meine Mission brachte.

Ich musste dafür sorgen, dass Nyx mir nie wieder etwas verheimlichen würde, insbesondere dann nicht, wenn es um ihre Sicherheit ging.

Durch die offenen Fenster ließ ich den Blick über den Balkon wandern. Dort entdeckte ich Nyx, die in einem Bademantel an einem gemauerten Geländer lehnte und an einem Glas Wein nippte. Hinter ihr stand auf einem Tisch ein zweites Glas.

Sie war so umwerfend schön. Die Lichter des Strip von Las Vegas unter ihr verliehen ihr einen geradezu unwirklichen Glanz.

Sie löste den Gürtel ihres Seidenbademantels und warf ihn hinter sich. Zum Vorschein kam ein Hauch von Nichts als Unterwäsche, die kaum etwas verhüllte.

Meine Lenden reagierten prompt darauf, und für den Bruchteil einer Sekunde wollte ich meine Pläne für sie ändern.

Wenn ich sie dazu bringen könnte, meine Bedingungen zu akzeptieren, würde ich es mir vielleicht anders überlegen.

Aber ich redete mir etwas ein. Ich wusste haargenau, dass

ich sie bis zum nächsten Morgen wundgevögelt haben würde.

Ihre Aufmerksamkeit heftete sich auf mich, als ich aus dem Schlafzimmer auf den Balkon trat.

Zwischen ihren Brauen bildete sich eine Falte. Sie legte den Kopf schief, als spürte sie, dass etwas nicht stimmte.

»Was ist los?«

Ich holte den Chip aus der Tasche und drehte ihn auf der Tischplatte, ließ ihn kreiseln.

»Sag du es mir.«

18

Nyx

Oh mein Gott. Ich traute meinen Augen nicht. Zuletzt hatte ich diesen Chip in Hals Hand gesehen. Nun rotierte er auf meinem Balkontisch.

Und Simons nüchternem, emotionslosem Blick nach zu urteilen, steckte ich wohl in verflucht großen Schwierigkeiten.

»W-Wie?«

»Wieso ich ihn habe?« Er klatschte die Hand auf den Chip, bevor er sich auf mich zubewegte. Abrupt beschleunigte sich mein Herzschlag. »Er ist heute in einem Paket für dich angekommen. Mit einem Foto von dir, offenbar aus deiner Zeit am College.«

»Das kann nicht sein.« Ich schüttelte den Kopf.

Unmöglich. Vor dem Beginn meiner Veranstaltungen ließ ich die Gäste filzen. Neuerdings musst sogar jeder einen elektronischen Scan durchlaufen.

Simon nickte, kam näher. »Dein alter Freund David hat ein Foto von dir bei einer deiner Pokerrunden geschossen.«

Mistkerl. Wie zum Teufel war es ihm gelungen, irgendein Aufnahmegerät reinzuschmuggeln? Ich schloss kurz die Augen und überlegte, wann es passiert sein könnte.

Mir fiel die Party ein, bei der er erst in letzter Minute eingesprungen war. Er war unmittelbar vor Beginn der Spiele eingetroffen. Und ich Idiotin hatte ihm geglaubt, als er behauptet hatte, er hätte seinen Schlüssel und sein Handy in die Wanne vorn an der Tür gelegt.

Er war von Anfang an ein Lügner gewesen.

Zähneknirschend presste ich hervor: »Ich hasse den Kerl abgrundtief.«

»Um das Problem kümmere ich mich demnächst. Aber zuerst muss ich ein anderes lösen.«

Meine Atmung wurde unregelmäßig, und ich wich einen Schritt zurück. Aus irgendeinem unlogischen Grund verhärtete die unübersehbare Wut, mit der er auf mich zustapfte, meine Nippel und brachte meine Klitoris zum Pulsieren.

»Welches?«, fragte ich, obwohl ich haargenau wusste, dass er mich meinte.

Als er mich erreichte, legte er die Hände an meine Taille und drückte mich an die Mauer.

»Das Problem mit der Frau in meinem Leben. Die hat nämlich entschieden, mir zu verheimlichen, dass einer meiner Feinde etwas hat, das ihr schaden könnte.« Er beugte sich vor, bis sich sein Gesicht nur noch eine Haaresbreite von meinem entfernt befand. »Etwas, das erhebliche Konsequenzen für sie und ihre Familie haben könnte, wenn es an die Öffentlichkeit gelangt.«

Er hob die Hand, packte mein Kinn und biss mir so heftig in die Unterlippe, dass es herrlich brannte. Lustschmerz fuhr mir tief in die Muschi, die vor Erregung triefte.

Wieso zum Teufel stand ich so sehr darauf, wenn er aggressiv wurde?

»Etwas, durch das die Leute mich unter Druck setzen würden, die Beziehung mit ihr zu beenden.«

Mein Verlangen kühlte ab, als ich mich auf die letzte Äußerung konzentrierte. Ein Klumpen bildete sich in meiner Magengrube.

Ich war nicht bereit, es enden zu lassen. Mir standen noch neun Monate zu.

Gott, was geschah nur mit mir? Der Gedanke, getrennte Wege zu gehen, sollte nicht so schmerzen.

Ich schluckte, um meine trockene Kehle zu befeuchten, dann flüsterte ich: »Es tut mir leid.«

»Oh, das wird es noch.« Er drehte mich zur Stadt herum. »Hände auf die Mauerkante. Und wag es nicht, sie davon zu lösen.«

»S-Simon ...« Meine Stimme zitterte und verriet die Verunsicherung, die mich durchströmte.

»Weißt du noch, was ich darüber gesagt habe, dass ich mit dir machen kann, was ich will, wann ich will und wie ich will?«

»Ja.«

»Tja, das ist eine solche Gelegenheit.«

»Was hast du vor?«

Er wickelte mein Haar um eine Faust und presste den erregten Körper an meinen Rücken, klemmte mich zwischen ihm und der niedrigen Balkonmauer ein. »Das wirst du einfach abwarten müssen.«

Das Verlangen tief in mir flammte zu einem rasenden Inferno auf. Meine Brüste fühlten sich schwer und prall an.

Simon rieb mit den Bartstoppeln an meinem Hals entlang und hielt an der Stelle an, die mich immer in höchste Ekstase versetzte. Doch statt daran zu lecken und zu saugen, wie ich es erwartete, ging er darüber hinweg.

Unwillkürlich wimmerte ich und verkrampfte die Finger um die Steinkante der Balkonmauer. »Simon.«

Seine stechenden Augen blickten in meine. Die leichte Krümmung seiner Lippen verriet mir, dass er genau diese Reaktion gewollt hatte.

Mistkerl.

Er schob die freie Hand meinen Bauch hinauf, legte sie durch den Stoff meiner Unterwäsche auf meine Brust und kniff mich mit beinah zu schmerzhaftem Griff in den Nippel, womit er mir ein Japsen entlockte.

Ein Schauder lief mir über den Rücken. Meine Scheidenmuskeln erzitterten und zogen sich zusammen.

»Du liebst den Kick von Schmerz, nicht wahr, Göttin?«, fragte er, als er die andere Brust derselben Behandlung unterzog.

Ich schloss die Augen und verlor mich im Rausch der

Endorphine, die meinen Körper fluteten. »Das wusste ich nicht, bis ich dich kennengelernt habe.«

»Und so soll es auch sein. Dieser Körper gehört mir.« Seine Hand glitt an mir hinab, bis er den Saum der knappen Seide erreichte.

Er fasste darunter, und bevor ich ihn auffordern konnte, es nicht zu tun, riss er mir den Tanga mit einem kraftvollen Ruck von den Hüften.

»Spinnst du? Das Set war teuer.«

»Frag mich, ob mich das interessiert.« Er schob zwei Finger zwischen meine feuchten, prallen Schamlippen und klemmte meinen Kitzler zwischen die zwei Knöchel.

Oh Gott! Meine Beine wurden schwach, als ich ahnte, was folgen würde, ich sein Vorhaben endlich durchschaute.

Er hatte vor, mich mit Sex zu foltern.

»Weißt du«, fuhr er fort und erhöhte nach und nach den Druck auf meine zwischen seinen Knöcheln gefangene Lustperle, »meiner Frau war völlig egal, was es sie hätte kosten können, wenn dieser Mistkerl sie in die Finger bekommen hätte.«

»Bin ich denn deine Frau?«

Im nächsten Moment schrie ich auf, als mich weißglühender Lustschmerz durchzuckte. Der Atem stockte mir in der Brust, meine Beine gaben nach. Nur noch Simons Körper hielt mich aufrecht. Als er mein pulsierendes Nervenbündel schließlich freigab, seufzte ich erleichtert und hätte ihn um ein Haar angefleht, es zu wiederholen.

»Frag mich das noch mal.« Der unterschwellige Zorn in seiner Stimme überraschte mich.

Weil ich keine Lust hatte, seine Anweisung exakt zu befolgen, fragte ich stattdessen: »Heißt das, du bist mein Mann?«

Prompt stieß er wieder zwei Finger tief in meine triefende Spalte und zischte mir ins Ohr. »Ich bin die Dunkelheit deiner Nacht.«

Als er die Hand in mir vor und zurück bewegte, traf er genau die richtigen Stellen. Mein Inneres zog sich zusammen, meine Säfte benetzten seine Hand.

»Ich bin der Herr deiner Zukunft«, fuhr er fort.

Sein Rhythmus verlangsamte sich, bremste meinen Aufstieg zum Gipfel, dem ich entgegenstrebte.

»Ich bin dein Meister des Schicksals.«

Er änderte erneut den Takt, steigerte meine Ekstase wieder. Diesmal krümmte er die Finger, schraubte mich damit höher und höher. Und wie zuvor, als ich kurz vor der Entladung war, holte er mich zurück.

»Verdammt, Simon. Lass mich endlich kommen!«, brüllte ich.

»Nein.«

»Arschloch.«

»Habe ich nie abgestritten.« Er zog erneut meinen Kopf an den Haaren zurück. Lust loderte in den smaragdgrünen Tiefen seiner Augen. »Und ich bin das Arschloch, das du für dich beanspruchst.«

Er drückte den Mund auf meinen und setzte die Finger wieder in Bewegung. Sein Geschmack, seine Wut, seine Begierde schürten mein Verlangen.

Noch drei Mal wiederholte er die Folter, mich unmittelbar vor die Ziellinie zu führen und dann abrupt abzubremsen.

»Simon, bitte«, flehte ich, weil ich es nicht mehr aushielt.

»Nein.« Er fügte einen dritten Finger hinzu, bevor er abermals meine empfindsame Venusperle einbezog. »Nur meine Frau verdient es, zu kommen.«

Ich konnte kaum noch atmen. Mein Verstand fühlte sich wie in Watte gepackt an. »Ich bin deine Frau, verdammt. Das weißt du.«

»Wirklich? Das würde nämlich bedeuten, dass du es mir erzählst, wenn Mist passiert. Dass du mir in solchen Fällen vertraust.«

Er zog sich aus mir zurück, löste die Finger aus meinem Haar und entfernte sich einen Schritt.

Ich drehte mich zu ihm um.

Einige Sekunden lang starrten wir uns gegenseitig an. Dabei entdeckte ich einen Hauch von Traurigkeit in seinen funkelnden Augen, die selten etwas verrieten.

Oh Scheiße, ich hatte tatsächlich seine Gefühle verletzt.

Dieser Mann, von dem die Welt dachte, er besäße keine Gefühle, kein Herz, schien mehr zu fühlen, als irgendjemand ahnte.

Vor allem ich. Vielleicht war die Sache zwischen uns doch nicht einseitig.

»Es tut mir leid.« Ich hob die Hand, wollte sie auf seine Wange legen, doch er schlang die Finger um mein Handgelenk.

»Du wirst deine Sicherheit nicht noch mal gefährden.«

»Ich hätte es dir sagen sollen.«

Seine andere Hand packte mich an der Taille und zog mich an ihn.

»Ich habe mich nicht mit ihm getroffen.« Ich seufzte. »Aber ich verstehe schon, was du meinst.«

»Jetzt müssen wir noch etwas anderes klarstellen.«

»Und was?«

»Ob jemand anders als unsere Leute wissen, dass wir zusammen sind.«

Ein Flattern ging durch mein Herz.

»Simon, wir haben ein Ablaufdatum.«

Er runzelt die Stirn, als wollte er widersprechen. »Unabhängig davon sind wir ein Paar. Ist das klar?«

Ich schluckte. Obwohl ich wusste, dass dieser Weg nur zu späterem Kummer führen konnte, blieb mir nichts anders übrig, als mich damit abzufinden, was mit mir geschah.

Ich nickte. »Für den Rest des Jahrs sind wir zusammen.«

Ich verdrängte den Schmerz, den meine Worte entfachten, legte ihm die Hand auf die Schulter, stellte mich auf die Zehenspitzen und senkte die Lippen auf seine.

Zuerst sträubte er sich, dann legte sich ein Schalter in ihm um. Sein Mund übernahm die Führung, und er gab mein Handgelenk frei. Seine Finger wanderten vorn an meinem Body hoch, krallten sich in den edlen Stoff und zerrissen ihn mit einem Ruck.

Japsend unterbrach ich unseren Kuss.

Die brutale, animalische Lust, die ich in seinen Augen sah, hätte mich eigentlich erschrecken müssen. Stattdessen durchzuckte mich Erregung und schraubte das unerfüllte Verlangen in mir noch höher.

Dieser Mann war umwerfender, als gut für ihn war, und er besaß die Fähigkeit, eine Seite von mir hervorkehren, von deren Existenz ich vor ihm nichts geahnt hatte.

Er warf die ziemlich teuren Fetzen meines Bodys auf den Boden, packte mich wieder an der Taille und schob mich rückwärts, bis mein Hintern gegen die niedrige Balkonmauer stieß.

»Dreh dich um. Die Stadt soll zusehen, während ich dich nehme.« Sein ernster Blick verriet mir, dass er nicht scherzte.

Heilige Scheiße. Wir würden es wirklich tun.

Sicher, er hatte mich gerade mit den Fingern frustrierend nah dem Höhepunkt gebracht und unerfüllt gelassen, doch die Mauer verbarg meine untere Körperhälfte. Nur jemand in einer höheren Ebene des Turms gegenüber meinem hätte zufällig Simons Hand zwischen meinen Beinen sehen können.

Aber da ich mittlerweile nackt war und sich Simon dicht hinter mir befand, konnten für niemanden Zweifel daran bestehen, was sich auf diesem Balkon abspielte.

Was mich aus irgendeinem verrückten Grund unheimlich erregte.

»Göttin, ich habe dir etwas befohlen.«

Eine Gänsehaut breitete sich kribbelnd über meinen Körper aus, meine Atmung wurde ungleichmäßig und flach.

Herrje, ich liebte es, wenn seine Stimme so rau wurde.

Ich befolgte seine Anweisung und legte die Finger um die Kante der niedrigen Betonmauer.

Als er hinter mich trat, spürte ich, dass er vollständig angezogen war. Ein Anflug von Enttäuschung senkte sich auf meine Schultern. Ich liebte es, ihn Haut an Haut zu spüren, und das wusste er.

»Simon?«, fragte ich unter abgehackten Atemzügen.

»Mehr als meinen Schwanz bekommst du nicht. Hältst du dich zurück, halte ich mich zurück.«

Tja, Mist. Er war immer noch wütend.

Ich hörte seinen Reißverschluss, dann spürte ich, wie die stahlharte Länge seiner prallen Männlichkeit gegen meinen Rücken drückte.

Er schob meine Füße leicht auseinander, bevor er die glatte, dicke Eichel an meinen triefenden Schamlippen ansetzte. Simon rieb sich an mir, streifte bewusst mehrfach meine hyperempfindsame Klitoris.

Ich schloss die Augen und schwelgte in der hypnotischen Folter.

Dann rammte er sich plötzlich in mich.

»Oh Gott. Simon«, entfuhr es mir, eingeklemmt zwischen ihm und der Mauer.

Die Reibung seines Reißverschlusses an meinem Hintern und das Gefühl seiner dicken, prallen Härte tief in mir sorgten für eine berauschende Kombination aus Vergnügen und Schmerz.

Er wollte, dass ich Unbehagen verspürte, dass ich um die Barriere zwischen uns wusste.

Die Kränkung, die ich zuvor in seinen Augen gesehen hatte, huschte durch meine Gedanken und ließ mich etwas begreifen. Für ihn ging es bei der Sache um Vertrauen.

Er hatte die Worte ausgesprochen. Nun kapierte ich sie endlich. Simon wollte mein uneingeschränktes Vertrauen.

Ich vertraute ihm mit meinem Körper, ließ ihn damit Unkonventionelles anstellen, Grenzen überschreiten. Aber die Sache mit seinem Cousin hatte ich für mich behalten. Das hatte er als Vertrauenssache betrachtet.

Diese Beziehungskiste erwies sich als kompliziert.

Er zog sich bis zur Eichel zurück und stieß wieder zu, verfiel in einen geschmeidigen, gleichmäßigen Takt, der mich langsam aufsteigen ließ, es mir jedoch fast unmöglich gestaltete, ohne seine Hilfe zu kommen.

Meine Bestrafung war eindeutig noch nicht vorbei.

Ich triefte vor Verlangen, benetzte seine Härte bei jedem Stoß, während meine Brüste sehnsüchtig kribbelten.

Beinah unbewusst rutschte mir wimmernd heraus: »Ich brauche mehr.«

»Das weiß ich«, antwortete er zwischen zwei Atemzügen. »Ich auch.«

Er legte die Hand um meinen Hals, drehte mein Kinn zu sich. Ich blickte in vor Verlangen glasige, dunkelgrüne Augen.

Allerdings konnte unmöglich echt sein, was ich darin zu sehen glaubte.

Das Brennen, das ich in der Nacht im Gewächshaus im Hals gespürt hatte, kehrte zurück, und ich biss mir auf die Unterlippe, damit sie nicht bebte.

Er strich mit dem Daumen über meinen Mund und veränderte gleichzeitig den Takt. Erst gingen zarte Zuckungen durch meine Mitte, dann kleine Wellen, und die Lust in meinem Körper aufsteigende Ekstase überwältigte mich.

»Oh Simon«, stieß ich stöhnend hervor und konnte mich nur noch an der Mauer abstützen, um die Wucht seiner Stöße abzufedern. »Ich bin fast so weit.«

»Du gehörst mir, Göttin. Und ich beschütze, was mir gehört. Du wirst mir vertrauen müssen.«

»Das tue ich.«

»Gehörst du mir?«

Die Leidenschaft in seinen Augen schleuderte meine Gefühle in einen Strudel.

»J-J-Ja. Ich gehöre dir.«

Und als hätte er genau das hören gewollt, presste er den Mund zu einem hungrigen Kuss auf meinen. Er ließ die Hüften perfekt so kreisen, dass er die richtige Stelle tief in mir traf, und ich explodierte.

Mit einem Aufschrei presste ich die Lider fest zu. Meine inneren Muskeln zogen sich um seine zustoßende Härte zusammen, und die Erlösung von der erlesenen Folter fegte durch mein Nervensystem.

Meine Finger krallten sich in den Arm, den Simon um meine Taille gelegt hatte. Wenn er mich nicht festgehalten hätte, wäre ich zu Boden gesackt, das wusste ich. Die durch mich tobende Ekstase war schlichtweg zu viel.

»Fuck. Du ziehst dich gerade so eng zusammen.«

Ich konnte nichts erwidern, weil sich meine inneren Muskeln nach wie vor rhythmisch anspannten, was mir den Atem verschlug.

Als mein Orgasmus langsam abflaute, drückte er mich nach vorn und verfiel in einen heftigen, geradezu brutalen, allein für ihn bestimmten Takt. Aber je aggressiver sein Halt um meine Hüften und seine Stöße wurden, desto mehr wollte ich diese Seite von ihm. Wie üblich.

Meine Muschi zog sich zusammen, und ein Zischen drang von Simons Lippen. »Eindeutig mein.«

Unerbittlich rammte er sich weiter in mich. Mein von der ersten Entladung noch hyperempfindsamer Körper detonierte ein zweites Mal. Ekstase schwappte über mich hinweg, während mein Innerstes Simons dicke, harte Männlichkeit umklammerte.

Keine Sekunde später hörte ich »Fuck, fuck, fuck!« Dann kam Simon tief in mir.

Japsend und stöhnend gaben wir uns beide unseren Höhepunkten hin. Laut. Ohne Rücksicht darauf, ob uns jemand hören konnte.

Ich hob das Gesicht dem Nachthimmel entgegen, saugte die Luft ein und fand mich mit der unerfreulichen Wahrheit ab.

Ich hatte mich in das Arschloch hinter mir verliebt.

19

Simon

»Triffst du dich mit ihm, oder lässt du ihn zappeln?«, fragte mich Kasen, als ich mich bei einer von Nyx' Silent Nights durch das luxuriöse Hochhaus bewegte.

»Ich gehe hin. Santos glaubt, ich wüsste nicht, dass er mit Albert zusammenarbeitet.«

Der Penner dachte, er könnte auf beiden Seiten spielen, indem er sich als Verbündeter ausgab und sich gleichzeitig hinter Albert und Hal in Stellung brachte.

Nach dem Vorfall mit Camilla und Nyx hatte ich alles angefordert, was es über Camilla und ihren Vater zu wissen gab. Dabei hatte sich als interessant erwiesen, wie viel man von Leuten erfahren konnte, die von vermeintlichen

Freunden hintergangen und abserviert worden waren. Anscheinend hatte Camilla im Verlauf ihrer siebenundzwanzig Lebensjahre davon eine ganze Menge angehäuft.

Die Recherchen hatten auch Kes Santos' mehrfache Reisen ins Ausland zutage gefördert. Eine davon hatte ihn nach Thessaloniki geführt, wo ich einen verdammten Monat lang Verträge mit mehreren Partnern neu verhandeln musste.

Für mich bestand kein Zweifel daran, dass er bei vielen meiner Probleme den Mittelsmann gespielt hatte.

»Er hat sich an deinen dämlichen Cousin drangehängt. Vermutlich will er ihm seine Tochter aufs Auge drücken.«

Ich zuckte mit den Schultern. »Viel Glück dabei.«

»Dann bist du wohl nicht mehr an der Debütantin interessiert.«

»Hal kann sie gern haben. Ich habe eine Göttin.«

Kasen drückte den Knopf für den Privataufzug zum Penthouse. Dabei schaute er zur Kamera auf. Als sich die Türen öffneten, traten wir ein.

Die Kabine setzte sich aufwärts in Bewegung, und Kasen schüttelte den Kopf. »Ist dir klar, was für ein Chaos du anzettelst, wenn du tust, was ich denke?«

»Ich zettle gar nichts an. Ich bringe etwas zu Ende.«

»Die werden es so sehen, dass du sie gestohlen und gegen eine Abmachung verstoßen hast.«

»Ich verstoße gegen überhaupt nichts, wenn sie sich für mich entscheidet.«

»Und bist du dir sicher, dass sie das wird? Immerhin hat sie ziemlich verbissen daran gearbeitet, dieses Leben hinter sich zu lassen.«

Ich dachte daran, was sich seit jener Nacht auf ihrem Balkon vor einem Monat alles zwischen uns verändert hatte. Tatsächlich hatte die Veränderung bereits im Gewächshaus in den Hamptons begonnen.

Sie wusste so viel über mich wie ich über sie. Wir hatten beide die Überzeugung entwickelt, nichts mehr voreinander verheimlichen zu müssen.

»Sie wird sich für mich entscheiden.«

Hoffte ich jedenfalls.

Wenn sie zögerte, würde ich ihr verdeutlichen, dass sie ihrem Schicksal nicht entrinnen konnte. Sie führte ja auch in Las Vegas ein Doppelleben.

Tagsüber Botanikerin, nachts Veranstalterin illegaler Pokerrunden mit hohen Einsätzen.

Nichts in ihrer Welt war normal, ganz gleich, was sie glaubte. Sie hatte sich eine Illusion eines Lebens erschaffen, und sie wusste es.

Als meine Frau könnte ich sie beschützen. Niemand würde es wagen, sie anzufassen.

Weil ich jeden, der es täte, mit bloßen Händen erwürgen würde.

Dabei stand Hal ganz oben auf meiner Liste, weil er ihr gedroht hatte.

»Egal, wie sie sich entscheidet, du wirst dich mit den Männern in ihrem Leben auseinandersetzen müssen. Du hast einen Vertrag. Würdest du den Hafen für sie aufgeben?«

Der Aufzug hielt an, die Türen öffneten sich.

»Jederzeit«, antwortete ich sofort und stieg ins Penthouse aus.

»Du kannst einfach nie irgendwas einfach machen, oder? Ich trommle dann schon mal das Team zum Aufräumen zusammen, um die Sauerei zu beseitigen, wenn der Chirurg dich in die Finger kriegt.«

»Arschloch«, murmelte ich. Als ich den Spielsaal betrat, blieb ich abrupt stehen und verengte die Augen zu Schlitzen. »Wer zum Teufel ist das?«

Irgendein Penner hatte die Hand an Nyx' Taille und flüsterte ihr etwas ins Ohr.

Sie lachte und warf den Kopf zurück. Andere um sie herum stimmten darin ein. Dann strich der Mistkerl mit der Hand über ihren Rücken, als hätte er das Recht, sie zu berühren.

»Da wir grade erst gekommen sind, hab ich keine Ahnung.« Kasen packte mich an der Schulter. »Bringen wir niemanden um, ja?«

Stevie näherte sich uns mit einem Grinsen im Gesicht. »Mach dir nicht ins Hemd. Er flirtet mit jeder. Der Mann ist harmlos.«

»Das ist mehr als Flirten.«

»Er hat wohl die Kardinalsregel vergessen, nie mit der Verlobten eines Mafiosi zu flirten. Oh, Moment. Du baust ja Schiffe, richtig?«

Ich bedachte sie mit einem frostigen Blick, der den meisten Menschen eine Heidenangst eingejagt hätte. Bei ihr schien er genauso wenig Wirkung zu erzielen wie bei Nyx.

»Ich bevorzuge den Begriff Syndikat. Und mein Hauptgeschäft sind Schiffe.« Ich schob Kasens Hand weg und steuerte auf Nyx zu.

Als ich mich ihr näherte, verlagerte sich ihre Aufmerksamkeit, bis sie ausschließlich mir galt. Ihr Lächeln, als sie mich erblickte, hätte meine Verärgerung eigentlich besänftigen sollen, aber sie blieb.

»Hi. Du bist spät dran.«

Ich streckte ihr die Hand entgegen. »Komm mit. Ich will unter vier Augen mit dir reden.«

Zwar bildete sich eine skeptische Furche zwischen ihren Brauen, aber sie legte die Hand in meine. »Ist alles in Ordnung?«

»Wird es bald sein. Wo geht's zum größten Schlafzimmer?«

»Den Flur runter und dann links.«

Ich blieb vor der Glastür des hypermodernen Zimmers stehen und wies sie an: »Sobald wir reingegangen sind, gibst du kein Wort von dir. Tu einfach, was ich sage.«

Ihr Atem stockte, als sie zu mir aufschaute. »Hier?«

»Kein einziges Wort.« Ich drehte den Knauf, und wir traten ein.

Drinnen drückte ich den Knopf zum Tönen der Wände des verglasten Zimmers, bevor ich die Tür verriegelte, damit wir ungestört wären.

Nyx sah mich mit ihren dunklen Augen eindringlich an. Sofort verflachte ihre Atmung, und Röte kroch ihr in die Wangen.

Ich legte die Hände auf ihre Hüften und schob sie rückwärts, bis ich sie an der Kante der Fensterbank mit Aussicht auf die Skyline von Las Vegas und den Strip hatte.

Der Ort glich einem Traum für Voyeure. Der Großteil der

Wände der Suite bestand aus Glas, abgesehen von jenen des Badezimmers.

Das Umfeld musste antörnend für Nyx sein, vor allem nach der Nummer in jener Nacht vor einem Monat auf ihrem Balkon.

Im Augenblick jedoch wollte ich meiner Verlobten etwas verdeutlichen, und es würde ohne mögliche Zuschauer passieren.

»Si...«

Ich brachte sie zum Schweigen, indem ich ihr den Daumen auf den Mund drückte.

»Kein Wort, hab ich gesagt.«

Sie packte meine Unterarme. Ihre dunkle Augen wurden vor Lust glasig, ihre Wangen röteten sich.

Meine Hand wanderte ihren Hals hinab zu ihrer Kehle und drückte sie leicht. Ich beobachtete, wie sich ihre Pupillen weiteten. Sie leckte sich über die prallen Lippen, bescherte mir damit Visionen davon, wie sie zu mir aufschaute, während sie mich tief im Mund hatte.

Prompt bekam ich einen steinharten Ständer, der mich mit den Zähnen knirschen ließ.

Ja, das stand definitiv später auf dem Programm.

Ich beugte mich vor und küsste sie. Anfangs strich ich nur zart über ihre prallen Lippen, dann vertiefte ich die Berührungen, schmeckte sie, genoss sie, ertrank in ihr.

Gott, diese Frau brachte mich dazu, mich Tag und Nacht nach ihr zu vergehen.

Als sie sich zurückzog, umspielte ein verruchtes Lächeln ihre Mundwinkel.

Und sie schien meine Gedanken von vorhin gelesen zu haben. Sie vertauschte unsere Positionen, drückte mich nach hinten und sank vor mir auf die Knie.

»Verdammt, Göttin.«

»Pssst. Du hast gesagt, wir reden nicht.« Ihre Finger machten sich an meinem Gürtel zu schaffen. Sie öffneten die Schnalle, bevor sie sich dem Reißverschluss meiner Hose widmeten.

Dabei streichelte sie mich mit der anderen Hand durch den Stoff.

Als sie meine sehnsüchtige Härte befreit hatte, war ich bereit, sie am Hinterkopf zu packen und mich in den Freuden ihrer Kehle zu verlieren.

Die kleine Hexe ließ sich extra Zeit, um mich zu quälen.

»Vergiss nicht, dass Rache süß ist.« Ich schob die Finger durch ihr dichtes Haar und legte die Hand um ihren Nacken.

Sie massierte mich erst, bevor sie den Druck der Faust um meine Härte verstärkte und sich vorbeugte, um den Lust-tropfen von der Eichel zu lecken.

»Versprechungen, Versprechungen«, murmelte sie mit einem verruchten Funkeln in den Augen.

»Göttin, du machst jetzt besser ...« Abrupt verstummte ich und warf den Kopf zurück, als sie mich so tief aufnahm, dass ich gegen den Ansatz ihrer Kehle stieß, bevor sie schluckte.

Verdammt, liebte ich es, wenn sie das tat.

Meine Finger kreisten in ihrem Haar, und ich gab mir alle Mühe, Nyx das Tempo bestimmen zu lassen. Sie wippte vor und zurück, leckte über die Ader an der Unterseite meines Schafts.

Meine Verlobte bearbeitete mich so, wie ich es mochte.

Sie war perfekt.

Meine Atmung wurde abgehackt, als sich mein Verlangen steigerte. Ich verspürte den vertrauten Drang, ihren Rhythmus zu ändern, den Griff in ihrem Haar zu verstärken und sie härter in den Mund zu ficken. Stattdessen löste ich mich von ihr und zog sie auf die Beine.

Ich drehte sie um und hob sie auf die Fensterbank. Dann fasste ich unter ihr Kleid, hakte die Finger unter die Seiten ihres Slips und zog ihn über die Hüften runter. Kaum hatte ich sie davon befreit, warf ich ihn auf einen nahen Stuhl.

Als ich die Hand in ihren Schritt legte, spürte ich Nässe. Sie schloss die Augen und legte stöhnend den Kopf in den Nacken. Ich beugte mich vor, biss sie an der Stelle zwischen Schulter und Nacken und bescherte ihr den Schmerz, den sie so liebte.

Gleichzeitig schob ich meine Hose vollständig runter, bevor ich sie an den Hüften packte, zwischen ihre Beine trat und mich ansatzlos in ihrer Wärme versenkte.

»Simon!«, entfuhr es ihr.

Ich vögelte sie gnadenlos mit der Intensität des Verlangens, das sie mit dem Mund erweckt hatte, und mit dem Verlangen, sie zu zeichnen, der mich seit dem Moment erfüllte, als ich diesen Penner mit ihr flirten gesehen hatte.

Sie bohrte die Finger in meine Schultern, ich die meinen in ihre Hüften.

Schweigend sahen wir uns einander in die Augen. In ihren wirbelten Emotionen, und ich wusste, dass ich diese Frau auf keinen Fall aufgeben würde.

Sie gehörte zu mir. Pfeif auf die Folgen.

Gio Drakos hatte versagt. Ich war nicht wie er.

Nicht mein Vater hatte die Familie verraten, indem er meine Mutter geheiratet hatte. Gio hatte meinen Vater verraten, indem er meine Mutter nicht akzeptiert hatte.

Nyx brachte mich dazu, etwas zu *fühlen*. Wie zum Teufel war das passiert?

Ich ließ die Hand an ihrem Körper nach oben gleiten, krallte die Faust in ihr Haar, neigte ihren Kopf zurück und sah ihr tief in die dunklen Augen. »Du gehörst mir. Hast du verstanden?«

»Das ist nur ...«

»Lüg nicht, Nyx.« Ein Wimmern entrang sich ihr, als ich sowohl den Griff um ihr Haar als auch meine Stöße verstärkte. »Ich sehe es in deinen Augen. Schon seit der Nacht im Gewächshaus.«

Ihre Lippen bebten, und sie schloss kurz die Lider. »Was glaubst du denn zu sehen?«

»Du weißt, dass du mir gehörst. Dass ich dich behalten werde.« Ich löste die Hand von ihrer Hüfte und rieb mit dem Daumen ihre pralle Klitoris, brachte sie dazu, sich jedem meiner Stöße entgegenzuwiegen.

»Oh Gott!«, schrie sie auf. »Ich ... ich lasse mich nicht von dir in die Falle locken.«

»Ist es denn eine Falle, wenn du selbst willst, dass ich dich behalte?« Ich beugte mich vor und knabberte an ihrer prallen Unterlippe, bevor ich die Hand aus ihrem Haar entfernte und sie wieder an den Hüften packte.

»Simon, sag so was nicht. Es macht mir Angst, verwirrt

mich, lässt mich etwas wollen, das ich mir nicht wünschen sollte.«

Wenigstens war ich nicht der Einzige mit solchen Gedanken.

Ich bremste die Bewegungen meines Beckens und forderte Nyx auf: »Sag mir, dass du es nicht jedes Mal spürst, wenn wir getrennt sind. Oder wenn wir zusammen sind. Sag mir, dass du mich einfach hinter dir lassen kannst.«

Sie schluckte und schwieg eine Weile. Ihr Gesicht widerspiegelte ein Wechselbad der Gefühle.

Schließlich ergriff sie das Wort. »Können wir das besprechen, nachdem du mich zu Ende gevögelt hast? So kann ich nicht klar denken.«

Sie bohrte die Nägel in die Haut meines Nackens und presste die Fersen gegen meine Oberschenkel, drängte mich, ihrem Wunsch nachzukommen.

Ich sah ihr in die dunklen, leidenschaftlichen Augen und wusste, dass sie keine Ahnung von dem Sturm hatte, der in mir tobte. Oder davon, dass sie zu einem Teil meines Lebens geworden war, ohne den ich nicht mehr sein wollte.

Mit einem tiefen Atemzug verdrängte ich die widerstreitenden Gedanken und konzentrierte mich stattdessen auf die wunderschöne Göttin in meinen Armen.

»Willst du damit sagen, ich soll die Klappe halten und dich ficken?«

»Genau.«

»Dein Wunsch ist mir Befehl.« Ich schlang den Arm um ihre Taille, zog mich bis zur Eichel aus ihr zurück und rammte mich dann in ihre triefende Spalte.

»Ja!«, stieß sie atemlos hervor und warf den Kopf zurück. »Genau so.«

Sie löste die Hand von meinem Nacken und stützte sich damit auf dem Fensterbrett hinter ihr ab, um der Wucht meiner Stöße standzuhalten.

Die Frau war völlig anders, als ich es je erwartet hatte. Wie konnte sie mir so tief unter die Haut gehen?

»Ich bin fast so weit. Oh Gott.« Ihre Spalte erzitterte, zog sich zusammen und benetzte mich mit den Säften ihrer Erregung.

»So ist's gut, komm für mich.« Ich ließ die Hüften so kreisen, wie es sie restlos zur Ekstase brachte, und fast sofort entlud sie sich.

»Simon!«, schrie sie, wölbte den Rücken durch und kratzte mit den Nägeln über meine Schultern, während mich ihre Pussy wie ein Schraubstock umklammerte.

Schlichtweg umwerfend.

Es gab nichts Schöneres als den Anblick ihres Höhepunkts.

Jede ihrer Zuckungen steigerte mein eigenes Verlangen zu kommen, doch ich war nicht bereit, es schon zu beenden.

»Noch mal«, verlangte ich, fädelte die Finger in ihr Haar und zog ihren Mund zu meinem.

»Ich glaube nicht, dass ich kann.«

»Natürlich kannst du«, murmelte ich an ihren Lippen, bevor ich mich zurückzog, mich wieder in sie stieß und uns damit beide aufstöhnen ließ.

Wir verloren beide kein Wort mehr, übergaben die

Kontrolle an unsere Körper und erfüllten den Raum mit lustvollen Lauten.

Als sie zum zweiten Mal kam, folgte ich ihr fast sofort, presste sie an mich und wusste, dass ich genau das getan hatte, wovon Pappous mir dringend abgeraten hatte.

Ich bot der Welt eine Schwäche, die sie gegen mich verwenden konnte.

Nur würde ich alles und jeden vernichten, um meine Göttin zu beschützen. Und im Gegensatz zu meinem Vater besaß ich die Macht dafür.

20

Simon

»Erklärst du mir, was das sollte?«, fragte Nyx, als ich in ihr erschlaffte, während ich zu Atem zu gelangen versuchte.

Ich hielt sie weiter an mich gedrückt und schwieg eine Weile, weil ich nicht recht wusste, wie ich es unmissverständlich ausdrücken sollte, ohne mich wie ein Höhlenmensch anzuhören.

Nachdem ich die Gedanken gesammelt hatte, ergriff ich das Wort. »Niemand fasst an, was mir gehört. Ist das klar?«

Sie hob den Kopf mit einer stirnrunzelnden Miene im wunderschönen, geröteten Gesicht. »Hier geht's also darum, dass Dustin mit mir geflirtet hat. Ist das dein Ernst?«

»Mein voller Ernst.«

»Ich verstehe es immer noch nicht.«

»Wenn du heute Nacht durch deinen Pokerraum gehst und irgendein Penner dich anzubaggern versucht, solltest du dir ein paar Dinge vor Augen halten.«

»Zum Beispiel?«

»Zum Beispiel, wer gerade in dir gekommen ist. Wessen Samen dich gerade gezeichnet hat. Wem du gehörst.«

»Geht's hier um Eifersucht? Wolltest du dein Territorium markieren?«

Ich verstärkte den Griff um ihr Haar, als ich mich aus ihrem Körper zurückzog. »Du weißt verdammt genau, dass es mehr ist. Das hier endet nicht.«

»Simon, sag nichts, was du nicht ernst meinst.« Sie biss sich auf die Unterlippe, wie sie es immer tat, wenn sie ihre Gefühle bändigen wollte. »Dafür steht zu viel auf dem Spiel.«

Sie drückte gegen meine Brust. Ich ließ sie los, und sie entfernte sich von mir. Die Panik in ihren Zügen verriet mir, dass in ihr ein regelrechter Krieg tobte. Wenn sie nur verstehen könnte, dass ich dieselbe Achterbahnfahrt durchlebte. Dieselbe Angst, dieselben Sorgen, dieselben Bedürfnisse.

Die Frau brachte mich dazu, mir Dinge zu wünschen, die mir vor ihr nicht mal in den Sinn gekommen waren. Ich widerstand dem Drang, sie zu berühren – dadurch würde sie nur die Flucht ergreifen.

Statt etwas zu sagen, zog ich mich an und lehnte mich an die gläserne Außenwand des Zimmers.

Plötzlich blickte sie zwischen ihre Beine hinab und schleuderte mir über die Schulter einen finsteren Blick zu.

Ich sollte es nicht so verdammt erregend finden, mein Sperma aus ihr rinnen zu sehen. Auf primitive Weise hatte ich sie tatsächlich markiert.

Sie gehörte mir. Ich hatte noch nie eine Frau so begehrt wie sie.

»Gibt's ein Problem?«, fragte ich schmunzelnd, weil ich wusste, dass es sie ärgern würde.

»Arschloch«, murmelte sie und griff nach einem Taschentuch aus einer Schachtel auf einem nahen Tisch.

Nachdem sie sich gesäubert hatte, richtete sie ihr Kleid und atmete tief durch.

Schließlich drehte sie sich mir zu und sah mir in die Augen. Die Verärgerung war verschwunden, abgelöst von reiner Verwundbarkeit.

»Kommst du denn damit klar, mit jemandem zusammen zu sein, der einen gewissen Ruf genießt, nicht perfekt ist und eigene Meinungen hat?«

Ich bewegte mich auf sie zu und achtete auf langsame Schritte, weil ich fürchtete, sie könnte sonst jeden Moment die Flucht ergreifen.

Als ich unmittelbar vor ihr stand, legte ich einen Finger unter ihr Kinn und hob ihr Gesicht an, bis sie mir direkt in die Augen sah. »Ich bin auf den Geschmack einer bestimmten Göttin gekommen, die Menschen gern Klingen an die Kehle hält und mich mit Vorliebe ein Arschloch nennt.«

Sie schluckte, als hätte sich ein Kloß in ihrem Hals gebildet.

»Hast du nicht gesagt, dass du jemanden willst, der alle deine Geheimnisse kennt? Ich weiß alles.«

»Ich habe gesagt, dass ich jemanden will, mit dem ich meine Geheimnisse teilen kann und der mich so akzeptiert, wie ich bin.«

»Habe ich denn irgendwas getan, um dich zu ändern?« Ich rieb mit dem Daumen über ihre Unterlippe. »Egal, was du glaubst, ein gewöhnlicher Trottel kann dir nicht geben, was du willst. Außerdem hätte so jemand niemals die Mittel, dich zu beschützen.«

»Aber mit dir zusammen zu sein, würde bedeuten, all das hier und das Leben aufzugeben, das ich mir aufgebaut habe. Es würde bedeuten, in den Käfig zurückzukehren.«

»Es wäre genauso viel oder wenig ein Käfig wie dein Leben hier. Du kannst nicht daraus entkommen, Bodyguards um dich zu haben und rund um die Uhr bewacht zu werden. Schon gar nicht mit deinem Nebenjob. Ganz abgesehen davon, dass du nun mal für immer eine Mykos bist. Das ist eine Kette, die du nie sprengen können wirst. Ganz gleich, wo du hingehst, irgendjemand könnte dich immer gegen deine Familie benutzen.«

»Und was ist mit dir? Ich würde zu einer Belastung, die man auch gegen dich benutzen könnte.«

»Ich werde dafür sorgen, dass niemand an dich rankommt, also ist das kein Thema.«

»Simon.« Ihre Finger legten sich um mein Handgelenk. »Nenn mir einen echten Grund, warum es das wert sein sollte.«

Sie wollte die Worte hören. Wie zum Teufel sollte ich

etwas aussprechen, das ich selbst dann nicht zum Ausdruck bringen könnte, wenn ich es wollte?

Als ich den Mund zu einer Erwiderung öffnete, klopfte es an der Tür, und die fehlenden Worte hingen wie ein schweres Gewicht zwischen uns.

Ich starrte Nyx an, bevor ich die Aufmerksamkeit zur Tür schwenkte, als erneut geklopft wurde und Stevie von der anderen Seite rief: »Leute, die nächste Runde fängt gleich an. Wir brauchen Nyx draußen.«

»Wir setzen das Gespräch fort, wenn die Pokernacht zu Ende ist.« Widerwillig entfernte ich mich von Nyx und holte mein Jackett, das ich beim Betreten der Suite beiseite geworfen hatte.

Ich fasste in die Innentasche, zog einen schwarzen Beutel heraus und kehrte zu ihr zurück. »Hier, ich hab etwas für dich.«

Bevor sie sich rühren konnte, legte ich ihr eine Platinkette mit einem großen, tropfenförmigen Diamantanhänger um den Hals.

Sie hob die den handgefertigten Anhänger an und betrachtete ihn.

Wie sie die Lippen schürzte, verriet mir, dass sie das Geheimnis entdeckt hatte, das sich darin verbarg.

»Gefällt's dir nicht? Die meisten Frauen stehen auf Geschenke von ihrem Verlobten.«

»Du bist nicht so schlau, wie du denkst.« Sie zog eine Augenbraue hoch. »Ein Peilsender. Wirklich?«

»Ja.« Ich sah ihr in die dunklen Augen. »Bei all dem Mist,

der mit Albert und Hal abläuft, werde ich tun, was nötig ist, um deine Sicherheit zu gewährleisten.«

»Soll das heißen, du hast festgestellt, dass Leute, die du für Verbündete gehalten hast, in Wirklichkeit gar keine sind?«

»Du scheinst mehr über mein Geschäft zu wissen, als du solltest.«

»Ich weiß eine ganze Menge.«

»Dann verstehst du ja meine Sorge um deine Sicherheit.«

»Was vorhin passiert ist, hatte nichts mit meiner Sicherheit zu tun.«

»Stimmt. Dabei ist es darum gegangen, dir und jedem, der in deine Richtung schauen, zu verdeutlichen, dass du mir gehörst.«

»Besitzergreifende Männer törnen mich ab.«

Ich spürte, wie sich die Anspannung und das emotionale Gewicht unseres Gesprächs von vorhin auflösten. »Sagt die Lügnerin, die meinen Samen in sich hat.«

»Du bist unverbesserlich.« Sie schüttelte den Kopf.

Ich zuckte mit den Schultern und zog sie für einen schnellen Kuss zu mir, bevor ich zur Tür ging und sie an mir vorbei ließ.

Als sie sich auf halbem Weg durch den Flur befand, rief ich ihr hinterher: »Göttin?«

»Ja.« Sie schaute über die Schulter zurück, und mir schien das Herz stillzustehen.

Verdammt, ich liebte diese Frau, und sie hatte keine Ahnung davon.

»Du wolltest einen Grund.«

Sie nickte.

»Ich nenne ihn dir, sobald du den Laden dichtgemacht hast. Dann entscheidest du. Der Ball liegt ganz bei dir.«

»Wirklich?«

»Ja.«

Einen Moment lang bebten ihre Lippen. Dann nickte sie, wandte sich ab und setzte den Weg zum Hauptbereich im Penthouse fort.

Zwei Stunden, nachdem ich Nyx dem Rest ihrer Pokernacht überlassen hatte, traf ich bei einer Reihe von Lagerhäusern in einem Vorort von Las Vegas ein. Ich wusste zwei Dinge über das Treffen, das in den nächsten Minuten stattfinden würde.

Erstens war es eine sagenhafte Zeitverschwendung – aber notwendig, um Santos an die Leine zu nehmen. Zweitens hatte Santos keine Ahnung, dass in diesem Moment eine Gruppe meiner Männer das Lagerhaus ausräumte, in dem Albert meine verschwundene Fracht untergebracht hatte.

Ich mochte nicht zum exakten Ebenbild von Gio Drakos geworden sein, aber ich hatte von ihm gelernt, geduldig abzuwarten, bis sich jemand selbst einen Strick drehte. Sobald meine Fracht sicher verwahrt wäre, würde ich die Übernahme von Santos' Gebiet durch meine Vertrauten veranlassen.

Der Mistkerl hatte noch keinen Schimmer, dass er sich mit dem falschen Drakos angelegt hatte.

»Hier ist es zu ruhig«, bemerkte Kasen, als der Wagen zum Stehen kam und unsere Männer in Position gingen.

»Dachte ich auch gerade. Hast du das Gefühl, es könnte sich um eine Falle handeln? Nein, ich bin mir sogar sicher, dass es eine Falle ist.«

»Albert muss wissen, dass wir hier in Dracos Territorium sind. Jede Handlung gegen dich käme einer Kriegserklärung an ihn gleich.«

Meine Gedanken kreisten um Nyx.

»Wir wissen ja schon, dass weder Albert noch Hal die Hackordnung begreifen. Sorge dafür, dass im Penthouse alles in Ordnung ist.« Ich griff mir meinen Revolver und steckte ihn unter den Bund meiner Hose.

Ich würde kein Risiko eingehen.

»Dafür reißt sie dir den Kopf ab. Ihr Team kann allein mit allem fertig werden.«

»Tu's einfach. Irgendetwas stinkt hier. Ich schicke Sota eine Nachricht. Lieber irre ich mich und habe Verstärkung, als in Dracos Revier draufzugehen.«

Nachdem ich die Nachricht an Sota abgesetzt hatte, stieg ich aus dem Auto aus und trat den Weg zu den Metalltüren der Halle an, die Santos für unser Treffen genannt hatte.

Meine Kieferpartie verkrampfte sich, als ich nur einen Stuhl in der Mitte eines leeren Raums erblickte.

»Auf der Sitzfläche liegt ein Umschlag«, merkte Kasen an und ging hin, um ihn zu holen.

Er öffnete sie, holte den Inhalt heraus und schaute mit wütender Miene zu mir auf.

»Wir müssen sofort zurück nach Vegas.« Er stapfte auf mich zu. »Reiß dich zusammen.«

Ich schnappte mir die Zettel von ihm und blickte zu Boden, als eine Wut wie nie zuvor durch meinen Körper brandete. »Ich bringe ihn um. Jeden Einzelnen von ihnen bringe ich um.«

Es handelte sich um Fotos von Nyx und mir von der Nacht auf dem Balkon. Sie zeigten jedes intime Detail.

Verbissen betrachtete ich ein weiteres Foto von dieser Nacht, aufgenommen durch das Wohnzimmerfenster der Suite, in der sich Nyx gerade befand. Sie zurückgelehnt, während ich sie küsste.

Der Fotograf musste ein Teleobjektiv benutzt und von irgendjemandem erfahren haben, wo wir uns aufhielten. Und außer Nyx' Gästen und unseren Sicherheitsteams hätte niemand von der Pokernacht wissen sollen.

Ich überflog die beigefügte Mitteilung. Genauso gut hätten es die Todesurteile meines Onkels und seines verfluchten Sohns sein können.

HAT die Dunkelheit ihre Nacht gefunden? Ist sie deine Schwäche? Oder ist sie ein Preis für alles, was sie mitbringt? Denk dran, dass es einen anderen Drakos als Ersatz gibt, falls du es nicht vor den Altar schaffst.

– Albert

. . .

Ich hatte genug von dem Mist. Kein Warten mehr. Kein Planen mehr. Er wollte einen verdammten Krieg, also würde er ihn bekommen. Aber zuerst würde ich dafür sorgen, dass niemand meine Frau anrührte.

»Hast du dich schon mit allen in Verbindung gesetzt?« Ich stapfte auf den Ausgang der Lagerhalle zu.

Kasen schüttelte den Kopf. »Irgendwas stimmt nicht. Niemand kann irgendjemanden im Penthouse erreichen. Unsere Männer hätten sich eigentlich in Sekundenschnelle melden sollen, aber es herrscht Funkstille.«

Ich fasste mir an den Nacken und hatte es noch kaum über die Schwelle geschafft, als ich hörte: »Hallo, Neffe.«

Sofort stürzten Kasen und einige meiner anderen Leute zu mir, warfen sich vor mich und schirmten mich von der in meine Richtung abgefeuerten Kugel ab.

Gleich darauf brach Sekunde heilloses Chaos aus. Meine Männer stürzten sich ins Gefecht, während ich mich zur Seite rollte, die Waffe zog und dafür wappnete, diesen Mist ein für alle Mal zu beenden.

Die Vergangenheit, Rache für meine Eltern und Gio – all das spielte keine Rolle mehr. Es ging um meine Gegenwart und Zukunft.

Um Nyx.

21

Nyx

Ich seufzte, als das letzte Mitglied der Putzkolonne kurz nach zwei Uhr morgens die Suite verließ. Die Veranstaltung dieser Nacht schien mir mehr abverlangt zu haben als sonst. Vielleicht lag es an den Emotionen, die seit dem heftigen Gespräch mit Simon in mir brodelten.

Fuck. Ich hätte nie für möglich gehalten, dass ich mein Leben als bessere Hälfte eines Mafiabosses verbringen wollen würde.

Dabei sollte er mir nicht wichtig sein. Die Vorstellung, ihn zu verlieren, sollte mir keine Tränen in den Augen bescheren. Immerhin hatte er mich zu der Sache zwischen uns erpresst.

Ich hob das Glas an die Lippen und stürzte einen kräftigen Schluck Whiskey runter. Die weiche, aber starke Spirituose wärmte mich von innen und beruhigte mich ein wenig.

Stevie kam auf mich zu und nickte mir zu, um mir anzuzeigen, dass sie und ihr Team unsere Einnahmen der Nacht sicher verwahrt hatten.

»Willst du wie in alten Zeiten 'nen Film schauen, bis er kommt?«, fragte ich und bot Stevie etwas von der bernsteinfarbenen, köstlichen Flüssigkeit an.

»Wir würden es nicht mal durch den Vorspann schaffen. Genießen wir einfach ein, zwei Drinks.«

»Wie zum Geier bin ich nur hier gelandet?«, fragte ich und stützte den Kopf auf die Hand.

»Du hast halt 'ne Schwäche für Arschlöcher. Ist offenbar dein Fetisch.«

Ich bedachte sie mit einem finsteren Blick, bevor ich den Kopf schüttelte. »Nur für ein Arschloch. Keine Ahnung, wann sich das zwischen uns geändert hat.«

»Das ist jetzt ein Scherz, oder?«

»Was?«

»Es ist schon am ersten Tag passiert, als er dich im Garten auf den Knien erwischt hat. Er hat dich mit diesem Blick seiner unglaublich grünen Augen auf Anhieb in seinen Bann gezogen. Verdammt, ich kann ich meist nicht ausstehen, und selbst ich bin nicht immun dagegen.«

»Wenn ich mich recht erinnere, waren es du und Akari, die wollten, dass ich mit ihm ins Bett steige.« Ich fuhr mir mit der Hand übers Gesicht. »Was soll ich nur machen?«

»Kannst du dir denn vorstellen, ihn zu verlassen?«

Der Gedanke daran verursachte ein schmerzhaftes

Ziehen tief in meinem Herzen. Andererseits hatte ich nicht geplant, je nach New York zurückzukehren.

»Ich würde mich wieder mit dem ganzen Mist von früher herumschlagen müssen.«

»Das schaffst du hier auch ganz gut. Der einzige Unterschied wäre, dass es dort keine Touristen gibt, die dich für eine Angestellte des Hotels halten.«

»Wärst du bereit, nach New York zu ziehen?«

Stevie legte den Kopf schief und musterte mich. »Hast die Entscheidung wohl schon getroffen, was?«

»Sieht ganz so aus.«

»Du musst es ihm nur noch sagen. Aber ich schlage vor, du lässt ihn noch ein bisschen dafür arbeiten. Ihm fallen die Dinge zu leicht zu.«

Ich schüttelte den Kopf. »Du bist genauso unverbesserlich wie er.«

Unbekümmert zuckte sie mit den Schultern.

In dem Moment ertönte ein Bimmeln vom Aufzug, das sowohl Stevie als auch mich zusammenzucken ließ. Eigentlich sollte niemand den Lift benutzen können.

Wir hatten ihn verriegelt. Sogar Simon würde anrufen müssen, um ihn zu verwenden.

Plötzlich spürte ich die Mündung einer Pistole am Hinterkopf und hörte hinter mir Kampfgeräusche.

»Keine Bewegung, Nyx«, befahl Justin, einer von Simons Männern, und packte mich am Oberarm. »Sag deiner Freundin, sie soll aufhören, sich zu wehren, sonst endet sie wie der Rest ihrer Leute.«

Mit einem schweren Schlucken versuchte ich, die Angst

zu verdrängen, die mir einen Schauder über den Rücken jagte. Mein Blick fiel auf Stevie, der im Schwitzkasten auf dem Boden fixiert wurde.

»Stevie«, flüsterte ich. »Bitte. Denk an die oberste Regel, die du mir eingebläut hast.«

Als sie den flehentlichen Ton in meiner Stimme hörte, kam sie meiner Aufforderung nach.

Die Regel, auf die ich anspielte, lautete, alles zu tun, um am Leben zu bleiben. Dazu gehörte, den Angreifer glauben zu lassen, man hätte aufgegeben.

Für mich bestand kein Zweifel daran, dass sie weiter auf Gelegenheiten achten würde, sich aus dieser Lage zu befreien. Ich musste den Kerl am Reden halten, um ihn abzulenken. Eine andere Möglichkeit sah ich vorerst nicht.

Unmittelbar vor Simons Aufbruch zu seinem Treffen hatte er mir eine meiner Klingen gegeben und mir befohlen, sie mir an den Oberschenkel zu schnallen. Da hatte ich noch gedacht, er würde es mit der verdoppelten Sicherheitsmannschaft rund um die Uhr, der Halskette mit dem Peilsender und dem Messer hoffnungslos übertrieben.

Und auf einmal schuldete ich ihm den Blowjob seines Lebens.

Wenn hier so etwas passierte, was mochte sich dann erst bei seinem Treffen ereignet haben?

Kurz schloss ich die Augen und betete für Simons Sicherheit.

»Wer hat das angeordnet?«, fragte ich im Versuch, Justins Aufmerksamkeit auf mich zu lenken.

Ein selbstgefälliges Grinsen umspielte seine Lippen. »Mr. Drakos.«

Schwachsinn.

»Lügner. Das würde Simon nie tun.«

»Falscher Drakos.«

In dem Moment bemerkte ich aus dem Augenwinkel Tony, der an der Schläfe blutend auf dem Boden lag.

Mein Vorsatz, ruhig zu bleiben, verpuffte abrupt, als sich mein Magen zusammenkrampfte. Bevor ich wusste, was ich tat, rammte ich Justin den Ellbogen in die Rippen. »Du Mistkerl.«

»Beruhig dich gefälligst.« Er fixierte meine Arme hinter meinem Rücken. »Er ist nicht tot. Wir haben keine Zeit, die Sauerei aufzuräumen.«

Gott sei Dank für die kleinen Segen.

»Ich verstehe nicht, warum du das machst. Du gehörst zu Simons Leuten.«

»Falsch. Meine Loyalität gilt nach wie vor Gio. Ich hab von Anfang an gewusst, dass Kyros' Sohn so verweichlicht wie er ist. Und wie seine Mutter bist du eine Belastung.«

»Inwiefern bin ich das?«

»Du hast seine Prioritäten verschoben. Wir haben es beobachtet. Jetzt verschieben wir die Macht zum rechtmä-ßigen Drakos. Albert weiß, wie die Dinge laufen sollten. Hal auch.«

»Der rechtmäßige Drakos ist schon an der Macht«, stieß ich knurrend hervor. »Mich gefangen zu nehmen, wird nichts daran ändern. Meine Brüder werden euch vernichten.«

»Glaub das ruhig weiter. Sie haben sich Albert als Verbündete angeschlossen.«

»Unmöglich.« Ich schüttelte den Kopf.

Das konnte nur Schwachsinn sein. Mein Vater hasste Albert dafür, wie er meine Mutter in ihrer Jugend behandelt hatte. Papa besaß die Gabe, Menschen glauben zu lassen, er würde sie unterstützen, ohne sich dabei formell zu etwas zu verpflichten.

Justin ignorierte meine Worte und deutete mit dem Kinn auf einen anderen Mann. »Mach die Kabine auf. Lass sie rein.«

Gleich darauf öffneten sich die Fahrstuhltüren, und Hal stieg mit einer Gruppe von Leuten aus, die ich von der Verlobungsfeier kannte. Alle gehörten Familien an, die eigentlich mit meinem Vater und meinen Brüdern verbündet sein sollten.

Oh Gott, das durfte nicht wahr sein.

Hals Aufmerksamkeit richtete sich auf mich, und er kam auf mich zu. Meine Einschätzung des Kerls an dem Abend im botanischen Garten traf mehr als zu. Sein gesamtes Auftreten konnte Simon nicht annähernd das Wasser reichen.

Hal gab sich alle Mühe, seinen älteren Cousin nachzuahmen, und scheiterte daran kläglich – beim Stil, bei der Ausstrahlung, bei allem.

Natürlich war ich zu Simons Gunsten voreingenommen, doch das änderte nichts an der Wahrheit.

Verdammt, ich hörte mich sogar für mich selbst wie ein liebeskrankes Püppchen an.

»Hallo, Prinzessin. Oder soll ich dich lieber Göttin nennen, wie Simon es gern tut?«

»Nyx reicht.« Finster starrte ich ihn an. »Was willst du?«

»Ich komme mit einem Vorschlag.« Er warf eine Münze auf den Tisch hinter mir. »Und ich würde dir raten, gründlich darüber nachzudenken, wenn du nicht willst, dass dein Geheimnis an die Öffentlichkeit dringt. Setz dich.«

Ohne abzuwarten, ob ich gehorchen würde, drückte Justin mich auf einen Sitz und trat einen Schritt zurück.

»Geht nachsehen, ob ihr die Aufzeichnungen von den Spielen heute Nacht und die Geldkassette findet«, befahl er seinen Leuten.

Ich grinste. Das würden sie nie finden. Wir versteckten es nach jeder Veranstaltung an einem anderen Ort, den nur Stevie und ich kannten.

»Du machst mir keine Angst, Hal.«

»Das ist gar nicht meine Absicht. Du hättest dich an dem Tag damals mit mir treffen sollen, statt mich hängen zu lassen. Das hätte uns diesen Ärger hier erspart.«

»Du meinst, dass du mich gegen meinen Willen in einer Hotelsuite festhältst?«

»Du stehst doch auf Hotelsuiten. Wenn auch normalerweise für andere Aktivitäten wie die auf dem Penthouse-Balkon. Mein Cousin und du habt meinen Männern eine beachtliche Show geliefert. Live-Porno vom Feinsten.«

Hitze schoss mir ins Gesicht, als ich mich daran zurückerinnerte, wie Simon und ich so von unseren animalischen Trieben überwältigt worden waren, dass ich nach anfänglicher Scheu keinen Gedanken mehr daran verschwendet hatte, wir könnten beobachtet werden.

»Nur damit du's weißt, bei mir kannst du den Mist vergessen. Ich treibe es nicht in der Öffentlichkeit.«

Ich runzelte die Stirn, legte den Kopf leicht schief und musterte sein Gesicht. Er starrte mich mit an, als wäre ich begriffsstutzig, weil ich nicht verstand, was er meinte.

Das konnte nicht sein Ernst sein.

Scheiße, nein.

»Du glaubst wirklich, ich würde mir nichts, dir nichts von einem Drakos zum anderen wechseln? Simon ist nicht austauschbar.«

»Dann verwirkt deine Familie den Fonds. Oder wir lassen es sofort passieren, indem wir deine illegalen Geschäfte aufdecken.«

»Ein Pokerchip und ein willkürliches Foto beweisen gar nichts. Achtzehnjährige stellen allen möglichen Blödsinn an.«

Verärgerung blitzte in seinen Zügen auf. Er kam näher und hielt inne, als er direkt vor mir aufragte.

»Was ist mit deinem Freund David Stafenavos? Bestimmt kann er Informationen über deine aktuellen Unternehmungen liefern.«

»Auch das wäre nur das Wort eines verärgerten ehemaligen Freunds, mit dem ich jeglichen Kontakt abgebrochen habe. Du ... hast ... keine ... Beweise. In deinem Plan klaffen ein paar Löcher.«

Er packte mich an den Haaren, zog mich mit einem Ruck vom Stuhl hoch und jagte Schmerzen durch meine Kopfhaut.

»Die Teufelsweibmasche zieht bei mir nicht. Ich bin nicht so verweichlicht wie Simon.«

»Das würde außer dir wohl niemand über ihn behaupten.« Ich bohrte die Fingernägel in Hals Arm, kratzte ihn blutig und fauchte: »Sobald er hier ist, bist du tot.«

Das musste ich berichtigen. Er würde tot sein, sobald ich an meine Klinge herankönnte. Den Drecksack würde ich in winzige Scheibchen schneiden.

Er schüttelte meine Hand ab und drückte mich mit dem Gesicht nach unten auf den hohen Beistelltisch. »Du solltest dir lieber Gedanken über seinen Tod machen. Mit größer Wahrscheinlichkeit ist sein Treffen nicht wie geplant verlaufen. Dann hast du keine andere Wahl mehr, als den Vertrag mit mir zu erfüllen.«

Alle Farbe wich mir aus dem Gesicht. Nein. Simon war zu gewieft, um in eine Falle zu laufen.

»Träum weiter. Dein Vater hat schon mal versucht, ihn umzubringen. Ich kann mir nicht vorstellen, dass er sich diesmal besser dabei angestellt hat.«

Er verstärkte den Griff um mein Haar, beugte sich zu mir herab und presste zwischen zusammengebissenen Zähnen hervor: »Abgesehen von deinem Aussehen verstehe ich echt nicht, was Simon an dir findet.«

Als ich etwas erwidern wollte, kam jemand aus dem großen Schlafzimmer und verkündete: »Die Geldkassette ist nicht da. Sie muss sie ihrer Freundin Akari gegeben haben.«

»Dann schick jemanden los, um sie zu holen«, befahl Hal.

Justin zögerte mit skeptischer Miene. »Sie ist praktisch Draco Jacksons Enkelin.«

»Ist mir scheißegal, wer sie ist.«

So dumm konnte Hal unmöglich sein. Ihm musste klar sein, dass Draco es persönlich nehmen würde, wenn jemand auch nur daran dächte, sich an Akari ranzumachen. Er ließ sie rund um die Uhr überwachen.

»Das könnte einen Krieg auslösen.«

»Wir sind schon im Krieg. Was spielt einer mehr schon für eine Rolle?«

Was für ein Vollidiot.

Als Hal mich grob zurückzog und mit rasender Wut in den Augen anstarrte, wurde mir klar, dass ich den Gedanken laut ausgesprochen hatte.

»Nicht dieser Vollidiot hier hat seine Frau ungeschützt zurückgelassen.«

In dem Moment bemerkte ich Stevies unscheinbares Nicken. Damit zeigte sie mir an, dass es an der Zeit war, aus meiner Rolle der zickigen Gesellschaftsdame in die meiner innere Harley Quinn zu schlüpfen.

Ich hatte keine Ahnung, was Stevie erreicht hatte, während ich den Idioten beschäftigt hatte, aber ich kannte meinen Part in der Scharade.

Nur hatte ich ihn noch nie bei einem Menschen umgesetzt.

Nur bei Tieren.

Ich atmete tief durch und legte eine Hand auf den Oberschenkel. Mit der anderen umklammerte ich Hals Unterarm, der nach wie vor die Finger in mein Haar gekrallt hatte und glaubte, er hätte mich unter Kontrolle.

Als er einen Schritt zurücktrat, tat ich so, als würde ich

stolpern. Gleichzeitig griff ich nach dem Messer in dem Etui innen an meinem Schenkel, bevor ich es blitzschnell zog und damit durch Hals Seite schlitzte.

Er zuckte zusammen und schrak zurück, riss mich mit sich. Wir landeten beide hart auf dem Boden.

Mir wurde schwindlig, als mir sein Gewicht die Luft aus der Lunge presste, dann folgte ein Anflug von Übelkeit. Ich atmete die Schmerzen weg, kämpfte darum, mich von Hals blutendem Körper zu befreien.

»Runter von mir, du Drecksack.« Ich versuchte, ihn wegzustoßen. Dass sein Blut meine Hände verschmierte, erschwerte es erheblich.

Er hielt sich die Rippen, während er gleichzeitig darum kämpfte, einen Arm um meine Taille zu bekommen. Mir gelang ein Tritt in seinen Bauch, dann wich ich aus, bevor er mich um die Mitte packen konnte.

Ich kroch dorthin, wo ich Stevie zuletzt gesehen hatte. Plötzlich hörte ich das Dröhnen von Schüssen. Ich zog den Kopf ein und versteckte mich an der Rückenlehne eines Sofas. Dabei bemerkte ich den offenen Lastenaufzug in der hinteren Ecke der Penthouse-Küche.

Zuvor war er nicht offen gewesen. Tatsächlich lag der Aufzug hinter einer beweglichen Wand verborgen.

Und dann erblickte ich ihn.

Die Waffe im Anschlag, getrocknetes Blut an der Schläfe, die Kleidung zerrissen, im Gesicht rasende Wut. Und die Körperhaltung warnte lauthals, dass er jeden umbringen würde, der es wagte, sich ihm in den Weg zu stellen.

Er brüllte in alle Richtungen Befehle, und seine Leute schwärmten durch das Penthouse aus.

»S-Simon«, flüsterte ich und verspürte zugleich Erleichterung und Angst.

So hatte ich ihn noch nie erlebt.

Heilige Scheiße. War das heiß?

Eine Sekunde lang richtete sich der Blick seiner grünen Augen auf mich, bevor er den Revolver in meine Richtung schwenkte. Ich schloss die Augen und wartete, bis das Projektil das beabsichtigte Ziel traf, das mit einem dumpfen Aufschlag zu Boden ging, bevor ich die Lider öffnete.

Simon kniete sich vor mich hin. Aus seinen Augen sprach Besorgnis.

»Göttin, lass mich das nehmen.« Er berührte mich an der Hand.

Ich blickte hinab. Mir war nicht bewusst gewesen, dass ich immer noch den geschnitzten Griff des Messers in der Hand hielt. Wahrscheinlich hatte ich vor lauter Adrenalin instinktiv darauf geachtet, mich weiter verteidigen zu können.

Mir graute. Ich hatte Hals Eingeweide an mir.

»Dafür werden mir meine Brüder so was von in den Ohren liegen, vor allem Tyler.« Ich beugte die blutgetränkten Finger und schaute seufzend zu Simon auf. »Ausbluten soll man die Opfer ja lassen, aber nicht auf sich selbst. So lautet die Regel.«

»Deine Brüder sind in keiner wie auch immer gearteten Weise normal. Kaum eine Schwester kriegt Unterricht darin, wie man Menschen ausweidet.«

Ich zuckte mit den Schultern. »Anders kenne ich es nicht.«

Mit Daumen und Zeigefinger nahm Simon mir das Messer ab. Wie auf ein Stichwort trat einer seiner Männer mit einem Tuch neben ihn, wickelte die Klinge darin ein und verstaute sie in einer Tüte.

»Ich lass es reinigen und zurückbringen, Sir.«

Simon nickte knapp, ohne die Aufmerksamkeit von mir zu lösen.

»Jetzt müssen wir dich untersuchen lassen.« Er strich mir die Haare seitlich aus dem Gesicht. Höchstwahrscheinlich sah der dabei den blauen Fleck, der entstanden war, als Hal meinen Kopf auf den Tisch gedrückt hatte.

Simon schaute zu seinem am Boden liegenden Cousin hinüber und knirschte mit den Zähnen. »Ich habe dich ungeschützt zurückgelassen. Das wird nicht wieder vorkommen.«

»Es war nicht deine Schuld.«

»Von wegen. Es war eine Falle, und ich bin mitten reingelaufen.« Simon senkte die Stirn auf meine. »Sie haben Santos benutzt, um mich mit einem Treffen abzulenken, und mich dann in einen Hinterhalt gelockt, damit dieser Scheißer an dich ran konnte.«

»Simon, du bist gekommen. Nur das zählt.«

Er berührte meine Halskette. »Und was hat das Ding gebracht?«

»Es geht mir gut.« Ich legte die Finger auf dem Anhänger auf seine. »Muss mich nur ein bisschen saubermachen.«

Bevor ich noch etwas sagen konnte, hob er mich in seine Arme und trug mich ins große Schlafzimmer der Suite.

»Wir können hier nicht weg, bevor alles aufgeräumt und gereinigt ist«, erklärte Simon. »Danach kümmere ich mich um den Rest.«

Ich spürte den zügellosen Zorn, der in ihm brodelte.

»Ich weiß schon, wie das läuft. Vergiss nicht, wessen Tochter ich bin.«

Er ging ins riesige Badezimmer und setzte mich dort auf dem Waschtisch ab.

Sein Blick begegnete meinem. »Dann weiß du ja auch, was dein Vater tun würde, wenn deine Mutter heute Nacht an deiner Stelle gewesen wäre.«

Ein Schauder lief mir über den Rücken.

Simon entfernte sich von mir und drehte die Dusche auf. Er kehrte mit einem Waschlappen zurück und legte ihn neben mich.

Dann öffnete er den Reißverschluss meines Kleids, zog es mir über den Kopf und warf es auf den Boden. Als Nächstes kam meine Unterwäsche an die Reihe. Als ich nackt war, griff er nach dem Waschlappen, durchnässte ihn am Waschbecken und begann, mir das Blut von der Haut zu schrubben.

Er strich so sanft, so zart über meinen Körper, als dächte er, ich würde zerbrechen, wenn er mich zu kräftig anfasste.

Dann zog er mir den Verlobungsring vom Finger, spülte ihn ab und hielt ihn ins Licht.

»Den wird nie jemand anders als du tragen. Er bedeutet, dass du mir gehörst, Göttin.« Damit steckte er ihn mir wieder an den Finger. »Ich sorge dafür, dass niemand je wieder auch nur dran denkt, dich anzufassen.«

Ich packte sein Handgelenk und zwang ihn, mich anzusehen. »Es geht mir gut.«

»Du verstehst es offenbar nicht, Nyx. Ich hätte dich verlieren können.«

»Aber ich bin hier. Ich weiß meine Klingen zu benutzen. Er war schon am Verbluten, bevor du gekommen bist.«

»Und was wäre danach passiert? So was riskiere ich nie wieder.«

»Du kannst nicht ständig bei mir sein. Ich lebe in einer anderen Stadt. Außerdem ist die Sache zwischen uns nur vorübergehend.«

»Die Dinge haben sich geändert. Das kannst du nicht leugnen.«

Die Intensität seines Blicks brachte meine Lippen zum Beben.

»Und selbst wenn du es versuchst, behalte ich dich, ob du willst oder nicht.« Er legte mir die Hand auf die Wange und strich mit dem Daumen über meine Unterlippe. »Hast du das noch nicht erkannt? Ich bin im Begriff, einen Krieg zu führen, weil dich jemand berührt hat. Verdammt, ich würde für dich die Welt niederbrennen.«

Eine Träne lief mir über die Wange. Ohne nachzudenken, packte ich ihn am Hemd und zog ihn zu mir, presste den Mund auf seine Lippen.

Seine Arme legten sich um mich, und ich schmiegte mich an seinen harten, heißen, erregten Körper. Wir verschlangen uns gegenseitig regelrecht, als könnten wir nicht genug voneinander bekommen. Unsere Zungen tanzten, wanden sich, kosteten, schmeckten.

Ich drückte das Becken gegen seine Erektion, brauchte die Reibung, um die Sehnsucht in mir zu lindern.

Alles in mir loderte für ihn. Es zerriss mich förmlich, wie sehr ich ihn brauchte. Diesen Mann, den ich bei unserer ersten Begegnung so sehr hassen wollte – und plötzlich konnte ich mir nicht mehr vorstellen, ohne ihn zu sein.

»Simon«, stieß ich wimmernd hervor und krallte die Hand in sein Haar. »Ich brauche mehr. Bitte.«

Er hob mich an den Schenkeln hoch, schlang meine Beine um seine Hüften und trug mich in die dampfende Dusche.

»Du bist noch angezogen«, entfuhr es mir.

Sachte setzte er mich auf dem Boden ab, streifte sich die Schuhe von den Füßen und forderte mich auf: »Dann zieh mich aus.«

»So herrisch.« Ich öffnete die Knöpfe seines durchnässten Hemds und schob es ihm von den Schultern.

»Falls du's noch nicht gemerkt hast, ich mache seit Monaten etwas falsch.«

Als er nackt war, atmete ich schwer und wollte unbedingt, dass er mich nahm.

»Willst du es sanft oder hart?«

»Habe ich denn die Wahl?«

»Du bist verletzt.« Er strich über meine Wange, und in seinen Augen flammte wieder Wut auf.

Ich schlang die Arme um seinen Nacken und stellte mich auf die Zehenspitzen. »Ich will uns. Animalisch, versaut, verdorben. Wie du es mir in unserer ersten gemeinsamen Nacht versprochen hast.«

Er hielt mich an der Taille fest, während seine Miene ein Wechselbad der Gefühle zeigte. »Ich hatte keine Chance gegen dich, oder?«

»Du hast mich auch ganz schön überrascht.« Ich presste den Mund auf seinen. »Obwohl du immer das Arschloch sein wirst, das mich erpresst hat.«

Seine Lippen krümmten sich zu einem Lächeln. »Ich bin nun mal, wer ich bin. Jetzt dreh dich um und stütz dich mit den Armen an der Wand ab.«

Ich befolgte seinen Anweisungen. Kaum hatte ich es getan, packte er mich an den Hüften, spreizte mit dem Fuß meine Beine, ging in Position und stieß in mich.

»Oh Gott. Simon!«, schrie ich auf, als der Lustschmerz der jähen Penetration meine Sicht verschwimmen ließ und mir durch jeden Nerv im Körper fuhr.

»Du hast es so gewollt.« Er schlang den Unterarm um meine Brust und legte die Hand um meine Kehle.

Ich starrte ihm ins attraktive Gesicht. Wasser tropfte von den in die Stirn hängenden Strähnen.

Meine Finger krümmten sich an der Wand. »Stimmt. Jetzt mach weiter. Ich will, dass du es mir gründlich besorgst. Sei nicht sanft.«

»Das also willst du?« Er zog sich zurück und rammte sich so heftig in mich, dass er mich auf die Zehenspitzen beförderte.

»Ja«, hauchte ich wimmernd. Die berauschenden Gefühle, die seine pralle Härte in mir und sein besitzergreifender Griff um meine Kehle auslösten, erfüllten mich mit einer Euphorie, von der ich nie genug zu bekommen schien. »Das ... das ist haargenau, was ich will.«

»Deshalb gehörst du mir.« Und damit verfiel er in einen gnadenlosen, verrucht harten Takt. Ich hatte keine Möglichkeit, dagegenzuhalten, konnte nur empfangen, während er die gesamte Kontrolle hatte.

Meine Muschi zuckte, zog sich zusammen und triefe, als sich mein Orgasmus anbahnte. Meine Lustperle pochte. Die geringste Reibung daran würde mich explodieren lassen.

Ich löste einen Arm von der Wand, war bereit, meinem Körper die Entladung zu verschaffen, um die er bettelte. Allerdings sträubte sich ein Teil von mir dagegen, weil ich wusste, dass ich mich in Wirklichkeit nach der Berührung dieses Mannes sehnte.

»Simon, bitte. Ich muss kommen.«

Seine Finger wanderten meinen Bauch hinab zu meinem Kitzler. Im selben Moment, in dem er das empfindsame Nervenbündel streifte, schlug er die Zähne in meine Schulter.

»Ja!«, schrie ich auf. Der Atem strömte aus meinem Körper, mein Geist wurde von einer Welle der Ekstase nach der anderen benebelt.

Meine Mitte zog sich um seinen zustoßenden Schaft zusammen. Sein Tempo ließ nicht nach, ganz gleich, wie sehr meine Scheidenmsukeln zuckten und sich anspannten.

»Das ist zu viel.« Der Höhepunkt erschütterte meinen gesamten Körper und ließ mich so schlaff zurück, dass ich nicht mehr aus eigener Kraft stehen konnte.

»Wir sind noch nicht fertig.«

»Das kannst du nicht ernst meinen.«

»Und ob.«

Simon streichelte meine Klitoris, brachte mich an den Rand einer weiteren Entladung und kniff mich dann in das Nervenbündel. Eine weitere überwältigende Lawine der Lust begrub mich unter sich, doch diesmal explodierte er mit mir.

22

Simon

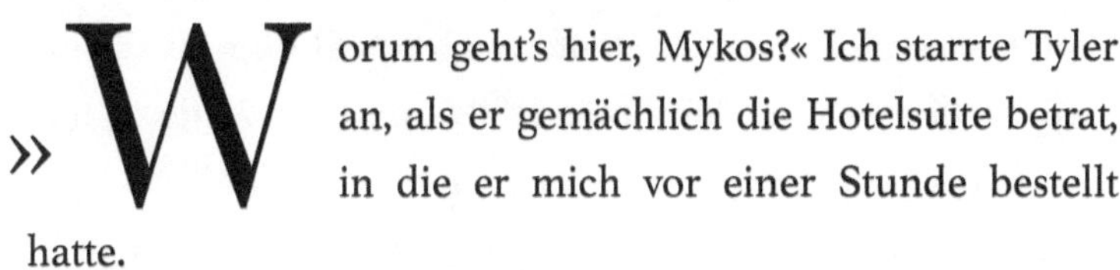

»Worum geht's hier, Mykos?« Ich starrte Tyler an, als er gemächlich die Hotelsuite betrat, in die er mich vor einer Stunde bestellt hatte.

Der Mistkerl ließ es so klingen, als stünden wir kurz vor einer großen Krise. Aber den Informationen von Kasen nach braute sich derzeit nichts zusammen.

Andererseits steckte ich noch mitten im Aufräumen mit den letzten Unterstützern von Albert und Hal in meinem Haus und mit vermeintlichen Verbündeten. Durch Alberts und Hals Tod wurde es schwieriger, alle zu identifizieren, aber wir würden es hinbekommen.

»Dazu kommen wir gleich. Mach's dir ruhig gemütlich. Wir haben wichtige Angelegenheiten zu besprechen.«

»Dann leg einen Zahn zu. Ich hab heute noch anderes zu tun, als meine Zeit mit dir zu verschwenden.«

Nyx sollte an diesem Vormittag ankommen, und ich hatte mit ihr einen Ausflug zu einem meiner Schiffe vor der Küste von Maine vor.

»Ja. Hab von deiner bevorstehenden Seefahrt übers Wochenende gehört.«

Sein Tonfall brachte mich ebenso ins Grübeln wie die Verärgerung in den Gesichtern der anderen Mykos-Brüder.

Tyler kam auf mich zu, schlug eine Mappe auf und legte eine Reihe von Fotos vor mich hin. Jedes zeigte Nyx und mich an verschiedenen Orten in Las Vegas. Gott sei Dank befand sich darunter keines von uns auf jenem verdammten Balkon.

Fuck.

Ich sah mich um und stellte fest, dass Phillip Mykos bei dem Treffen fehlte. Woraus ich folgerte, dass seine Söhne ihm dieses Gespräch vorenthalten wollten.

Tyler tippte auf ein Foto von Nyx, an mich geschmiegt in ihrem Penthouse in Las Vegas auf dem Balkon. Ich hielt sie fest und sah ihr beim Schlafen zu.

Es stammte aus der Nacht nach dem Desaster mit Hal vor einem Monat.

Sie wirkte so zerbrechlich in meinen Armen. Nyx hatte sich darauf verlassen, dass ich sie beschützen würde, und ich hätte um ein Haar versagt.

Verdammt, ich *hatte* eigentlich versagt. Wäre ich aufmerksamer gewesen, hätte sie den Drecksack nicht filetieren müssen.

Mein Blick wanderte über mehrere andere Fotos. Darauf tanzten wir in Nachtclubs und erkundeten Teile von Las Vegas. Einige zeigten uns in ihrem Gewächshaus und in ihrer Hütte im Garten.

Ihre Brüder wussten haargenau, dass ich die ganze Zeit da war.

Schwachköpfe.

Etwas bewiesen die Bilder jedem Betrachter ziemlich eindeutig. Nyx war meine Frau, meine Schwäche. Die einzige Möglichkeit, mir zu schaden.

»Was hast du diesbezüglich vor?«

»Sie ist meine Verlobte. Was soll ich schon vorhaben? Ich verbringe Zeit mit ihr, und zwar so, wie ich es für richtig halte.«

»Wenn du's so spielen willst, dann machen wir es eben auf deine Weise.« Tyler lehnte sich auf seinem Stuhl zurück. »Glaubst du ernsthaft, ich wüsste nicht, was meine Schwester in Vegas treibt? Ihre Bodyguards hat sie um den Finger gewickelt, seit sie sechzehn war. Seither konnte ich mich nicht mehr darauf verlassen, dass sie mir alles melden. Deshalb habe ich eigenen Leute bei ihr eingeschleust.

Ich liebe meine Schwester und habe vollstes Vertrauen in ihre Fähigkeiten und ihre Intelligenz. Aber wir wissen beide, dass sie nicht die nötige Skrupellosigkeit für die Dinge besitzt, in die sie gern die Finger steckt. Ich weiß von ihren Clubs, ihren Nebengeschäften, ihren Freundschaften und eurer Vereinbarung. Du Drecksack. Ich sollte dich dafür umbringen, was du ihr antust.«

Äußerlich reagierte ich nicht auf seine Worte. Ich fragte nur: »Und du lässt es weiterlaufen?«

»Nyx ist kein kleines Mädchen. Sie ist eine erwachsene Frau. Wenn sie sich zu weit mit dir eingelassen hätte, wäre ich eingeschritten.«

»Sind wir deshalb hier? Du denkst, dass sie inzwischen zu tief drinsteckt.«

»Ihr beide.« Ein Grinsen umspielte seine Lippen, doch die Wut in seinen Augen verriet mir, wie sehr er den Boden mit mir aufwischen wollte. »Ist nicht nach Plan gelaufen, was, Drakos? Es sollte nicht persönlich werden. Sie sollte dir nicht so wichtig werden.«

»Kommt da noch eine Pointe?«

Seine Züge wurden ernst. »Wenn du sie liebst, dann lass sie gehen. Sie ist nicht für dieses Leben geschaffen. Das hab ich dir von Anfang an gesagt. Alles, was sie je wollte, ist ihre Freiheit. Ich lasse nicht zu, dass du sie gefangen nimmst.«

»Wie kommst du darauf, dass sie damit nicht zurechtkäme?«

»Sie kann mit allem zurechtkommen, aber es ist nicht, was sie will. Was glaubst du wohl, warum ich sie nach Las Vegas geschickt habe? Sie ist zu intelligent, um als jemandes süßes Anhängsel zu verkümmern.«

»Das ist das Letzte, was ich von ihr erwarten würde.«

»Sie braucht jemanden ohne unser Gepäck, und das weißt du auch. Denkst du, dein Onkel und dein Cousin werden die Letzten gewesen sein, die sie benutzen wollen, um an dich ranzukommen? Du hast haufenweise Feinde, die sich alle zehn Finger für eine Möglichkeit lecken würden, dich fertigzumachen. Meine Schwester wird kein Kollateralschaden für einen Mann wie dich werden.«

»Wie kommst du überhaupt darauf, dass ich etwas für sie empfinde?«

»Weil diese Fotos einen Mann zeigen, der für sie die Welt niederbrennen würde«, warf Evan ein. »Hab gehört, du hast mit allen aufgeräumt, die in den Vorfall mit Nyx verwickelt gewesen sein könnten.«

Eigentlich hätte niemand außer meinen Leuten die Wahrheit über den Krieg gegen meinen Onkel erfahren sollen. Anscheinend hatten Stevie und Tony ein paar Augen in ihrer Organisationsstruktur, die Informationen an die Gebrüder Mykos weitergaben.

»Ich dulde keine Verräter.«

»Blödsinn. Du wirfst nicht einfach für irgendjemanden ein Jahrzehnt Planung weg, um deinen gefährlichsten Feind auszuschalten.« Tyler lehnte sich auf dem Stuhl zurück. »Wie viele sind tot, weil sie es auf sie abgesehen hatten? Wie viele hast du im Visier, weil sie daran denken könnten, sie gegen dich zu verwenden? Wie viele deiner Leute passen zusätzlich zu ihren eigenen auf sie auf?«

»Jeder würde sich ähnlich um seine Verlobte kümmern.«

»Red dir das nur weiter ein.«

»Klär mich auf, Mykos. Was genau willst du von mir?«
»Mach Schluss.«

»Bist du bereit, dafür auf eine solche Stange Geld zu verzichten?«

»Für das Glück meiner Schwester – sofort. Aber du sollst nicht die Verlobung an sich auflösen. Du sollst deine persönliche Beziehung beenden und nur noch den Schein wahren.«

»Wird ihr nicht gefallen, dass du dich einmischst.«

»Du wirst es ihr nicht sagen. Das bleibt unter uns. Sie wird nie erfahren, dass ich etwas über ihr Treiben in Vegas weiß.«

»Und warum sollte ich das für mich behalten?«

»Weil ich dir dann trotz allem den Hafen überschreibe. Im Grunde hat er vor Generationen ohnehin schon deiner Familie gehört.«

»So viel ist dir das Glück deiner Schwester wert?«

»Die Frage ist, wie viel es dir wert ist.«

Alles.

Ich hielt seinen kalten Blick stand und erwiderte nichts.

Der Mistkerl wusste, dass er mich an den Eiern hatte.

»Du kannst von Glück reden, dass ich dich nicht wegen eurer Vereinbarung umgebracht habe. Aber da ich sehe, wie sie dich in die Knie gezwungen hat, kann ich damit leben.« Tyler erhob sich von seinem Stuhl. »Wie gesagt, wenn du sie liebst, dann lässt du sie gehen. Gib ihr die Freiheit, nach der sie sich so sehnt.«

»Wie kommst du darauf, dass sie sich nicht für mich entscheiden wird?«

»Das hat nichts mit einer Entscheidung zu tun. Du wirst ihr keine Wahl lassen. So hat doch alles angefangen, oder? Du hast sie zu eurem Arrangement erpresst.«

»Ich habe keinen Anreiz, sie gehen zu lassen.«

»Wie wär's damit? Sobald du mit ihr Schluss gemacht

hast, übertrage ich den Hafen an dich. Ich lasse dich nicht erst den Rest der Vertragslaufzeit abwarten.«

»Du willst mich bestechen?«

»Es hat sich nichts gegenüber vorher geändert. Halt, warte ...« Er verstummte kurz mit einem berechnenden Grinsen auf den Lippen. »Stimmt ja gar nicht. Du hast dich in sie verliebt. Also musst du abwägen, was dir mehr wert ist. Meine Schwester oder eine Möglichkeit, dein Imperium zu vergrößern.«

Er wusste genau, dass sich die Frage für mich nicht stellte.

»Ich kann sie glücklich machen.«

»Vielleicht. Aber du verdienst sie nicht. Das tut niemand aus unserer Welt. Mit dir wird sie eine Zielscheibe bleiben. Das ist kein Leben, das ich für sie will.«

»Die Entscheidung hast nicht zu treffen.«

»Aber du.« Tyler beugte sich vor. »Hör mal für eine Sekunde auf, ein egoistisches Arschloch zu sein, und denk an sie. Was wollte sie von dem Moment an, als sie dich kennengelernt hat? Kannst du ihr das wirklich geben?«

Freiheit.

»Du willst, dass ihr wehtue.«

»Es ist besser für sie, über ein gebrochenes Herz hinwegzukommen, als ein Leben zu führen, das sie nicht will. Früher oder später findet sie jemanden, der ihr ein normales Leben bieten kann.«

»Würde jemand, der so wie wir aufgewachsen ist, normal überhaupt erkennen?«

»Mir ist es lieber, sie versucht, es herauszufinden, als das

Risiko einzugehen, dass ihr noch ein Penner ans Leder will, um an dich ranzukommen.«

Da ich wusste, dass er recht hatte, schwieg ich. Auch ich konnte den Gedanken nicht ertragen, dass ihr etwas zustoßen könnte. Nur würde das Herz, das zu besitzen ich nicht geglaubt hatte, an dem Tag sterben, an dem sie einen anderen finden würde.

Nach einigen Augenblicken nickte ich.

»Ist wie immer ein Vergnügen, mit dir Geschäfte zu machen.«

»Das ist kein Geschäft. *Sie* ist kein Geschäft.«

»Endlich verstehst du, wie wir empfinden.« Er musterte mich eingehend. »Meine Mutter beschreibt ihre Beziehung mit meinem Vater gern mit einem Sprichwort.«

Ich wartete darauf, dass er fortfuhr.

»Wenn du jemanden liebst, dann gib ihn frei. Wenn er zurückkommt, gehört er dir.«

Nyx hatte erwähnt, dass ihre Eltern sich in ihrer Jugend getrennt und dann wieder zusammengefunden hatten, aber mir nie die Einzelheiten erzählt.

»Lass sie gehen. Wenn ihr am Ende trotzdem zusammenkommt, stehe ich euch nicht im Weg. Aber gib ihr eine Chance auf das Leben, das sie immer wollte.«

»Hat dein Vater das getan?«

Tyler schüttelte den Kopf. »Meine Mutter. Sie hätte beinah einen anderen heiraten müssen, damit mein Vater zur Vernunft gekommen ist. Ihre Worte, nicht meine.«

Ich kannte wirklich keine andere Familie, die sich mit dem Mykos-Clan vergleichen ließ.

»Ich kümmere mich darum.« Damit stand ich auf. Es fühlte sich an, als würde meine Welt um mich herum zusammenbrechen, als ich die Hotelsuite verließ.

Zwanzig Minuten später betrat ich den an mein Arbeitszimmer zu Hause grenzenden Salon. Nyx saß im Schneidersitz auf dem Boden, lehnte am Couchtisch und mischte gedankenverloren Karten, während sie etwas auf dem Computer vor ihr las.

Lächelnd schaute sie vom Bildschirm auf. »Hi! Bereit, beim Pokern zu verlieren, bevor wir zu unserem Wochenendtrip aufbrechen?«

Hatten je irgendjemandes Augen vor Freude aufgeleuchtet, wenn ich einen Raum betrat? Nein. Sonst verursachte ich höchstens Besorgnis und Angst. Glück löste ich nur bei ihr aus.

Und das würde ich gleich in den Wind schießen.

Einmal im Leben würde ich das Richtige tun, und ich würde damit das Einzige vernichten, das mir etwas bedeutete.

»Was ist los?« Sie legte die Karten auf den Tisch und kam auf mich zu.

»Wir müssen reden.«

Während sie mich musterte, bildete sich eine Sorgenfalte zwischen ihren Brauen. »Klingt bedeutungsschwer.«

»Dein Bruder hat mir den Hafen in Zypern angeboten.«

Verwirrung huschte über ihre Züge. »Okay. Wieso ist das schlecht? Das war langfristig ja ohnehin der Plan.«

Ich ging zu den Fenstern hinten, um Abstand zwischen uns zu bringen, dann drehte ich mich ihr zu.

»Das bedeutet, dein Bruder ist bereit, seinen Teil der Vereinbarung vorzeitig zu erfüllen. Jetzt müssen nur noch die Bedingungen des Verlobungsvertrags umgesetzt werden.«

»Was meinst du damit?«

»Das hier. Dich und mich.« Ich deutete zwischen uns hin und her. Dabei schluckte ich den übel schmeckenden Kloß hinunter, der sich in meinem Hals bildete. »Es ist vorbei. Du bist frei.«

»W-Was?« Sie stützte sich mit der Hand an der Rückenlehne des gepolsterten Stuhls ab.

»Du hast mich schon verstanden.«

»Also hat sich alles nur um den Hafen gedreht?«

»Ja.«

»Blödsinn.« Ihre Kiefermuskulatur spannte sich an. »Und was ist damit, dass du mich behältst, ob ich will oder nicht? Und damit, dass du bereit bist, die Welt für mich niederzubrennen?«

Verdammt.

»Da solltest du nicht zu viel reininterpretieren. Ein Mann sagt alles Mögliche, wenn er bis zum Anschlag in einer Frau steckt.«

»Und was ist mit dem Krieg gegen deinen Onkel und seine Verbündeten? Du hast alles geändert, weil sie mich ins Visier genommen haben.«

»Das solltest du nicht romantisieren. Es war eine strategische Planänderung.«

Sie zuckte zusammen. »Ich wiederhole: Blödsinn. So ist es nicht gewesen, und das weißt du genau. Erklär mir, was du damit gemeint hast, dass nur ich je diesen Ring tragen würde.«

Sie hob die linke Hand.

Ich drehte mich dem Fenster zu, fasste mir an den Nacken und wappnete mich dafür, den Drecksack auszupacken, zu dem mein Großvater mich erzogen hatte.

Scheiße, wie ich mich in dem Moment hasste.

Ich schaute in ihre Richtung und achtete auf eine emotionslose Miene. »Du kannst doch nicht im Ernst geglaubt haben, ich würde es mir anders überlegen und dich heiraten. Du hast von Anfang an gewusst, wen ich dafür ausgewählt habe. Und das bist nicht du. Hier ist es nur um Sex gegangen. Vögeln zum Zeitvertreib.«

Der Ausdruck in ihren dunklen Augen verriet mir, dass ich damit einen schweren Treffer, obwohl die ausdruckslose Fassade, die sie zur Schau stellte, jeden anderen getäuscht hätte. Jeden, der nicht alle ihre Facetten von hemmungsloser Freude bis hin zu rasender Wut erlebt hatte. Nun konnte ich der Liste noch trostlose Verzweiflung hinzufügen.

»Also bleibt es bei Camilla. Obwohl sich ihr Vater mit deinem Onkel eingelassen hat. Obwohl sie versucht hat, uns gegeneinander auszuspielen.«

»Ja. Sie kennt ihren Platz in meiner Welt und weiß, was von ihr erwartet wird.«

Nyx zuckte zurück, als hätte ich sie geschlagen. Es kostete

mich alle Selbstbeherrschung, mich nicht nach ihr zu strecken und ihr zu gestehen, dass ich ein verdammter Lügner war.

»Und ich denke, ich kenne jetzt auch meinen.« Sie sah mir tief in die Augen. »Ich habe keinen.«

»Genau. Du bist frei. Wolltest du das nicht? Tja, jetzt hast du es. Dein Club ist nicht in Gefahr. Meine Lippen sind versiegelt. Bau dir in Las Vegas ein Leben auf.«

»Wenn du es so spielen willst – fein.« Sie zog den Ring vom Finger und legte ihn auf den Beistelltisch mit dem Computer. »Der gehört dir. Gib mir irgendwas Bedeutungsloses, das ich tragen kann, um den Schein zu wahren.«

»Du wirst bald merken, dass es für uns beide das Beste ist.«

»Rede dir das nur weiter ein, wenn du dich dann besser fühlst. Du wirst mich nicht öfter als nötig sehen müssen.« Eine Träne kullerte ihr über die Wange. »Aber ich kenne die Wahrheit.«

»Und wie sieht die aus?«

»Ich bin genau das geworden, wovor dich dein Großvater gewarnt hat. Und jetzt kriegst du's mit der Angst zu tun.«

Sie steuerte auf die Tür zu und drehte den Knauf. Auf halbem Weg hinaus hielt sie inne und schaute zu mir zurück.

»Ich wollte Vegas für dich verlassen. So sehr liebe ich dich. Obwohl du ein Arschloch bist. Schade, dass ich mich so in dir getäuscht habe.«

Damit schloss Nyx die Tür hinter sich und nahm den letzten anständigen Teil meiner Seele mit.

Ich musste mir vor Augen halten, dass es das Richtige war.

Sie verdiente etwas Besseres als mich. Ein Leben ohne Menschen, die sie benutzen wollen würden, um an mich ranzukommen. Ein Leben, in dem sie nicht darauf verzichten musste, was sie wollte.

Sie konnte dieser Welt entkommen.

Ich stützte die Hände auf die Rückenlehne eines nahen Sofas, ließ den Kopf hängen und presste die Augen zu.

»Fuck.«

Keine zehn Minuten später klingelte mein Telefon. Ohne nachzudenken, zog ich es aus der Tasche und ging ran. »Drakos.«

»Der Hafen gehört dir. Die Dokumente treffen morgen früh in deinem Büro ein.«

»Woher zum Teufel weißt du, dass irgendwas passiert ist?«

Hätte sie ihre Brüder etwas sofort benachrichtigt?

»Nyx hat angerufen und gesagt, sie kommt her und will mit ihren Messern üben. Das ist immer ein Zeichen, dass sie aufgebracht ist und Dampf ablassen muss.«

»Ich hab es nicht für den Hafen getan.«

»Weiß ich. Wie bei unserem Treffen gesagt, wenn sie zu dir zurückkommt, gehört sie dir.«

»Das wird nie passieren. Dafür habe ich gesorgt.«

Der Schmerz, den ich ihr zugefügt hatte, würde für den Rest meines Lebens in mein Herz eingebrannt bleiben. Mykos hatte recht – sie verdiente ein Leben weit weg von mir und der Scheiße unserer Welt. Nun hatte sie ihre Chance darauf.

»Sie bedeutet dir wirklich viel, oder?«

»Es ist vollbracht. Mehr brauchst du nicht zu wissen.«

»Du bist ein anständigerer Mensch, als ich erwartet hatte.«

»Niemand von uns ist anständig. Wir tun, was auf lange Sicht am vorteilhaftesten ist.«

»Auf lange Sicht?«

»Ja.«

»Verstehe.« Einen Moment lang schwieg er, bevor er hinzufügte: »Tja, betrachte die Familie Mykos bei künftigen Unternehmungen als Verbündete. Jegliche Missverhältnisse aus der Vergangenheit sind ausgeräumt.«

Damit legte Tyler auf.

Ich setzte mich auf einen Stuhl mit hoher Rückenlehne und versuchte zu verarbeiten, was gerade passiert war.

Endlich hatte ich geschafft, was Generationen der Familien Drakos und Mykos nie gelungen war. Ich hatte eine jahrhundertealte Rivalität beendet, die Millionen Dollar und unzählige Menschenleben gekostet hatte. Und dafür musste ich nur Beste zerstören, was mir je passiert war.

23

Nyx

Auf den Tag genau sechs Wochen, nachdem ich Simons Haus verlassen hatte, lehnte ich am Geländer meines Balkons und genoss die Aussicht auf den Nachthimmel über Las Vegas.

Ich hob das Gesicht in die warme Sommerbrise und seufzte. Es war mein erster freier Abend seit Wochen. Auf meinem Terminplan standen nur Cocktails und vielleicht ein, zwei Filme.

Allein.

Gesellschaft war im Augenblick das Letzte, was ich wollte.

Alle schienen zu glauben, ich würde jeden Moment

zusammenbrechen. Warum konnten sie nicht verstehen, dass Menschen nun mal unterschiedlich mit Schmerz umgingen?

Ich kämpfte mit Arbeit gegen meine Kränkung und Wut an. Das hielt mich davon ab, zu viel nachzudenken, und es bot mir ein Ventil.

Wenn ich nichts zu tun hatte, schlichen sich die Gedanken ein, und der Schmerz begann, mich zu ersticken. Also löste ich meine Probleme mit Arbeit. Und wurde dadurch nebenbei noch wohlhabender.

Seit meiner Rückkehr aus New York hatte ich zehn Silent Nights in ganz Vegas organisiert. Einige der bedeutendsten Kartenhaie aus aller Welt waren bei den Veranstaltungen erschienen.

Als ich bei der letzten Silent Night in der vergangenen Nacht erfahren hatte, dass ein illegaler Pokerring in einem anderen Teil der Stadt vom FBI ausgehoben worden war, wurde mir klar, dass ich mein Glück auf die Probe stellte. Deshalb hatte ich beschlossen, den Laden für mindestens zwei Monate dicht zu machen.

Allerdings musste ich als Überbrückung einen anderen Zeitvertreib finden.

Stöhnend senkte ich den Kopf auf die Brüstung.

»Wieso bloß hab ich geahnt, dass ich dich hier finden würde?«, hörte ich Akari hinter mir sagen. »Du kommst jetzt mit.«

Ich warf Stevie über die Schulter einen finsteren Blick zu. »Wozu habe ich dich als Leibwächterin, wenn du jeden reinlässt?«

»Sie hat einen Schlüssel. Deshalb dachte ich, sie ist eine Ausnahme.«

Ich verlagerte die Aufmerksamkeit auf Akari. »Ich gehe nirgendwohin, du kannst also gleich umdrehen und dich wieder verziehen.«

Akari tat so, als hätte ich nichts gesagt, und steuerte weiter auf mich zu. Sie hielt einen Becher in der Hand. Ich hatte den leisen Verdacht, dass es sich um einer ihrer gestreckten Tees handelte, die ich so liebte.

Das Miststück wollte mich bestechen.

Aber wenigstens hatte sie etwas mitgebracht, wenn sie meine abendliche Ruhe schon unbedingt stören musste.

»Das Ziel, das mir vorschwebt, hat eines der besten Nachtleben der Welt zu bieten.«

»Vegas hat eines der besten Nachtleben der Welt zu bieten. Mir gefällt's hier.«

»Da. Trink das.« Akari hielt mir den Becher entgegen. »Wird deine Stimmung aufhellen. Und danach zeige ich dir was, das dich mit Sicherheit davon überzeugen wird, mit mir in den Jet zu springen.«

Ich nahm den Becher an, atmete das herrliche Aroma von Tee mit Whiskey ein und trank dann einen ausgiebigen Schluck.

»Okay, raus damit, was du mir sagen willst, und dann verschwinde. Nichts wird mich dazu bringen, das Apartment zu verlassen. Ich will einfach nur abhängen.«

»Ursprünglich wollte ich dich entführen und nach Bora Bora verschleppen. Aber neue Informationen über dich haben mich das Ziel ändern lassen.«

Ich legte den Kopf schief und musterte sie. »Jetzt hast du mich neugierig gemacht.«

»Er hat dich belogen.«

»Wer?«

»Dein Arschloch.«

Ich schluckte. Simon gehörte mir nicht. Er hatte mein Herz fast zerstört. Nein, er *hatte* es zerstört.

»Er gehört mir nicht.«

»Hast du mich gehört? Er hat gelogen.«

»Wovon redest du?«

»Ich war bei *Ojiisan* Draco und hab dort zufällig ein Gespräch über Simon mitgehört.«

»Und? Ist er jetzt mit einer Debütantin zusammen?«

»Nein, das ist es ja gerade. Er lässt nur noch geschäftlich Leute an sich ran. Willst du wissen, wohin er ›zum Nachdenken‹ geht?« Sie zeichnete Anführungsstriche in die Luft.

Ich verdrehte die Augen. »Na schön, ich beiße an. Wohin?«

»In dein Gewächshaus.«

Ich schluckte. »Was?«

»Ich hab gehört, dass er mindestens zweimal die Woche hinfährt, stundenlang drinnen sitzt und dann wieder geht.«

Mein Magen zog sich zusammen, als sich darin ein Körnchen Hoffnung einnistete.

»Hast du das aus zuverlässiger Quelle? Ein paar von Dracos Enkeln sind echte Klatschweiber und reden viel Blödsinn.«

Sie seufzte. »Das ist von Sota gekommen. Seine Entschuldigung dafür, dass er Simon deinen Club verraten hat.«

Ich hatte geahnt, dass er es gewesen war. Arschloch.

Mit zittrigen Händen nahm ich ihr Handy entgegen. Sofort traten mir Tränen in die Augen.

Er hatte mich tatsächlich belogen.

Ich betrachtete das Foto, das ihn am Strand mit Sota und ein paar Mitgliedern des Jackson-Clans zeigte. Er saß mit nacktem Oberkörper da. Auf der Brust prangte über dem Herzen das Wort *Göttin* auf Griechisch eintätowiert.

»Das beweist wohl, dass nicht immer alles so ist, wie es zu sein scheint. Er ist anscheinend doch nicht der typische Mann aus unserer Welt.«

»Hast nicht du dauernd dafür plädiert, dass ich fliehen und meine Freiheit finden soll?«

»Ja, schon, aber du hast dich halt in deinen Matratzentanzpartner verliebt.« Der Humor in ihren Worten erreichte nicht ihre Augen.

»Was verschweigst du mir?«

»Mir ist klargeworden, dass ich die Probleme mit meiner Familie auf dich projiziert habe. Das war nicht fair. Du passt eigentlich ziemlich gut rein. Wenn er das ist, was du willst, dann stell ihn zur Rede und finde heraus, wohin es führt.«

Stevie lehnte sich mit der Hüfte gegen eines der Sofas. »Sehe ich auch so. Er ist genauso unglücklich wie du. Geh zu ihm.«

»Was hat er getan, dass ihr auf einmal so auf seiner Seite seid?« Ich musterte Stevie eingehend.

»Er hat geopfert, was er wollte, um dir zu ermöglichen, was du wolltest. Deine Freiheit. Er hat dich an die erste Stelle gesetzt. Das sagt eine Menge aus. Der Mann liebt dich.«

»Er hat mir das Herz gebrochen«, murmelte ich und dachte daran zurück, wie mich seine Worte damals niedergeschmettert hatten.

»Doch nur, um dir die Freiheit zu schenken, die du unbedingt wolltest.« Stevies Stimme wurde härter. »Von was anderes hast du ja nie geredet. Du wolltest dich in keine Falle locken lassen. Weißt du, wer jetzt gefangen in der Falle sitzt? Er.«

»Inwiefern ist er gefangen?«, fragte ich.

»Genau wie deine Brüder kann er nie aus seiner Welt raus. Oder wie meine Brüder. Er hat dir die Flucht ermöglicht, die du wolltest.« Akari legte mir eine Hand aufs Bein. »Sei ehrlich. Willst du das wirklich? Oder nur die Vorstellung davon?«

Darüber hatte ich wochenlang nachgedacht und bereits vor geraumer Zeit einen Entschluss gefasst. »Ich hatte meine Meinung schon geändert, bevor alles in sich zusammengefallen ist.«

»Für ihn?«, bohrte Stevie nach.

Ich schüttelte den Kopf. »Nein, für mich. Der Mist, den ich abziehe, würde in der normalen Welt nicht funktionieren.«

»Glaubst du wirklich, ein normaler Typ mit einem Durchschnittsjob würde auch nur mit der Hälfte deiner Freunde klarkommen?« Akari lachte. »Er würde sich anpissen, wenn Petre mit seinen Geschichten darüber, das Blut seiner Feinde zu trinken, bei dir auftaucht.«

Ich stand auf und wusste, was ich zu tun hatte.

»Wo willst du hin?« Stevie stand neben mir und musterte mich neugierig.

»Nach New York. Ich muss ein Arschloch zur Vernunft bringen, das ich vorhabe zu heiraten.«

Simon

ICH ÖFFNETE die Verbindungstür zwischen dem Garten hinter Nyx' Häuschen und dem Gewächshaus. Dabei fragte ich mich zum zehnten Mal, warum ich schon wieder hergefahren war. Wenn mich jemand vom Mykos-Wachpersonal dabei erwischte, würde man wahrscheinlich glauben, ich hätte den Verstand verloren.

Den letzten Monat lang schien es der einzige Ort zu sein, an dem ich ein wenig Ruhe von all der Arbeit fand, die sich auf meinem Schreibtisch stapelte. Ich hatte immer noch eine Menge Dreck auszumisten, aber durch die Beseitigung von Albert und Hal aus dem Familiengefüge hatte ich meinen Platz als Oberhaupt von Drakos Shipping gefestigt. Nun galt es nur noch, wahre Verbündete von Feinden zu trennen.

Tyler hatte Wort gehalten und mir den Hafen übertragen. Damit war der übliche Machtkampf mit Rivalen aus der Gegend einhergegangen. Um den Großteil davon kümmerte sich Kasen, denn alles, was mit den Mykoses zu tun hatte, erinnerte mich an die eine Mykos, die ich nicht haben konnte.

Was mich jedoch nicht davon abhielt, sie im Auge zu behalten. Sie schien sich immer mehr in ihren Clubs zu verlieren und jedes Gespür für Selbsterhaltung zu verlieren. Oder vielleicht wollte sie mich so ködern, damit ich zu ihr kam.

Um ein Haar hätte ich angebissen und wäre hingeflogen, um sie aufzufordern, ihre Aktivitäten zu mäßigen. Aber damit hätte ich nur alles verschlimmert, und ich weigerte mich, ihr weiteren Schmerz zu bereiten.

Die letzten Bilder, die ich bekommen hatte, zeigten sie sie ihrem Balkon beim Betrachten des Sonnenuntergangs von Las Vegas.

Gott, ich war wirklich ein Stalker und wusste alles, was in ihrem Leben vor sich ging.

Als ich die Hand an das Eisentor zum Labyrinthbereich des Gartens legte, schloss ich die Augen. Vor mir sah ich den Schmerz in Nyx' Gesicht, als sie mir gesagt hatte, sie hätte sich in mich verliebt.

Ich war wirklich ein Arschloch.

Nein. Ich hatte das Richtige getan. Nur so konnte ich ihr das Leben ermöglichen, das sie verdiente. Sie hätte sonst ihren Traum aufgegeben.

Mit der Hand am Nacken schaute ich zum Himmel auf. Ich hatte mein Leben nach den Regeln eines Mannes gelebt und ihn am Ende doch enttäuscht, weil ich mehr wie der Sohn war, den er am liebsten ausgelöscht hätte.

Dafür hatte ich etwas geschafft, was mein Vater nie hätte

vollbringen können. Ich hatte das Einzige zerstört, was mir je etwas bedeutet hatte.

Scheiße, ich musste weg.

In dem Moment spürte ich jemanden hinter mir und erstarrte. Wenn es Tyler wäre, würde ich ihn schlagen. Mich mit dem großspurigen Penner auseinanderzusetzen, war so ziemlich das Letzte, wonach mir gerade der Sinn stand.

»Entschuldige mal, das ist nicht dein Gewächshaus. Was hast du hier verloren?«

Ich erstarrte.

Nyx.

Was um alles in der Welt wollte sie hier?

»Göttin, halt mir keine Vorträge.«

»Warum sollte ich? Abgesehen davon vielleicht, dass du dich unbefugt auf Privatbesitz aufhältst.«

Ich ließ den Blick auf die Gärten gerichtet, weil ich wusste, wenn ich in ihre Richtung schaute, würde ich mich nach ihr strecken, sie berühren wollen.

»Haben Sie nichts zu sagen, Mr. Drakos?«

»Ich dachte, Akari wollte dich zu einem Mädelsausflug nach Bora Bora entführen.«

»Woher willst du wissen, was jemand in meiner Welt treibt?«

»Ist halt so.«

»Woher?«

»Ich weiß alles über dich.«

»Warum?«

Kurz schwieg ich, bevor ich gestand: »Um mich zu vergewissern, dass du in Sicherheit bist.«

»Verstehe.«

»Was verstehst du?«

»Dass du ein verdammter Lügner bist.«

»Worüber lüge ich denn?«

»Sieh mir in die Augen und sag mir, dass es zwischen uns nicht echt geworden ist.«

»Spielt das eine Rolle?« Frustriert fuhr ich mir mit der Hand durchs Haar. »Ich habe dir gegeben, was du willst.«

»Was denkst du denn, dass ich will?«

»Deine Freiheit.«

»Bin ich wirklich frei? Mein Herz fühlt sich nicht so. Außerdem hattest du recht. Ich kann nicht aus meiner Haut oder aus dieser Welt.«

»Es gibt keinen Ehevertrag mehr. Du bist frei«, wiederholte ich. »Wir müssen nur noch die Frist aussitzen.«

»Liebst du mich, Simon?«

Mehr als alles andere auf der Welt.

Statt die Worte in meinem Kopf auszusprechen, sagte ich: »Frag mich das nicht.«

»Warum nicht? Fühlst du dich besser, wenn du dir einredest, dass es nur Sex war?«

Ich ballte an den Seiten die Hände zu Fäusten und widerstand dem Drang, mich umzudrehen und sie an mich zu ziehen. »Du weißt, dass es mehr war. Ich habe zu dir Dinge gesagt, die noch niemand vor dir von mir zu hören bekommen hat.«

»Dann beantworte die Frage. Liebst du mich?«

»Gibt's nicht ein Sprichwort, das besagt, wenn man

jemanden liebt, dann gibt man ihn frei? Ich werde dich nicht zu einem Leben zwingen, das du nicht willst.«

»Soll das heißen, du liebst mich? Tja, ich hätte da eine Frage an dich.«

Ich wartete.

»Bist du es nicht wert, geliebt zu werden?«

»Göttin.« Ich umklammerte das Eisengitter und ließ meinen Kopf sinken.

»Du liebst mich genug, um mich gehen zu lassen. Reicht meine Liebe für dich nicht, um zu bleiben?«

»Ich will dich nicht einsperren. Das wolltest du von mir.«

»Ich bin in dieser Welt aufgewachsen. Und ich bin ziemlich gut darin, damit zurechtzukommen. Keine Ahnung, ob du's gehört hast, aber ich bin sogar so gut darin, dass die feine Gesellschaft mich das Mykos-Teufelsweib nennt.«

»Und was ist mit deinem Leben in Vegas? Bist du bereit, das hinter dir zu lassen?«

»Du bist es wert, es aufzugeben.« Ihre Hand legte sich auf meinen Rücken. »Du hast es nicht beendet.«

»Was beendet?«

»Das Sprichwort darüber, dass man jemanden freigibt, wenn man ihn wirklich liebt. Du hast nur einen Teil davon zitiert.«

Bevor mir bewusst wurde, was ich tat, fasste ich nach hinten, packte sie am Handgelenk und zog sie vor mich, fixierte sie mit dem Rücken am Tor und den Armen über dem Kopf.

»Göttin, nicht.« Gebannt starrte ich in ihr wunderschönes, gerötetes Gesicht. »Tu das nicht.«

Sie lächelte mich an. »Was?«

»Beende das Zitat nicht.«

»Warum nicht?« Sie hob das Kinn.

»Weil ich dich sonst nicht mehr gehen lassen.«

»Das verlange ich ja gar nicht. Tatsächlich will ich genau das Gegenteil. *Ich* will *dich* behalten.«

»Ich bin nicht der Richtige für dich. Du verdienst jemanden, der nicht so viel Mist mit sich herumschleppt wie ich.«

»Ich bin auch kein Unschuldslamm. Das weißt du aus eigener Erfahrung. Die Seite von mir scheint dich anzutörnen.«

»Wenn du den Schritt machst, gibt es kein Zurück mehr. Ist dir das klar? Du kannst es dir nicht mehr anders überlegen. Dann gibt es kein Entrinnen mehr.«

»Du machst mir keine Angst.«

»Überleg dir gut, wozu du dich verpflichtest. Du wirst mir voll und ganz gehören. Mit Körper, Geist und Seele.«

»Finde ich akzeptabel. Mein Herz gehört dir ohnehin schon.«

Fuck.

Ich lehnte die Stirn an ihre. »Ich versuche, das Richtige zu tun. Warum lässt du mich nicht?«

»Weil jedermanns Vorstellung von richtig noch nie mein Stil gewesen ist.« Kurz verstummte sie und holte tief Luft, bevor sie fortfuhr. »Ich hab einen Vorschlag für dich.«

Bei den Worten blickte ich tief in ihre dunklen Augen.

»Wenn du dir wirklich vorstellen kannst, wie ich ein Leben mit einem anderen führe, einen anderen heirate und mit ihm eine Familie gründe, dann gehe ich.« Meine Finger verstärkten den Druck um ihre Handgelenke. »Aber wenn du mich so liebst, wie ich glaube, dann schiebst du diese dämliche Ritterlichkeit beiseite, bringst mich nach Vegas und heiratest mich noch heute Nacht.«

»Du willst durchbrennen?«

»Liebst du mich, Simon?«

»Du weißt längst, was ich empfinde.«

»Wirklich? Bis jetzt habe ich nur Teile eines bekannten Sprichworts gehört.«

Ich nahm ihr Gesicht in die Hände und fuhr mit dem Daumen über ihre Lippen zu ihrem Hals hinab.

»Ich liebe dich, Olympia Nyx Mykos.«

»Und war das jetzt so schwer?«

»Du hast gerade dein Schicksal besiegelt. Ich hoffe, das ist dir klar.«

»Wie in dem Sprichwort, das du nicht beendet hast. Wenn man jemanden liebt, gibt man ihn frei. Wenn er zurückkommt, gehört er einem. Und ich gehöre dir, Simon.«

»Ist es dir ernst mit Vegas?«

»Mit Vegas ist es mir immer ernst.«

»Dann müssen wir einen Flug erwischen.«

»Was ist mit dem Drakos-Imperium? Wird man dich nicht vermissen?«

»Ich sage einfach, die Göttin der Nacht hat meine Seele gefangen.«

»Ich bin echt ein schlechter Einfluss für dich. Vielleicht besteht noch Hoffnung, dich zu verderben.«

»Vorschlag angenommen.«

Ich lächelte sie an und wusste, das Leben mit ihr würde nie langweilig werden.

Willst du erleben, wie es zwischen Penny und Hagen
angefangen hat?
Dann lies Meister der Sünde.

Ende

Lies auch das erste Buch der Reihe *Die Götter von Vegas*:
MEISTER DER SÜNDE

Meister der Sunde

Es war immer er ...

Der Mann, den ich nicht wollen, nicht begehren sollte, weil
er mein so sorgsam aufgebautes Leben zerstören könnte.
Hagen Lykaios verkörperte den Inbegriff von Sünde,
Dekadenz und Gefahr – von allem, was ich meiden sollte.
Nur eine unerwartete Berührung war nötig, und schon
verzehrte er mich, erfüllte mich mit Sehnsucht und dem
unbändigen Verlangen nach mehr.

Er hat gesagt, wenn ich mich auf seine Welt einließe, würde
er mich verderben, mich besitzen und alles verändern, was
ich je gekannt hatte ... Und was soll ich sagen? *Ich habe mich
trotzdem darauf eingelassen.*

https://geni.us/MeisterDerSunde

DIE AUTORIN

Inspiriert durch ihre Jahre im amerikanischen Wirtschaftsleben erzählt Sienna mit Vorliebe Geschichten, die sich um selbstbewusste, erfolgreiche Frauen drehen, die wissen, was sie wollen und wie sie es bekommen – und nicht nur im Schlafzimmer.

Ihre Heldinnen sind modern, gebildet und finden Liebe und Romantik oft unter ungewöhnlichen Umständen. Sienna verwöhnt ihre Leserinnen und Leser mit verführerischer, heißer Romantik, gepaart mit Machtspielen und dekadenter Befriedigung.

Sienna reist sehr gern und ist abenteuerlustig. Sie hat vor, selbst die entferntesten Winkel der Welt zu besuchen und freut sich darauf, unterwegs die Vielfalt der Kulturen zu erleben. Wenn sie nicht gerade schreibt oder reist, arbeitet Sienna mit ihrem Mann und ihren Kindern an ihrem persönlichen Happy End.

Du bist herzlich eingeladen, dich für ihren Newsletter anzumelden, um immer auf dem Laufenden über Neuerscheinungen, Sonderangebote, Events und vieles mehr zu bleiben.

http://www.siennasnow.com/newsletter

authorsiennasnow@gmail.com

Goodreads

Facebook

Twitter

Instagram

BÜCHER VON SIENNA SNOW

<u>Die Götter von Vegas</u>

Meister der Sünde

Meister der Spiele

Meister der Rache

Meister der Geheimnisse

Meister der Kontrolle

Meister der Schicksals